을 유 세 계 문 학 전 집 · 9

어둠의 심연

을유세계문학전집 · 9

어둠의 심연

HEART OF DARKNESS

조지프 콘래드 지음 · 이석구 옮김

을유문화사

옮긴이 이석구

연세대학교 영문과를 졸업하고 동 대학원에서 석사 학위를, 미국 인디애나 대학(블루밍턴)에서 영문학 박사 학위를 받았다. 풀브라이트 연구 교수를 지냈으며 현재 연세대학교 영문과 교수이다. 전공 분야는 탈식민주의 이론, 현대 영국 소설, 포스트모더니즘, 제3세계 문학이다. 공저로는 『탈식민주의 이론과 쟁점』(2003), 『일곱 개의 강의: 포스트콜로니얼리즘』(2005), 『에드워드 사이드 다시 읽기: 오리엔탈리즘을 넘어 화해와 공존으로』(2006)가 있으며 논문으로는 「J. M. 쿳시의 소설에 나타난 공동체의 정치학」(2002), 「국적 없는 작가들: 포스트모더니즘과 이산의 정치학」(2003), 「호미 바바의 탈민족주의와 이산적 상상력」(2004), 「나이폴의 객관적 비전과 누락의 죄」(2004), 「탈식민주의 문화 이론의 두 얼굴」(2005), 「사이드 이후의 탈식민주의 동향: 전유의 부메랑」(2005), 「루쉬디의 『자정의 아이들』에 나타난 문화적 혼종성과 민족주의 문제」(2006) 등이 있다.

을유세계문학전집 9

어둠의 심연

발행일 · 2008년 9월 20일 초판 1쇄 | 2022년 8월 10일 초판 9쇄
지은이 · 조지프 콘래드 | 옮긴이 · 이석구
펴낸이 · 정무영 | 펴낸곳 · (주)을유문화사
창립일 · 1945년 12월 1일 | 주소 · 서울시 마포구 서교동 469-48
전화 · 02-733-8153 | FAX · 02-732-9154 | 홈페이지 · www.eulyoo.co.kr
ISBN 978-89-324-0339-7 04840 978-89-324-0330-4(세트)

차례

어둠의 심연

1

유람용 쌍돛대 범선인 넬리호는 돛을 펄럭거리지도 않고 닻 쪽으로 움직이더니, 결국 멈추었다. 조수가 이미 밀려든 데다가 바람도 거의 없었고 배는 강 하류로 내려갈 예정이었으므로, 정박하고 나서 조수가 바뀌기를 기다릴 수밖에 없었다.

끝없는 뱃길이 시작된 것처럼 템스 강 하구의 해역이 우리 앞에 펼쳐져 있었다. 먼 앞바다에서는 바다와 하늘이 이음매 없이 맞붙어 있었고, 서녘 햇빛을 받아 빛나는 공간에는 밀물과 함께 올라온 거룻배들의 타닌액을 먹인 돛이 니스 칠한 스프릿*을 꼭대기에서 번쩍이며 여기저기서 붉은 캔버스의 떼를 이루며 정지해 있는 듯했는데, 평평하게 뻗어 나가다 바다 속으로 아스라이 사라지는 저지대의 강기슭에는 엷은 안개가 깔려 있었다. 그레이브젠드* 시의 하늘은 어두웠고, 그 너머 뒤편에는 침통한 어둠으로 응축된 대기가 지상에서 가장 크고 위대한 도시의 상공을 미동도 없이 뒤덮고 있었다.

배의 선장이자 우리를 초청한 이는 여러 회사의 이사 직을 맡고 있었다. 뱃머리에 서서 바다를 향하고 있는 그의 등을 우리 네 사람은 애정 어린 눈길로 바라보았다. 이 강을 통틀어 그의 반만큼이라도 뱃사람의 진면목을 보여 주는 것은 없었다. 그는 선원에게 신뢰의 화신으로 여겨지는 수로 안내인을 닮았다. 그의 일터가 저곳, 햇빛으로 환한 강어귀가 아닌 그의 뒤편, 사방을 뒤덮은 어둠 속에 있다는 사실이 믿기지가 않았다.

어디에선가 내가 이미 말한 적이 있듯,* 우리 사이에는 바다에서 맺어진 연대 의식이 있었다. 이 연대 의식이 있었기에 우리는 오랜 기간 동안 떨어져 있어도 여전히 마음이 통하였고, 서로의 이야기와 심지어는 신념조차도 관대하게 봐줄 수 있었다. 이들 중 가장 훌륭한 인물로는 변호사가 있었는데, 그는 오랜 연륜과 덕망 덕택에 갑판에서 하나뿐인 쿠션을 사용하였고, 또 하나뿐인 깔개 위에 누워 있었다. 회계사도 있었는데, 그는 도미노 상자를 벌써 꺼내 골패* 쌓는 놀이를 하고 있었다. 말로는 선체의 후미에서 가부좌를 튼 채 뒷돛대에 기대어 있었다. 볼은 움푹하고 안색은 누르스름했으며, 등을 곧게 펴고, 팔을 축 늘어뜨린 채 손바닥을 바깥쪽으로 향한, 고행자 같은 어떤 우상(偶像)을 닮아 있었다. 닻이 제대로 내려진 것에 만족한 이사가 후미 쪽으로 와서 우리 사이에 자리를 잡고 앉았다. 우리는 한가롭게 몇 마디 주고받았다. 그 후 갑판에는 침묵이 감돌았다. 무슨 이유에서였는지 우리는 도미노 게임을 시작하지 않았다. 모두 사색적인 기분이 들었고, 차분한 마음으로 사물을 응시하는 것 외에는 아무것도 할 수가 없을 것 같았다. 고요하고 아름다운 빛이 평온한 가운데 하루해가 저물고 있었다. 물은 평화롭게 빛났고, 구름 한 점 없이 맑은 하늘은 순결한 빛으로 가득한 온화하고도 광대한 세상이었으며, 에식스의 늪지대를 덮은 안개는 마치 빛나는 투명 직물로 만든 커튼처럼 내륙의 울창한 산지에 높이 걸렸고, 그 아랫자락은 비치는 주름 장식처럼 저지대의 해안가를 드리우고 있었다. 상류의 탁 트인 유역을 뒤덮은 서쪽의 어둠만이 태양의 접근에 분격한 듯, 시시각각으로 더욱 음산해졌다.

눈에 띄지 않게 조금씩 곡선을 그리며 지고 있던 태양이 마침내 지평선 가까이 내려왔고, 사람들의 무리를 덮은 어둠과의 접촉으로 인해 갑자기 꺼져 버리기라도 할 듯 타오르는 백색이 되더니 이내 빛도 열도 없는 흐릿한 붉은색으로 변하였다.

온화한 수면에도 즉시 변화가 생겨서 찬란한 빛이 심오한 색으로 바뀌었다. 자신의 양쪽 기슭에 거주해 온 민족을 위하여 몇 세기에 걸쳐 훌륭한 봉사를 마친 그 강은 이제 하루해가 저무는 시점에 하구 유역에서 잔잔하게 쉬고 있었으며, 세상의 가장 먼 끝까지 이어지는 뱃길의 고요한 위엄을 보이며 펼쳐져 있었다. 우리는 한 번 찾아왔다가 영원히 사라지는 짧은 하루의 생기 넘치는 화려한 빛이 아니라, 오래도록 남는 추억의 장엄한 빛에 드러나는 이 존경스러운 강을 바라보았다. 정말이지, 경의와 애정의 마음으로 소위 '뱃사람의 길을 간' 이에게는 템스 강의 하구에서 과거의 위대한 정신을 되살리는 일만큼 쉬운 것도 없다. 안식처인 가정이나, 해상의 전투장으로 날라 주었던 사람들과 배들에 대한 추억으로 가득 찬 조수는 멈출 줄 모르는 봉사를 하며 밀려오고 또 밀려간다. 조수는 프랜시스 드레이크 경에서부터 존 프랭클린 경*에 이르기까지, 전 국민이 자랑스러워한 모든 사람들을, 작위를 받았건 그렇지 않건, 기사라고—바다의 위대한 편력 기사라고—할 만한 모든 사람들을 알고 있었고, 또 이들에게 봉사하였다. 조수는 그 이름이 역사의 어둠 속에서 보석처럼 빛난 모든 배들을 날랐는데, 그중에는 선체 가득 보물을 실은 채 귀항하여 여왕 폐하의 방문을 받은 뒤, 역사의 대서사에서 사라지게 된 골든 하인드호에서부터 또 다른 정복의 길에 나섰다 결국 돌아오지 못한 에레부스호와 테러호가 있다. 조수는 그 배들과 사나이들을 알았다. 이들은 데트포드에서, 그리니치에서, 이리스*에서 항해를 시작하였다. 이들 중에는 모험가들과 개척자들이 있었고, 군함과 거래소 선박이 있었으며, 선장들과 제독들이 있었고, 동방 무역에 끼어든 음흉한 밀매업자들도 있었지만, 동인도 선단의 인가를 받은 자·타칭 '장군들'*도 또한 있었다. 황금을 찾든 명성을 찾든, 이들은 모두 검을 차고 종종 횃불을 들고, 제국의 무력의 사신으로서, 성화가 타오르는 불꽃의 전달자로서 이 물결을 타고 나아갔다. 얼마나 위대한 것들이 이 강의 썰물을 타고 신비로운 미지의 땅으로 흘러 들어갔던가……! 사나이의 꿈, 공화국의 씨앗, 제국의 싹들이 말이다.

해가 지더니 강물 위로 어둠이 깔렸고, 강변을 따라 불빛들이 그 모습을 드러냈다. 진흙 평지에 박은 세 개의 기둥 위에 세워진 채프먼 등대가 강렬한 빛을 발하였다. 선박의 불빛들이—상류로, 하류로 부산하게 움직이는 불빛들이 — 항로를 따라 움직였다. 그리고 상류 유역의 서쪽 너머에서는, 해가 아직 있을 때는 음침한 기운으로 뒤덮여 있었지만, 별빛 아래에서는 불꽃처럼 이글거리는 거대한 도시의 위치가 하늘에 불길하게 드러나 있었다.

"그리고 이곳 또한……." 말로가 갑작스럽게 말을 꺼냈다. "한때는 세상의 어두운 변방 중의 하나였네."

그는 우리 가운데 여전히 '뱃사람의 길을 가는' 유일한 사람이었다. 그에 대하여 할 수 있는 최고의 악평이라고 해야 기껏, 그가 자신이 속한 부류의 전형적인 인물이 아니라는 정도였다. 그는 선원이었지만 방랑자 같았는데, 반면 대부분의 선원들은 뭐라고 할까, 붙박이 같은 인생을 사는 사람들이었다. 그들의 성정은 집에서 죽치기를 좋아하는 편이었는데, 실제로 그들의 집(배)은 항상 그들과 함께 있었고, 그들의 조국(바다)도 그러했다. 배라고 하는 것은 서로 아주 비슷했으며, 어디를 가보아도 바다는 늘 같은 바다였다. 이처럼 항상 똑같은 환경 속에서는 이국의 해안들도, 이방인의 얼굴들도, 변모하는 광대한 삶도 신비롭게 여겨지기는커녕 가벼운 경멸과 무시 속에서 스쳐 지나가게 되는데, 그도 그럴 것이 운명의 여신처럼 속내를 드러내지 않으며 자신의 인생을 지배하는 바다가 아닌 다음에야, 선원에게는 신비한 것이라곤 없기 때문이다. 나머지 것들이야 몇 시간의 선상 근무 이후 해안에서 어슬렁거리거나 돈 좀 뿌리며 놀고 나면 대륙 전체의 비밀을 파악하기에 충분한 것들이었다. 그 비밀이란 것도 대부분 선원들이 보기에는 반드시 알아야 할 가치가 없는 시원찮은 것들이었다. 뱃사람의 이야기는 솔직하고 단순한 것이어서 이야기의 전체 의미는 껍데기가 깨어진 견과류 알맹이처럼 내부에 있었다. 그러나 장황하게 이야기 늘어놓기를 좋아하는 성향을 제외하면 말로는 전형적인 뱃사람이 아니었는데, 그에게 사건의 의미란 껍질 속의 열매처럼 내부에 있지 않고 외부에 있어서, 불빛이 안개의 존재를 드러내듯 의미를 드러내어 주는 이야기를 바깥에서 감싸고 있었으며, 이는 마치 기괴한 달빛을 받았을 때 가끔 모습을 드러내는, 어렴풋한 달무리와 같은 형국이었다.

그의 뜬금없는 말은 전혀 놀랍지 않았다. 말로는 늘 그런 식이었다. 침묵 속에서 그의 말이 받아들여졌다. 투덜거리는 이는 없었고, 곧 그가 느릿느릿 말을 이어 갔다.

"나는 아주 오랜 옛날, 로마인들이 처음 여기에 도착했을 때인 1900년 전을 생각하고 있었네—불과 며칠 전이지……. 이후로 이 강에서 빛이 흘러나왔다네. 기사들이라고 하셨는가? 그렇기도 하겠지만 그 빛은 구름 속에서 번쩍이는 번개처럼, 평원을 지나가는 불꽃과도 같은 것이네. 우리는 그 불이 깜박하는 순간을 살고 있다네. 이 오래된 지구가 계속 움직이는 한, 그 빛이 계속되기를. 그러나 어제만 해도 이곳에는 어둠이 있었네. 멋들어진, 이름이 뭐라고 하더라, 3단 노 전함이라고 불리는 멋진 전함에 올라 지중해에서 지휘하다 갑자기 북쪽으로 이동하라는 명령을 받고 황급히 육로로 갈리아* 지역을 지나서—우리가 읽은 책의 내용을 믿자면, 손놀림이 빠른 사내들 무리인—로마 군단이 한두 달 만에 몇백 척씩 건조하곤 했다는 함선 하나를 책임지게 된 함장의 기분을 상상해 보게. 그런 그가 이곳에 와 있다고 생각해 보게. 당시에는 문명을 벗어난 세상의 끝자락이요, 납빛을 띤 이곳 바다며, 연기처럼 뿌연 하늘하며, 견고하다고 해야 기껏 콘서티나*에 비견될 정도의 배를 타고, 보급품과 주문품을 싣고, 혹은 임무가 무엇이 되었든 간에 이 강을 거슬러 올라가게 된 그의 심정을 상상해 보란 말일세. 모래톱, 늪지, 숲, 야만인들, 문명인이 먹기에는 적절치 않은 음식들뿐인 데다 마실 물이라고는 템스 강의 강물뿐이지. 이런 곳에 팔레르누스산(産) 포도주*가 있을 턱이 있나, 상륙은 꿈조차 꿀 수 없는 노릇이고. 로마군의 야영지가 드문드문 황야 어딘가에 있기는 하겠지만, 건초 더미에 던져진 바늘과도 같은 처지지. 추위, 안개, 폭풍, 질병, 유배 그리고 죽음. 대기 중에도, 물속에도, 숲 속에도, 죽음이 웅크리고 있었지. 그들은 이곳에서 파리 떼처럼 죽어 갔을 걸세. 그러나 장하게도 로마인 함장은 자신의 임무를 해냈네. 그것도 의심할 여지 없이 잘 해낸 걸세. 어쩌면 그가 한때 겪었던 경험에 대해 훗날 허풍을 떨었는지는 모르겠으나, 자신이 맡은 임무의 의미에 대해서는 별 생각 없이 소임을 완수했단 말일세. 그들은 어둠을 피하려 들지 않는 사나이들이었네. 로마에 영향력 있는 든든한 친구들을 두었다면, 그리고 그 지독한 날씨에 쓰러지지만 않는다면, 곧 승진하여 라벤나*의 선단으로 전속될 기회를 엿보며 기운을 냈을지도 몰라. 혹은 자신의 운명을 바꿔 볼까 하고 행정 장관이나 세무원 혹은 교역상의 무리를 좇아 이곳으로 나오게 된, 토가를 걸친 좋은 가문 출신의 젊은 시민을 생각해 보게 — 아마도 노름에 빠졌던 게지, 알잖은가. 늪지에 상륙하여 숲 속을 행군하고, 그렇게 당도한 내륙의 한 교역소에서 야만성을 몸으로 느끼게 되지. 철저한 야만성이 그를 포위해 버린 것일세. 숲 속에서, 정글에서, 미개인의 가슴에서 꿈틀거리는 야성의 신비한 생명이 말일세. 그런 신비로움을 이해한다는 것은 가당치도 않네. 증오스럽기도 하지만, 도저히 이해할 수 없는 것들 가운데서 그는 살아야만 돼. 하지만 거기에는 그의 마음에 호소하는 매혹적인 힘이 있기도 하지. 혐오스러운 것이 뿜는 매력—잘 알 테지만. 상상해 보게, 점점 커지는 후회를, 도망치고 싶은 욕구를, 혐오스럽기는 하나 어찌 해볼 도리가 없는 무력감을, 굴복을, 그리고 증오를."

그가 말을 멈추었다.

"여보게." 그가 다시 말을 이었다. 한 팔을 구부려 들어 올리고 손바닥은 바깥쪽을 향한 채 가부좌를 튼 그의 모습은, 연꽃도 없었고 또 유럽인의 옷을 걸쳤지만, 영락없이 설법하는 부처의 형상이었다. "여보게, 우리들 중 어느 누구도 이와 똑같은 감정을 느끼지는 않을 걸세. 우리를 구원해 주는 것은 효율성이네, 효율에 대한 헌신이지. 그러나 로마인들은 사실 대단한 자들이 아니었네. 정말이네. 그들은 식민주의자들도 아니었고, 그들의 행정이라는 것도 단순한 착취였지, 그 이상은 아니었다네. 그들은 정복자들이었고, 정복을 위해서는 단지 무력이 필요했을 뿐이야—그건 자랑할 바가 못 되는데, 그 이유는 나의 힘이라는 것은 다른 사람들이 어쩌다 보니 나보다 약하기에 생겨난 우연한 것이니까 말일세. 로마인들은 빼앗을 수 있는 것이라면 무엇이든 자신의 탐욕을 채우기 위해 빼앗았네. 그것은 단순한 강도 짓이었고, 대규모의 가증스러운 살인 행위일 뿐만 아니라, 앞뒤 가리지 않고 저지른 짓이며, 어둠을 상대하게 된 자들에게 어울리는 짓거리이지. 지구의 정복이란 대개 우리와는 피부색이 다르거나, 코가 좀 낮은 자들로부터 땅을 강탈하는 것을 의미하기에, 실상을 깊숙이 들여다보면 결코 보기 좋은 일은 아닐세. 그런 추악한 행위를 구원해 줄 수 있는 것은 이상뿐이라네. 그 이면에 있는 이상, 감상적인 허식이 아닌 이상, 그리고 그 이상에 대한 사심 없는 믿음 말이야. 모셔 놓고 앞에서 경배하며 제물을 바칠 수 있는 그런 이상 말일세…….”

그가 말을 멈추었다. 불길들이 강 위를 미끄러져 갔는데, 푸른 불길, 붉은 불길, 하얀 불길이 서로를 추격하고 추월하며, 한데 합치고, 지나치고, 그러다 천천히 혹은 황급히 헤어졌다. 깊어 가는 밤에 그 거대한 도시의 수상 운송은 잠들지 않는 강 위에서 쉬지 않고 계속되었다. 밀물이 끝날 때까지는 다른 할 일이 없었기에, 우리는 인내심 있게 기다리며 지켜보았는데, 침묵이 한참 흐른 다음에 그가 주저하는 목소리로 “여보게, 한때 내가 잠시 강을 운항하는 배를 탔던 걸 기억하리라 믿네”라고 말했을 때, 우리는 썰물이 시작되기 전까지 말로의 결론 없는 경험담 중 하나를 꼼짝 없이 듣게 되었음을 알았다.

“내게 개인적으로 일어난 일 때문에 자네들을 귀찮게 하고 싶지는 않네”라며 말로는 이야기를 시작했는데, 사실 그의 이 말은 흔히 청중이 정말 듣고 싶어 하는 바가 무엇인지를 모르는 많은 이야기꾼들의 약점을 드러내는 것이었다.

말로의 이야기가 이어졌다.

"그러나 그 경험이 내게 미친 영향을 이해하려면, 내가 어떻게 그곳으로 나아가게 되었고, 무엇을 보았으며, 어떻게 그 강을 거슬러 올라가, 그 불쌍한 친구를 처음 만나게 된 곳에 도달하게 되었는지를 알아야 할 필요가 있네. 그 여행은 나의 항해 중에서는 최장 거리였고, 나의 경험 중에서는 정점의 순간이었네. 어째서인지 그 여행은 내 주변에 있는 모든 사물들의 의미를 드러내고, 나의 정신 깊은 곳도 드러내는 듯하였네. 그것은 또 아주 음울한 경험이었고 처량하기도 하였지만, 그렇다고 비범한 경험은 결코 아니었으며, 또 썩 이해되는 것도 아니었네. 그래, 썩 분명치가 않았어. 그렇지만 무언가를 드러내는 듯은 했지.

기억하겠지만, 나는 인도양 · 태평양 · 중국해를 뻔질나게 다닌 후—6여 년간이던가, 동양을 한껏 맛보았지—런던으로 돌아와서는, 마치 하늘이 자네들을 교화시킬 임무라도 내린 양 자네들 집으로 쳐들어가기도 하고, 직장에서 업무를 방해하기도 하며 시간을 보냈지. 한동안은 재미있었지만, 이내 육지에서의 휴식에 지쳐 버렸네. 그래서 뱃일을 찾아 나섰지—세상에서 그것만큼 힘든 일도 없지. 그러나 어느 누구도 나를 거들떠보지 않더군. 나도 그 일에 싫증이 났네.

어렸을 때 나는 지도라고 하면 사족을 못 썼네. 남미나 아프리카, 오스트레일리아를 몇 시간이고 뚫어져라 바라보며 탐험의 영광을 꿈꾸는 데 푹 빠져 있었지. 그때만 해도 지구 상에는 빈 공간이 많았는데, 나는 지도에서 특별히 마음이 끌리는 곳을 보면—

실은 안 그런 곳이 없었지만 — 그곳을 손가락으로 짚으며 '어른이 되면 이곳에 가볼 거야' 라고 말하곤 했었네. 내가 기억하기에 북극이 그런 곳들 중 하나였어. 아직 거기에 가보진 못했지만, 지금은 가볼 생각이 없네. 매력이 없어졌기 때문이지. 그 외의 곳들은 적도 부근과 북반구, 남반구에 골고루 흩어져 있었네. 그중 몇 군데는 가봤네만…… 그러나 그 이야기를 지금 하지는 않을 걸세. 하지만 내가 여전히 가고 싶어 했던 곳이 한군데 있었는데, 거기는 그중에서 가장 방대하면서도 가장 비어 있는 곳이었네.

사실 그때만 해도, 그곳은 온전히 비어 있지는 않았네. 내가 소년이었을 때부터 그곳은 강과 호수 그리고 이름으로 채워졌지. 그곳은 더 이상 흥미진진하고 신비로움이 깃든 빈 공간 — 소년이 영광스러운 꿈을 꾸었던 백지상태 — 이 아니었던 걸세. 그곳은 어두운 곳이 되고 말았어. 그러나 그곳에는 특별한 강이, 지도에도 그려져 있는 엄청나게 큰 강이 하나 있었는데, 그 모습이 꼭 머리를 바다에 처박고 몸통은 광대한 나라를 곡선으로 가로지르며 꼬리는 내륙 깊숙한 곳에 숨긴, 긴 똬리를 튼 거대한 뱀을 닮았었네. 진열장 속에 있던 그 강의 지도를 보다가 나는, 새가 — 아둔한 작은 새가 — 뱀에 홀리듯, 그만 그 강에 홀리고 말았네. 그때 큰 회사 하나가, 무역 회사 하나가 그 강을 끼고 사업을 하고 있다는 사실이 문득 떠올랐어. 젠장! 어떤 종류가 되었든, 운송 수단을 그 강에 띄우지 않고서는 무역을 할 수 없을 것이라는 생각이 들었지, 증기선 말이야! 나라고 그런 배 하나 맡지 말라는 법이 어디 있나. 그때 플리트 가(街)*를 따라 걸어가고 있었는데, 그 생각을 떨칠 수가 없었어. 뱀에게 홀린 게지.

알고 있겠지만, 그것은 유럽 회사였고, 무역회(貿易會)이기도 했는데, 유럽은 생활비가 저렴하고 보기보다는 지내기가 나쁘지 않아서, 나의 친척들이 많이 살고 있었네. 적어도 그 사람들 이야기로는 그래.

고백하기는 부끄러운 내용이지만, 나는 이 친척들을 귀찮게 하기 시작했네. 그것도 생전 처음으로. 잘 알 테지만, 내가 그런 식으로 일을 처리하는 사람은 아니잖은가. 난 항상 내 갈 길을 갔고, 또 가고 싶은 곳이 있으면 내 힘으로 그 길을 갔지. 내가 그럴 수 있으리라고는 나 자신도 믿을 수가 없었지만—여보게—무슨 수를 써서든 그곳에 반드시 가야 된다고 느꼈다네. 그래서 친척들을 귀찮게 하기 시작했지. 그러나 남자 친척들은 입으로는 여보게 어쩌네 하며 정중하게 대해 주었지만 실제로는 아무런 도움도 주지 않았어. 그래서 믿을 수 있겠나, 내가 여성을 이용했다네. 나 찰리 말로가 여성을 동원하였다는 것 아닌가—직장을 잡기 위해서! 맙소사! 하지만 여보게, 강에 대한 생각이 나를 사로잡았던 걸세. 그래서 친척 아주머니에게 도움을 청했는데, 의욕이 넘치고 자상한 분이셨지. 그리고 결국 아주머니로부터 답장을 받았다네. '아주 멋진 일이구나. 너를 위해서라면 무엇이든 해주마. 참 훌륭한 생각이다. 내가 경영진의 고위층 부인과 영향력 있는 사람을 알고 있단다' 등의 내용이었지. 아주머니는, 내가 원한다면, 강을 운항하는(?) 증기선의 선장 자리에 나를 앉히기 위해 물불 가리지 않을 셈이셨네.

나는 물론 선장 직을 얻었네, 그것도 아주 빨리. 고용된 선장들 중 한 명이 원주민과의 분쟁에서 살해되었다는 소식이 그 회사에 전해졌나 보더군. 나에게는 기회였고, 나는 가고 싶어서 더욱 몸이 달아올랐네. 몇 달 후 선장의 시신을 수습하던 중에 나는 애초의 분쟁이 몇 마리 암탉 때문에 오해가 생겨 일어났다는 말을 들었네. 맞아, 두 마리의 검은 암탉이라고 했지. 죽은 선장은 프레슬레벤이라는 덴마크 사람이었어. 하여튼 그는, 흥정하던 중에 자신이 어쩌다 속임수에 놀아났다 생각하게 되었고, 그래서 배에서 내려 작대기로 마을의 촌장을 때리기 시작했다는군. 아, 프레슬레벤의 이러한 행적과 더불어, 그가 두 발로 걷는 동물 중 가장 점잖고 가장 조용한 위인이었다는 말을 들었을 때, 나는 조금도 놀라지 않았네. 그가 그런 성품을 지닌 것은 틀림없겠지만, 알다시피 고결한 사업의 명목으로 그가 그곳에 나와 있은 지가 이미 몇 년이나 되었던 것이고, 그래서 모르긴 해도 어떤 식으로든 자존심을 내세울 필요성을 마침내 느끼게 되었을 걸세. 그래서 잔뜩 모여든 부락민들이 깜짝 놀라 지켜보는 가운데, 늙은 검둥이를 가차 없이 두들겨 팼고, 노인이 고통에 지르는 비명을 듣다 못해 한 젊은이가—촌장의 아들이라지 아마—백인을 향해 창으로 찔렀는데, 그만 창이 어깨뼈 사이를 쑥 하고 들어가 버린 걸세. 이제 온갖 재앙이 들이닥칠 것이라고 여긴 부락민들은 숲으로 모두 잠적해 버렸고, 프레슬레벤이 선장으로 있던 증기선 쪽에서도 잔뜩 겁을 먹고는 기관사의 지휘 아래 떠나 버렸다고 해. 그 이후로 내가 그곳에 가서 그의 직무를 대신하기까지는 어느 누구도 프레슬레벤의 유해에 대해 신경을 쓴 것 같지는 않았네. 나는 유해를 그대로 내버려 둘 수가 없어 나의 전임자를 찾아보았는데, 갈비뼈 사이로 풀들이 얼마나 웃자랐는지 유골들이 보이지 않을 정도였다네. 그것들은 그곳에 고스란히 있었네. 소위 초자연적인 존재가 쓰러진 이후 어느 누구도 손을 대지 않았던 걸세. 그리고 촌락은 황폐하게 되었지. 버려진 채 썩어 가는 오두막들은 시커먼 구멍을 쩌억 벌리고 있었고, 무너진 울타리 안에는 무엇 하나 제대로 된 것이 없었네. 결국 재앙이 닥치긴 닥친 셈이지, 의심할 여지 없이. 사람들이 종적을 감추고 없었으니까 말일세. 미칠 듯한 공포가 그들을, 남자들을, 여자들을, 아이들을 수풀 여기저기에 흩어 놓았고, 그들은 이후로 결코 돌아오지 않았던 것이네. 암탉들이 어떻게 되었는지는 나도 알지 못하네. 어쨌거나 진보의 사명 덕택에 그것들을 그냥 내버려 두지는 않았을 거라고 생각하네만. 그러나 이 영광스러운 사건 덕분에 나는 기대도 하기 전에 선장 직을 얻어 냈지 뭔가.

출발 준비를 하느라 나는 미친 듯이 돌아다녔고, 48시간이 되기도 전에 고용주에게 인사하고, 계약서에 서명하기 위해 영국 해협을 건너고 있었다네. 몇 시간도 안 되어 나는 어떤 도시*에 도착하였는데, 그 도시는 항상 회칠한 무덤*을 떠올리게 하지 뭔가. 물론 편견일 테지. 회사의 사무실을 찾는 데는 어려움이 없었네. 회사는 그 도시에서 제일 컸는데 내가 만난 사람들은 모두 회사 이야기뿐이었어. 그들은 해외 식민지를 경영하고 무역으로 엄청난 돈을 벌어들일 예정이었다고 하네.

깊은 그늘 속에 잠긴, 인적이 끊긴 좁은 거리, 높다란 저택들, 베네치아풍 블라인드를 친 수많은 창문들, 쥐 죽은 듯한 정적, 보도블록 틈에서 싹을 틔운 풀, 거리 양편에서 발견되는 마차용의 웅장한 아치형 통로, 살짝 열린 틈을 드러낸 채 육중하게 서 있는 거대한 양쪽 여닫이문. 이러한 틈새 중 하나를 통과한 나는, 청소는 되어 있으되 장식은 없어서 사막처럼 삭막한 층계를 올라가 첫 번째 문을 열었네. 여자 둘이 짚으로 된 의자에 앉아 검은색 양모로 뜨개질을 하고 있었는데, 한 명은 뚱뚱하고 다른 한 명은 말랐더군. 그중 마른 여성이 일어나더니 고개를 숙인 채 여전히 뜨개질하며 나에게 걸어왔고, 마치 몽유병 환자를 맞닥뜨렸을 때 그러듯 내가 막 비켜서려고 하자 걸음을 멈추고 고개를 들더군. 우산 케이스의 천처럼 수수한 옷을 입은 그녀는 한마디 말도 없이 돌아서더니, 나를 앞질러 대기실로 들어갔네. 이름을 댄 후 나는 주위를 돌아보았어. 중앙에는 전나무 테이블이 놓여 있었고, 사방의 벽을 따라 보잘것없는 의자들이 놓여 있었고, 벽의 한쪽 끝에는 온갖 색으로 화려하게 칠한 큰 지도가 있었네. 지도에는 붉은색의 거대한 지역이 있었는데, 사업다운 사업이 벌어지고 있다는 것을 알기에, 그곳은 언제 보아도 좋은 곳이지. 그러고는 빌어먹게 크게 색칠이 된 파란색 지역과 약간의 초록색 지역이, 여기저기 문질러 칠한 듯한 오렌지색 지역이 있었고, 동쪽 해안에는 유쾌한 진보의 선구자들이 맛 좋은 라거 맥주를 유쾌하게 들이켜고 있음을 나타내는 보라색 지역이 있었네. 그러나 나는 이 지역들로 갈 예정이 아니었네. 나는 노란색으로 표시된 지역*으로 가게 되어 있었지. 정중앙이었지. 그리고 그 강이 거기에 있었네—치명적일 만큼 매혹적인 모습으로—한 마리 뱀처럼. 으윽! 문이 열렸고, 동정 어린 표정을 짓고 있는 비서의 백발 머리가 보이더니, 가느다란 집게손가락으로 성역(聖域) 같은 내부로 들어오라고 손짓하더군. 그곳 내부의 등은 침침하였고, 육중한 사무용 책상이 중앙에 있었네. 책상 뒤에는 프록코트를 입혀 놓은, 창백하고 뚱뚱한 몸이 인상적으로 버티고 있었네. 바로 최고 결정권자였네. 그는 5피트 6인치* 정도의 작달막한 사람이었지만, 수백만 금을 마음대로 주무르고 있었네. 그와 악수를 했다고 생각되는데, 그는 불분명하게 몇 마디 중얼거렸고, 나의 프랑스어 실력에 만족했네. *Bon voyage*(잘 다녀오게나).

약 45초 만에 나는 대기실로 돌아왔고, 슬픔과 연민의 감정으로 가득 찬 인정 많은 비서가 서류에 나의 서명을 받았네. 여러 가지가 있었지만 그중에는 교역과 관련된 어떤 비밀도 노출하지 않겠다는 서약도 있었다고 여겨지네. 그래, 나는 그 서약을 지킬 거야.

나는 약간 불안해지기 시작했네. 알다시피 나는 이런 종류의 격식에 익숙지 않은 사람인 데다 그곳 분위기에는 어딘가 불길한 구석이 있었거든. 마치 어떤 종류의 음모에—잘은 모르겠어—무언가 정의롭지 않은 일에 가담하게 된 것 같았기에, 나는 기쁜 마음으로 그곳을 빠져나왔네. 대기실 바깥에서는 예의 두 여성이 여전히 열심히 뜨개질하고 있었네. 사람들이 들어오자, 젊은 여성이 그들을 인도하느라 분주하게 움직였네. 늙은 여성은 의자에 앉아 있더군. 천으로 된 그녀의 납작한 슬리퍼가 온열기*에 기대어 있었고, 고양이 한 마리가 그녀의 무릎 위에서 쉬고 있었네. 그녀는 풀 먹인 흰색 실내모를 머리에 쓰고 있었는데, 한쪽 뺨에는 사마귀가 있었고, 코끝에는 은테를 두른 안경이 걸쳐져 있었네. 그녀가 안경 너머로 나를 힐끗 쳐다보더군. 신속하고도 무심하리만치 평온한 그 시선이 마음에 걸렸네. 아둔하고도 유쾌한 표정의 두 젊은이가 안내되고 있었는데, 그녀는 이들에게도 똑같이 무심한 예지의 시선을 일순간 보냈다네. 그녀는 그들과 나에 대해 모든 것을 알고 있는 듯했어. 섬뜩한 기분이 들더군. 그녀가 괴기스럽고도 숙명처럼 여겨졌다네. 나는 종종 아프리카 그 먼 곳에서 이들을, 어둠의 문을 지키고 서서 관을 덮을 따뜻한 보를 짜듯 검은 양모 실로 뜨개질하던 두 여성을, 사람들을 미지의 세계로 인도하던 한 여성과, 세상사를 오래 겪은 무심한 눈길로 쾌활하고 아둔한 얼굴들을 뜯어보던 또 다른 여성을 생각하곤 했다네. '*Ave*(폐하)! 검은 양모로 뜨개질하는 늙은이여. *Morituri te salutant*(죽으러 가는 자들이 인사 드리옵니다).'* 그녀가 눈길을 주었던 사람들 중에서 그녀를 다시 보게 된 이는 많지 않았네—반도 안 되네. 어림도 없지.

의사의 건강 진단이 아직 남아 있었네. 나의 모든 슬픔을 한량없이 동정하는 듯한 비서가 '형식적인 일일 뿐이에요' 라는 말로 안심시키더군. 왼쪽 눈썹 위로 모자를 눌러쓴 한 젊은이가, 서기쯤 된다고 생각하는데, 곧바로 위층 어디에선가 나타나 나를 안내했다네—이 건물은 비록 죽은 자들의 도시 속 집처럼 고요했음에도 불구하고, 업무상 서기들은 있었나 보더군. 그는 초라한 행색에 조심성이 없는 듯싶었는데, 재킷 소매부리에는 잉크 자국이 묻어 있었고, 오래된 구두의 엄지 부분처럼 생긴 턱 아래에 매여 있는 넓적한 크라바트*는 바람이라도 든 양 부풀어 보였네. 의사를 만나기에는 다소 이른 시간이어서 나는 술 한잔 마실 것을 제의했고, 그러자 그 녀석은 쾌활한 기색을 보였다네. 베르무트*를 앞에 두고 앉았는데, 그가 회사의 사업을 하도 칭찬하기에, 그러는 본인은 왜 해외로 나가지 않는지 의아스럽다는 말을 슬쩍 던졌지. 갑자기 녀석이 냉정해져서 정색을 하더군. '보기와는 달리 나는 바보가 아니라고 플라톤이 제자들에게 말했지요' 라고 녀석이 격언을 인용하더니, 비장하게 자신의 잔을 비웠고, 우리는 자리에서 일어났다네.

늙은 의사가 나의 맥박을 짚었는데, 그는 분명 딴생각을 하고 있었네. '좋아요, 그곳에 가는 데는 문제가 없군요' 라고 중얼거리더니, 이어서 머리 치수를 재어 봐도 괜찮을지 진지하게 물어 왔네. 내심 놀라면서 승낙을 하자, 그는 측정기 같은 것을 꺼내 조심스럽게 기록을 해가며, 앞과 뒤, 온갖 방향으로 머리 치수를 재더군.* 키가 작은 그는 개버딘류의 너절한 코트 차림에 슬리퍼를 신고, 면도도 하지 않았는데, 바보스럽긴 해도 해를 끼치지는 않을 자였네. '과학을 위하여, 저는 해외로 나가는 분들에게 두개골을 측정할 수 있게 허락을 구하지요' 라고 말하더군. '그들이 돌아올 때도요?' 라고 내가 물었네. '다시는 그들을 보지 못합니다. 더군다나 변화는 내면에서 일어나는 것이니까요, 아시겠지만……' 이라는 것이 그의 대답이었네. 그러고는 점잖은 농담이라도 들은 듯 미소를 지었지. '그래요, 당신도 그곳으로 가는군요. 멋집니다. 흥미롭기도 하고요.' 나를 유심히 살피던 그가 또 기록을 했네. '가족 중에 정신 질환 병력이 있는지요?' 그가 사무적인 어조로 물어왔네. 나는 무척 불쾌했네. '그 질문도 과학을 위한 것인가요?' 나의 기분이 상한 것을 눈치 채지 못한 그가 대답했지. '현장에 가 있는 개인들의 정신적 변화를 관찰하는 것이 과학자에게는 흥미로운 일이겠지요. 그러나…….' 내가 그의 말을 가로채며 물었네. '정신과 의사신가요?' '의사라면 누구나 어느 정도는 그렇다고 봐야죠' 라며 그 괴짜가 아무런 동요도 없이 대답하더군. '제게 대단치 않은 이론이 하나 있는데, 그곳으로 나가는 신사 양반들께서 그 이론을 증명하는 데 도와주실 수 있습니다. 그것이 그토록 광대한 보호령을 소유함으로써 우리나라가 얻게 될 이득 중 제가 차지할 몫이지요. 경제적인 이득은 다른 사람들에게 맡기고 말입니다. 이런 질문을 해서 실례지만, 당신은 제가 관찰하게 된 첫 번째 영국인이어서…….' 즉시 나는 그에게 내가 결코 전형적인 영국인은 못 된다고 말해 주었네. '내가 전형적인 영국인이라면, 당신과 이렇게 대화를 나누고 있지 않을 겁니다.' '당신의 말에는 심오한 면도 있겠지만, 아마 틀렸다고 봐야 할 것입니다' 라고 그가 웃으면서 말하더군. '태양에 노출되는 것도 피해야 하지만, 그보다 화내는 것을 피해야 합니다. *Adieu*(안녕히). 영어로는 뭐라고 하죠? 굿바이? 아하! 굿바이. *Adieu*(안녕히). 열대 지역에서는 무엇보다도 마음의 평정을 유지해야 해요.' 그가 경고하듯 집게

손가락을 들고는 말했네. '*Du calme, du calme. Adieu*(마음의 평정을, 마음의 평정을. 안녕히).'

한 가지 할 일이 더 남아 있었네, 마음씨 고운 친척 아주머니께 작별 인사 드리는 것 말일세. 아주머니를 뵈러 갔더니 의기양양해 하셨지. 차를 대접받았고 — 오랫동안 못 마셔 보게 될 제대로 된 차였지 — 지체 있는 부인의 응접실 면모를 갖춤으로써 사람의 마음을 편안하게 해주는 그런 방의 난롯가에서 우리는 조용히 오랜 대화를 나누었다네. 사담을 나누는 가운데 알게 된 분명한 사실은, 내가 고위 인사의 부인뿐만 아니라 수많은 사람들에게 재능 있고 비범한 사람으로, 회사에서는 복덩어리 같은 존재로, 언제고 원할 때 쉽게 고용할 수 있는 그런 사람이 아닌 것으로 소개되었다는 것이었네. 맙소사! 한 푼짜리 경적이 달린 두 푼 반짜리 증기선을 맡는 주제에! 그럼에도 나는 일꾼 중 한 사람으로 — 알잖은가, 하느님의 일꾼으로 말이야 — 여겨졌나 보더군. 빛의 사자나 하급 사도(使徒) 같은 존재 말이야. 그 당시에는 그런 헛소리가 지천으로 인쇄되고 회자되었는데, 그런 사기가 넘쳐흐르는 가운데 사시다 보니, 아주머니께서도 그만 정신을 빼앗기신 게지. '수백만의 무지몽매한 무리들이 끔찍한 관습을 포기하도록 하는 것'에 대해 말씀하셨는데, 그런 말을 듣다 보니 정말이지 마음이 편하지 않았네. 그래서 그런 회사도 실은 이익을 추구하지 않느냐는 말씀을 감히 넌지시 했다네.

'찰리, 일꾼은 자신의 몫을 받을 자격이 있다*는 말씀을 잊고 있구나.' 아주머니께서는 밝은 표정으로 말씀하셨네. 여성들이 진실에서 얼마나 멀어져 있는지. 참 기이하지. 그들은 자신들만의 세상에서 따로 살고 있으며, 그 세상에 견줄 만한 것은 과거에도 없었고, 앞으로도 결코 있을 수 없다네. 그 세상은 너무나 아름다워서, 만약 여성들이 세상을 세우면, 첫째 날 해가 저물기도 전에 무너지고 말 걸세. 창조 이래로 줄곧 우리 남성들이 불평 없이 받아들인, 어떤 황당한 사실이 만약 그들에게 알려지면, 그 세상을 뒤집어 놓고 말 것일세.

그 말씀을 끝으로 아주머니는 나를 포옹하며 플란넬 옷을 입을 것을 충고하셨고, 자주 편지를 쓸 것과 다른 일에 대해서도 다짐을 받으셨지. 그리고 나는 길을 나섰네. 왜 그런지 모르겠지만 내가 사기꾼이라는 묘한 느낌이 길거리에서 불쑥 들더군. 24시간 전에만 기별을 받으면 세상의 어떤 곳을 향해서도 주저 없이—대부분의 사람들이 별 생각 없이 길을 건널 때보다도 더 주저함 없이—길을 떠나곤 했던 나에게 기이하게도 어떤 순간이, 딱히 주저했다고는 할 수 없지만 깜짝 놀라 멈춘 순간이, 늘 하던 출발을 앞두고 있었단 말이네. 내가 대륙의 중앙이 아니라, 지구의 중심부를 향해 출발하는 것처럼 1, 2초 동안 느꼈다고 말하면 자네들이 이 순간을 가장 잘 이해할 수 있을지도 모르겠네.

프랑스 국적의 기선을 타고 떠났는데, 내가 아는 한 군인들과 세관원들을 상륙시키려는 단 하나의 목적을 위해 그 배는 망할 놈의 항구란 항구는 모두 다 들르더군. 나는 해안선을 주시했지. 해안이 미끄러지듯 스쳐 지나가는 모습을 보는 것은 수수께끼 앞에서 궁금해하는 것과 같았어. 눈앞에 그것이 있었네—미소 짓고,

찌푸리고, 유혹하며, 장엄하고, 야비하게, 밋밋하거나 야만적인 모습으로 '한번 와서 알아내 봐요' 하고 속삭이듯 항상 말없이. 해안은 단조롭고 음울하게만 느껴질 뿐, 아직도 생성 중에 있는 듯 별다른 특징이 없었네. 거의 검게 보일 정도로 어두운 녹색을 띤 거대한 정글은 해안을 만나자 하얀 파도를 술 장식처럼 단 채 마치 자를 대고 그은 듯 일직선으로 달렸는데, 그것은 슬그머니 기어오는 안개 때문에 번득임을 잃고 흐릿해진, 파란 바다 아득한 곳까지 이어졌다네. 뙤약볕은 지독하였고, 대지는 습한 기운으로 반짝이며 흠뻑 젖어 있었지. 하얀 파도 너머 여기저기 잿빛을 띤 흰색 점들의 한데 모인 모습이 — 그 위로는 아마 깃발이 휘날렸을 거라 생각되는데 — 드러났고, 이 점들의 정체는 만든 지 몇백 년이나 된, 그러나 주변의 광대한 처녀지에 비하면 아직도 핀의 머리만큼 보잘것없는 거주지들이었네. 내가 탄 배는 덜커덩거리며 나아가다 멈추고, 군인들을 하선시킨 후 다시 길을 갔네. 그러다 또, 깃대 하나와 양철 헛간 하나가 버려져 있는, 하늘도 외면한 듯한 황야에서 세금을 거둘 셈으로 세관원들을 하선시켰고, 추측하건대 그 세관원들을 보호하기 위해 더 많은 군인들을 하선시켰네. 그중에는 파도에 목숨을 잃는 자들도 있다는 말을 들었으나, 정작 그랬는지에 대해서는 아무도 특별한 관심이 없었네. 이자들을 그냥 그곳에 던져 놓고 우리는 갈 길을 계속 간 거지. 마치 우리가 움직이지 않고 있었던 것처럼 해안은 매일매일 똑같은 모습이었지만, 실제 우리는 여러 곳을 지나쳤는데, 그랑바삼, 리틀포포,* 한결같이 불길한 배경막 앞에 상연되는 천박한 익살극에서나 나올 법한 이름을 가진 교역항들이었지. 할 일 없는 승객의 신분, 나와는 접촉이 없었던 사내들 속에서 고립된 신세, 끈적거리고 활력 없는 바다, 항상 음침한 해안, 이런 것들이 나를 사물의 진실에서 멀어지게 만들었고, 애처롭고도 어리석은 망상의 덫 속에 나를 가둔 듯했네. 이따금씩 들려오는 파도 소리가 형제의 목소리를 듣는 것처럼, 정말이지 기쁨을 주었네. 그것은 이유와 의미가 있는 자연스러운 것이었다네. 이따금씩 해안으로부터 다가온 배들도 우리에게 잠깐이나마 현실을 만날 수 있게 해주었지. 그 배들은 흑인들이 노를 저어 온 것이었네. 멀리서도 흑인들의 번뜩이는 눈알을 볼 수 있었네. 그들은 소리소리 지르며 노래 불렀는데, 그들의 몸에는 땀이 시내처럼 흘러내렸고, 얼굴은 기괴한 가면 같았네—이자들이 말이야. 하지만 그들에게는 뼈와 근육이, 야성적인 활력이, 해안선의 파도처럼 자연스럽고 실재하는 강한 힘이 있었네. 그들이 그곳에 있기 위해서는 따로 구실이 필요 없었네. 그들을 바라보는 것이 큰 위안이 되었네. 얼마간 나는 나 자신이 진실된 사실의 세계에 아직 속해 있다는 느낌을 갖곤 했지만, 그런 느낌은 오래가지 않았네. 그런 느낌을 사라지게 하는 일이 꼭 생기곤 했지. 한번은 해안에서 멀리 떨어진 바다에 정박한 군함과 마주친 일이 기억나는군. 그 군함은 헛간 한 채 없는 수풀을 향해 포격을 가하고 있었네. 프랑스인들이 근처에서 전쟁을 벌이고 있었다는군. 그 군함의 깃발은 헌 옷가지처럼 축 늘어져 있었고, 6인치 함포의 포구(砲口)들이 선체 하부 위로 온통 삐죽이 나와 있었으며, 기름처럼 끈적한 흙탕물 파도가 느릿느릿 그 배를 높이 띄웠다가 내려놓았는데, 그때마다 그 배의 가느다란 돛대가 흔들리더군. 텅 빈 땅과 하늘 그리고 물밖에 없는 광대한 공간에서 영문 모를 존재가 대륙을 향해 포격하며 있었던 거지. 6인치 포 중 하나가 펑 소리를 내자 작은 불길 하나가 휙 날아가다 사라지더니 약간의 흰 연기도 사라지고, 조그만 발사체가 끼이익 하는 소리를 냈지만 아무 일도 없었네. 아무런 일도 일어날 수가 없었던 거야. 이 행위에는 광기의 조짐과 더불어 서글픈 우스꽝스러움이 있었는데, 같은 배에 탄 누군가가 — 글쎄, 원주민들을 적이라고 부르며 — 그들의 주둔지가 어딘가에 숨겨져 있다고 내게 열심히 설득하려 했지만, 그렇다고 해서 이 서글픈 광대극에 대한 의구심이 사라지지는 않았다네.

우리는 군함에 우편물을 전달한 후(홀로 있는 이 군함의 승무원들이 하루에 세 명꼴로 열병에 걸려 죽어 나간다는 말을 들었어) 갈 길을 재촉했다네. 우리는 우스꽝스러운 이름이 붙은 장소들을 몇 군데 방문했는데, 그곳에서는 과열된 지하 묘지처럼 땅 냄새 물씬 풍기는 적막한 분위기에서 죽음과 교역의 즐거운 무도*가 벌어지고 있었네. 그 무도는 또한 자연이 침입자들을 물리치려는 듯 위험한 파도가 방어선을 구축한 해안을 따라, 그리고 숨만 붙어 있을 뿐 죽은 것과 다름없는 물길과 강들을 드나들며 벌어지고 있었는데, 강의 양쪽 제방은 썩어서 진흙처럼 되어 있었고, 빽빽하게 점액이 되어 버린 강물 속에 잠긴 맹그로브 나무들은 무력한 절망 속에서 우리를 향하여 몸부림치며 괴로워하는 듯 뒤틀려 있었다네. 어느 곳에서도 우리는 구체적인 인상을 떠올릴 만큼 오래

머물지 않았지만, 왠지 모르게 막연하면서도 답답한 경이감이 감당할 수 없을 정도로 커져 갔네. 그 여행은 곧 있을지도 모를 악몽에 대한 전조로 가득 찬, 진저리 나는 순례와도 같은 것이었네.

그 큰 강의 어구를 보게 된 것은 30일이 지나서였네. 우리는 정부 청사 소재지 가까이에서 닻을 내렸다네. 그러나 일을 시작하려면 2백 마일은 더 올라가야 했지. 그래서 우선 30마일 상류의 한 지점을 향하여 서둘러 출발했다네.

조그만 항해용 기선으로 옮겨 탔다네. 그 배의 선장은 스웨덴 사람이었는데, 내가 뱃사람인 줄 알고 함교*로 초대하더군. 마른 체구에 금발을 한 우울한 젊은이였는데, 늘어진 긴 머리에 발을 끌며 걷는 버릇이 있었지. 그 한심하고도 작은 부두를 떠날 때, 그가 해안을 향해 경멸하듯 고갯짓을 하며 물었네. '저곳에 살았나요?' '그렇소' 라고 내가 대답했지. '이곳의 정부 관리들은 정말 가관이지요, 그렇지 않나요?' 그는 상당히 신랄하게 그러나 아주 정확한 영어를 구사하며 말했네. '사람들이 한 달에 몇 프랑을 벌고자 무슨 짓거리든 하려는 것을 보면 우스워요. 그런 치들이 내륙으로 들어갔을 때 어떻게 변할지 궁금하지 않나요?' 그래서 나는 어서 빨리 그런 모습을 보았으면 하고 기대한다고 말해 주었다네. '그렇구운요!' 그가 외치더군. 한쪽 눈으로는 끊임없이 전방을 주시하면서, 그가 발을 끌며 갑판을 가로질러 갔다네. '너무 자신하지 마십시오' 라면서 그가 말을 계속했네. '전날 길가에서 목을 매고 죽은 사람의 시신을 수습해야 했지요. 스웨덴 사람이더군요.' '목을 맸다고요? 도대체, 왜요?' 내가 소리를 질렀네. 그는 계속해서 전방을 살피고 있었네. '누가 알겠어요! 햇볕을 못 견뎌 했거나, 어쩌면 이 나라를 못 견뎌 했을지도 모르지요.'

마침내 우리는 직선으로 펼쳐진 강의 유역에 도달했다네. 바위 절벽이 보였고, 해안가에는 흙을 파헤쳐 만든 둔덕들이, 언덕 위에서는 집들이, 경사면에 들러붙어 있는 듯한 황량한 흙더미들 속에서는 양철 지붕의 건물들이 모습을 드러냈네. 위쪽 어딘가에서 끊임없이 흘러나오는 급류 소리가 이 황폐한 정착지의 상공을 떠돌고 있었네. 많은 사람들이 개미처럼 분주히 움직이고 있었는데 대부분 벌거벗은 흑인들이었네. 강 쪽으론 방파제가 삐죽이 뻗어 있었지. 때때로 눈부신 햇살이 갑자기 너무나 강렬하게 타올라서 이 모든 광경을 삼켜 버리곤 했네. 바위 비탈 위에 지어 놓은 세 채의 막사 같은 목조 건물을 가리키며 '저기 당신 회사의 교역소가 있군요' 라고 스웨덴 선장이 말했네. '당신의 짐을 보내 드리죠. 박스 네 개라고 하셨죠? 그럼. 안녕히.'

나는 풀 속에서 뒹구는 보일러를 보았고, 그리고 언덕 위로 올라가는 작은 길을 발견했지. 그 길은 바위들과, 뒤집혀 바퀴가 공중을 향한 소형 무개화차를 우회하여 나 있었지. 바퀴 중 하나는 달아나고 없더군. 그것은 무슨 동물의 시체처럼 보였네. 나는 곧 썩어 가는 더 많은 기계들과 녹슨 철로 더미와 마주쳤다네. 왼편으로 나무들이 그늘을 이루고 있었는데, 그곳에서는 시커먼 물체들이 힘없이 꿈틀거리고 있는 듯 보였다네. 나는 부신 눈을 깜박였고, 언덕으로 난 작은 길은 가팔라 보였네. 오른편에서 경적 소리가 들리더니 흑인들이 뛰어가는 모습이 보이더군. 거대하고 둔탁한 폭발이 땅을 흔들었고 한 줄기 연기가 절벽에서 나왔지만, 그뿐이었네. 바위 표면에는 아무 변화도 없더군. 그들은 철도를 건설하는 중이었네. 절벽은 애초에 그 어떤 길도 막고 서 있지 않았네만, 목적이 의심스러운 발파가 그곳에서 이루어지는 작업의 전부였네.

뒤편에서 들려오는 짤랑거리는 소리에 나는 고개를 돌렸네. 여섯 명의 흑인 사내들이 언덕길을 줄지어 힘들게 올라오고 있었지. 그들은 몸을 꼿꼿이 세운 채 천천히 걷고 있었는데, 흙을 잔뜩 담은 작은 통을 머리에 이고 있었고, 그들의 발걸음에 박자를 맞추어 짤랑거리는 소리가 났네. 검은 누더기가 그들의 허리를 휘감고 있었고, 허리 뒤쪽으로 묶인 누더기의 짧은 매듭 부분이 꼬리처럼 이리저리 움직였네. 나는 그들의 갈비뼈란 갈비뼈는 모두 볼 수 있었는데, 그들의 사지 관절은 꼭 로프의 매듭 같았고, 그들의 목엔 모두 쇠 차꼬가 채워져 있었네. 차꼬는 쇠사슬로 연결되어 있어 사슬고리들이 늘어져서 리드미컬하게 짤랑거리고 있었던 것이었지. 벼랑으로부터 또 다른 폭발음을 들었을 때, 문득 대륙을 향해 포격을 가하고 있던 군함을 떠올렸네. 그것은 같은 종류의 불길한 소리였지만, 흑인들은 아무리 억지를 부려도 적이라곤 할 수 없었네. 그들은 범죄자로 불렸는데, 격노한 법률이, 바다에서 온 도저히 풀 수 없는 미스터리가, 포탄이 폭발하듯 그들을 덮쳤던 것일세. 그들의 앙상한 가슴들이 함께 헐떡였고, 몹시 벌어진 콧구멍들은 가쁜 숨으로 떨었지만, 시선은 돌같이 무표정하게 언덕 위를 향했네. 이윽고 그들과의 거리가 6인치* 정도로 가까워졌지만, 그들은 내게 눈길 한 번 주지 않고 마치 불행에 빠진 야만인이 그렇듯 죽은 사람처럼 무심한 태도로 내 곁을 지나갔다네. 이 자연 그대로의 날것들 뒤편으로는 야만에서 구제된 무리 중 한 녀석이, 새로운 문명화 세력이 기울인 노력의 성과물이, 소총의 중간 부분을 쥐고 기운 없이 어슬렁거리며 오고 있었네. 그가 입은 제복 상의는 단추가 하나 떨어져 나가고 없었는데, 백인을 길에서 발견하자, 얼른 어깨총을 하더군. 멀리서 보았을 때 백인들은 서로 비슷해서 내가 누구인지는 알 수 없었을 테니, 만약을 대비한 신중함에서 나온 행동이었던 것일세. 그 녀석은 곧 나의 정체를 알아챘고, 흰 이를 보이며 악당처럼 씩 웃고는, 자신이 감독하는 무리에게 시선을 한 번 주더니, 나를 자신이 수행하는 고결한 임무의 파트너로 받아들이는 듯했네. 경위야 어쨌건 내가 이 고상하고 정의로운 사업이 떠받드는 대의(大義)에 동참한 것은 사실이잖은가.

언덕 위로 올라가는 대신 나는 방향을 바꿔 왼쪽으로 내려갔네. 내가 언덕을 올라가기 전에 사슬에 묶인 죄수들을 먼저 보냈으면 하는 의도였지. 자네들도 알겠지만, 나는 특별히 마음씨 부드러운 사람이 아닌 데다, 또 살기 위해서 치기도 했고 막기도 했었네. 어쩌다 보니 내가 선택하게 된 인생이 요구하는 대로, 정확히 그 대가가 무엇일지 생각도 못해 본 채 나는 저항해야 했고, 때로는 공격도 했어야만 했다네 — 공격도 실은 저항의 한 방법이지만 말일세. 나는 지독한 폭력도, 지독한 탐욕도, 또 지독하게 강렬한 욕망도 보았지만, 맹세코, 사람들을 — 사람들을 말일세 — 지배하고 움직인 것은 사실 시뻘건 눈을 번득이는 탐욕스럽고 힘센 악마들이었다네. 언덕 비탈길에 서 있을 때, 나는 앞이 안 보일 정도로 강렬한 햇살이 내리쬐는 그 땅에서 축 늘어지고 가식적이며 눈이 어두운 악마를, 탐욕스럽고 냉혹하면서도 아둔하기 그지없는 존재를 만나게 될 것을 예감했었네. 하지만 그 악마가 얼마나 교활한 존재인지는 몇 달이 지나고, 천 마일이나 더 올라가서야 알 수 있었다네. 그에 대한 경고라도 미리 받은 양, 나는 소스라치게 놀라며 잠시 서 있었네. 마침내 나는 아까 본 적이 있는 나무 쪽으로 비스듬히 언덕을 내려갔다네.

아무리 추측을 해보아도 알 수 없는 어떤 이유로, 누군가가 경사면에 파고 있던 거대한 인공의 구덩이를 피해 나는 내려왔네. 그것은 채석장도 아니었고, 모래 채취장도 아니었어. 단순한 구덩이에 불과했네. 범죄자들에게 무언가 소일거리를 주려는 박애주의적 욕망과 관련이 있었을지도 몰라. 모르지. 그러고 나서 나는 협곡에 빠질 뻔했는데, 협곡은 언덕 경사면에 마치 상처 자국처럼 아주 좁게 나 있었네. 나는 그 속에서 정착지에 쓸 요량으로 수입된* 수많은 배수 파이프들이 흐트러져 있는 것을 발견했다네. 부서지지 않은 것이 하나도 없었네. 악의로 박살을 낸 게 분명했어. 마침내 나는 나무 아래로 들어섰다네. 그늘 아래에서 좀 거닐겠다는 생각이었지만, 그늘 아래로 들어가자마자 마치 지옥의 음침한 세상에 들어선 것 같았다네. 급류가 가까이 있어서 쉼 없이 곤두박질치는 물결이 숨결도 일지 않고 잎사귀도 움직이지 않는 음산하고 고요한 숲을 신비한 소리로 가득 채웠는데, 마치 광포한 속도로 발진한 지구의 움직임 소리가 갑자기 들린 것과도 같았네.

시커먼 형체들이 나무 사이에 웅크리거나 누워 있거나 앉아 있었는데, 그것들은 고통과 포기, 그리고 좌절을 표현하는 온갖 자세로 둥치에 기대기도 하고, 땅에 들러붙어 있기도 하고, 반쯤은 몸을 드러내고, 반쯤은 어둑한 빛 속에 감추어져 있었네. 벼랑에서 또 다른 폭발과 함께 발아래 땅이 가볍게 떨리더군. 사업이 진행되고 있었네. 사업이! 그리고 이곳은 일꾼들이 하던 일을 그만두고 죽으러 나오는 장소였던 거야.

그들은 천천히 죽어 갔다네 — 아주 분명한 사실이었지. 그들은 적도 아니었고, 범죄자들도 아니었네. 그들은 이제 이 세상 사람도 아닌 데다, 단지 푸르스름한 어둠 속에 뒤섞여 누워 있는 질병과 기아의 검은 그림자들이었을 뿐이었네. 기간제 계약이라는 법률에 묶여 해안 구석구석에서 끌려와 체질에 맞지 않은 환경에 던져지고, 익숙지 않은 음식을 먹은 그들은 급기야 병이 났고, 일꾼으로서 쓸모가 없어지자, 그제야 기어 나와 쉬게 된 걸세. 죽어 가는 형체들은 공기처럼 자유로웠지만, 너무 야위어 공기만큼이나 가벼웠다네. 나무 아래 어둠 속에서 빛을 발하는 눈들이 보이기 시작하더군. 시선을 아래쪽으로 향하니 바로 나의 손 가까이에도 얼굴이 하나 있었네. 뼈만 남은 시커먼 것이 한쪽 어깨를 나무에 기댄 채 드러누워 있었다네. 그것의 눈꺼풀이 천천히 올라가더니 움푹 꺼진 눈으로 나를 올려다보았는데, 그 눈은 무척 크고 멍한 모습이었고, 이윽고 안구 깊숙이 공허한 흰빛이 반짝이더니 천천히 사라져 버렸네. 사내는 젊어 보였는데 — 소년이라고 할 정도였어 — 자네들도 알겠지만, 이들의 나이는 짐작하기가 힘들지 않은가. 그 선량한 스웨덴인의 배에서 얻어, 호주머니에 넣어 둔 비스킷 중 하나를 주는 것 외에는 달리 어찌할 도리가 없었네. 그의 다섯 손가락이 천천히 굽혀지더니 비스킷을 거머쥐더군 — 더 이상의 움직임도 없었고, 더 이상 쳐다보지도 않았네. 그는 흰 털실을 목에 감고 있었다네 — 왜 그랬을까? 어디서 그것을 얻었을까?* 그 실은 어떤 상징적 표식일까, 장식일까, 아니면 부적일까, 귀신을 달래는 행위일까? 그 실에는 도대체 어떤 의미가 담겨 있는 것일까? 대양을 건너온 실 조각이 그의 시커먼 목 둘레에 감겨 있는 것은 놀라운 광경이었네.

같은 나무 주변에는 또 다른 두 개의 뾰족하리만치 앙상한 형체들이 다리를 오므리고 앉아 있었네. 그중 하나는 턱을 무릎에 괸 채 허공을 멍하니 보고 있었는데, 참을 수 없이 섬뜩한 인상을 주더군. 또 다른 유령 같은 그의 동료는 엄청난 피로에 눌린 듯 이마를 무릎에 올려놓고 있었고, 주변 여기저기에서는 다른 녀석들이, 대학살이나 역병을 묘사한 그림처럼 온갖 뒤틀린 자세로 쓰러져 있었다네. 내가 공포에 질려 서 있는 동안, 녀석들 중 하나가 몸을 일으키더니 물을 마시러 강 쪽으로 기어서 가더군. 그러고는 손으로 물을 떠 마시고, 다리를 오므려 교차시킨 채 햇볕 아래 한동안 앉아 있다가, 곱슬한 머리를 가슴에 파묻고 말았네.

그 그늘 아래에서 더 이상 배회하기를 원치 않았던 나는 교역소를 향해 황급히 발걸음을 옮겼지. 교역소 건물들 가까이에서 백인 한 명과 마주쳤는데, 그의 의복이 믿어지지 않을 정도로 우아한 것이어서, 나는 순간 무슨 환영을 본 것이 아닌가 했다네. 풀 먹인 하얀 하이칼라, 커프스단추, 가벼운 알파카 천 상의, 눈같이 흰 바지, 깨끗한 넥타이, 광을 낸, 목이 긴 구두가 눈에 들어오더군. 모자는 쓰질 않았다네. 머리는 가르마를 타고 빗질해서 기름을 발랐는데, 그 위에 초록색 안감을 댄 파라솔을 희고 커다란 손으로 쥐고 있더군. 놀라운 모습을 한 이자의 귀에는 펜대가 하나 꽂혀 있었네.

나는 이 기적 같은 존재와 악수를 나눴는데, 그가 무역 회사의 수석 회계사라는 사실과 모든 회계 처리가 이 교역소에서 이루어진다는 것을 알게 되었네. 그의 표현을 빌리면, 일을 하다 '신선한 공기를 좀 쐬러' 잠시 밖으로 나온 것이었네. 그의 이 표현은, 그런 곳에서 하루 종일 사무를 본다는 암시 때문에 무척 이상하게 들렸네. 자네들에게 이 친구 이야기를 하는 것은, 그의 입을 통해 당시의 기억과 떼려야 뗄 수가 없는 한 남자의 이름을 처음 들었기 때문이네. 게다가 나는 이 친구를 존경했네. 그렇다네. 그의 칼라가, 큼지막한 커프스단추가, 그의 빗질 잘된 머리가 존경스럽다고 생각했다네. 그의 외모는 영락없는 이발소의 마네킹이었지만, 그 아수라장에서도 그는 백인으로서의 외양을 유지했다는 것 아닌가. 그것이 그의 삶을 지탱해 주었네. 그의 풀 먹인 칼라와 장식으로 꾸민 셔츠의 가슴 부분은 인격의 성취를 보여 주는 것이었지. 그는 거의 3년이나 그곳에 있었다는데, 나중에 나는 그에게 그런 면제품을 어떻게 잘 차려입을 수 있는지 물어보지 않을 수가 없었네. 그가 얼굴을 약간 붉히며 겸손하게 대답하더군. '교역소 부근의 원주민 여자들 중 한 명을 가르쳤지요. 어려운 일이었습니다. 일하기를 싫어하니까요.' 그러니 이 사나이는 진정 무언가를 성취했던 것이네. 또한 그는 회계 업무에 성실했고, 장부들은 깔끔히 정리되어 있었네.

교역소에서 그 밖의 일은 모두 엉망이었다네—사람들, 물건들, 건물들이 말일세. 대상(隊商)들까지도. 평족을 한 흑인들의 대열이 먼지를 뒤집어쓴 채 도착하고 또 떠나곤 했는데, 공산품이며 하찮은 면제품, 구슬 그리고 황동 선(黃銅線)이 어두운 오지로 줄줄이 흘러 들어갔고, 그 대가로 값나가는 상아가 조금씩 흘러나왔네.

나는 교역소에서 열흘이나 기다렸어야 했는데, 영겁의 시간 같더군. 마당의 한 오두막에서 지내며 그 아수라장에서 벗어나기 위해 수석 회계사의 사무실에 가끔 들렀었네. 사무실은 판자를 수평으로 붙여 지은 것으로, 판자들이 어찌나 제멋대로 잇대어졌던지 그가 높은 책상 위로 몸을 기울일 때면 틈새로 들어온 햇빛 때문에 목에서 발뒤꿈치까지 그의 몸에 줄무늬가 지곤 했다네. 바깥을 내다보기 위해 큰 덧창을 열 필요도 없었네. 실내도 덥기는 마찬가지였고, 큰 파리들이 지독하게 윙윙거리며 날아다녔는데, 이놈들은 쏘지는 않았지만 찔러서 아프게 했네. 나는 주로 바닥에 앉아 있는 편이었고, 흠잡을 데 없이 차려입은(향수까지 살짝 바른) 회계사는 높은 의자에 앉아 장부에 쓰고 또 쓰곤 했네. 가끔 운동을 하기 위해 그가 일어서더군. 병자(몸져누운 내륙의 교역상)를 실은 바퀴 달린 침대가 자신의 사무실이 있는 건물에 들어오자, 그는 드러내 놓진 않았지만 성가셔 했네. 그가 말하더군. '환자의 신음 소리 때문에 집중력이 흐트러집니다. 그렇게 방해하지 않아

도 이런 기후에서는 사무적인 실수를 저지르기가 무척 쉬운데 말입니다.'

하루는 고개도 들지 않고 '당신은 내륙에서 틀림없이 커츠 씨를 만나게 될 것입니다'라고 그가 말했어. 커츠 씨가 누구냐고 묻자, 일급 교역상이라고 대답했는데, 그 대답에 내가 실망하는 모습을 보고는 쥐고 있던 펜을 내려놓으며 천천히 말했네. '그는 매우 비범한 분이지요.' 그에게 질문을 좀 더 하고서야, 커츠 씨가 진짜 상아 생산국이라 할 수 있는 그곳에서 교역소 하나를, 그것도 '아주 깊은 내륙에서' 아주 중요한 교역소 하나를 책임지고 있다는 사실을 알아냈네. '다른 교역상들이 보내오는 것들을 다 합친 것만큼 많은 양을 말이에요…….' 그렇게 말하곤 다시 쓰기 시작하더군. 병자는 너무 중환이어서 이젠 신음 소리도 못 냈지. 파리 떼가 무척이나 한가롭게 윙윙거리고 날아다녔네.

문득 속삭이는 소리가 점점 커지면서, 쿵쾅거리는 발걸음 소리가 들렸네. 대상의 무리 하나가 도착한 것이었지. 판자벽 바깥으로부터 무슨 뜻인지 알 수는 없으나 거칠고 흥분한 말소리가 갑자기 터져 나왔네. 짐꾼들이 모두 한꺼번에 말하기 시작했고, 시장판 같은 혼란 속에서 '가망이 없어'라고 말하는 대상 우두머리의 슬픈 목소리가 들려왔는데, 그 울먹거리는 소리를 그날 스무 번도 더 들은 거야. ……수석 회계사가 천천히 일어나더군. '웬 난리법석이야'라고 말하더니 조용히 방을 가로질러 가서 병자를 들여다보고는 내게 말했네. '이자는 듣지도 못해요.' '네? 죽었다고요?' 내가 놀라서 물었지. '아닙니다, 아직은요.' 아무 일도 아닌

듯 그가 말했네. 그러곤 고개를 들어 교역소 마당에서 벌어지는 소란을 가리키며, '장부 기입을 정확히 해야 할 때면 저런 야만인들을 증오하게 됩니다—죽도록 말이지요.' 그러고는 잠시 생각에 잠겼네. '커츠 씨를 만나게 되면……' 하고 그가 말을 이었네. '이곳 일은 모두…….'—이 대목에서 책상 쪽을 힐끗 보더군—'매우 만족스러운 상태라고 제가 그러더라고 전해 주십시오. 그분에게 편지를 직접 쓰는 것이 탐탁지 않은 게, 회사 문서를 송달하는 치들을 보건대, 누가 우리 편지를 읽지 않는다고 장담할 수 없거든요—중앙 교역소에서 말이죠.' 유순한, 툭 튀어나온 듯한 두 눈으로 그가 나를 잠시 쳐다보더군. '아, 그분은 아주 아주 잘 되실 겁니다' 라며 그가 또 말하기 시작했네. '그분은 머지않아 경영진에서 중요한 인물이 되실 것입니다. 상부에 계신 분들—유럽의 이사회 말입니다—의 뜻이 그렇다지요.'

하던 일을 계속하기 위해 그가 몸을 돌렸네. 어느덧 바깥의 시끄러운 소리가 멈추었고, 밖으로 나가던 나는 문간에서 걸음을 멈추었다네. 파리 떼가 끊임없이 웅웅거리는 가운데 고국행을 앞둔 직원은 의식을 잃은 채 열 때문에 시뻘겋게 달아올라 있었고, 몸을 구부리고 장부 일에 빠져 있는 또 다른 직원은 나무랄 데 없이 정확한 거래에 대해 정확한 기재를 하고 있었으며, 문간 아래로 50피트 떨어진 지점에서는 아까 들른 죽음의 숲의 고요한 나무 꼭대기들이 보였다네.

다음 날 나는 60명으로 구성된 대상을 이끌고 2백 마일의 대장정을 도보로 나섰네.

이 여행에 대해서는 길게 늘어놓을 필요가 없다네. 오솔길, 어딜 가나 오솔길뿐이었으니까. 오랜 기간 발로 다져 만든 꼭 망처럼 얽히고설킨 오솔길들이 텅 빈 대지 위로, 길게 자란 풀들 사이로, 불타 버린 풀들 사이로, 관목 사이로, 냉기 흐르는 협곡 아래로, 위로, 열기로 타오르는 듯한 돌투성이 언덕 위로, 아래로 뻗어 나갔고, 그러곤 적막, 적막뿐이었지. 한 사람도, 한 채의 오두막도 없었네. 주민들은 이미 오래전에 마을을 떠나 버렸다네. 아, 만약 온갖 종류의 무시무시한 무기로 무장한 정체불명의 검둥이들이 나타나, 딜*과 그레이브젠드 사이의 도로를 돌아다니며 촌뜨기들을 닥치는 대로 잡아들여 무거운 짐을 나르게 한다면, 인근의 농가와 오두막들은 모두 곧 빈집이 되고 말 걸세. 다른 점이 있다면 이곳에서는 집들도 함께 사라졌다는 것뿐이지. 사람들이 떠나고 없는 몇몇 마을들을 가로질러 간 적이 있다네. 풀을 엮어 만든 벽이 폐허가 된 모습은 측은할 정도로 유치하게 느껴졌지. 60파운드*의 짐을 진 일꾼들의 60쌍의 맨발이 매일 쿵쿵거리기도 하고 질질 끌기도 하며 나의 뒤를 쫓아왔네. 텐트를 치고, 요리를 하고, 잠을 자고, 텐트를 걷고, 또 행군을 하였지. 때때로 오솔길 주변의 키 큰 풀숲에는 죽은 짐꾼이 보였는데, 비어 있는 호리병박과 기다란 지팡이가 그 옆에 버려져 있었네. 사방에는 거대한 적막감만 떠돌고 있었네. 어느 날 고요한 밤에는 멀리서 들려오는 북소리의 진동이 가라앉았다 높아졌다 하면서 어렴풋한 떨림이 사방에 깔렸는데, 그 소리는 기이하기도 하고, 마음에 호소하기도 하며, 암시적인 데다 야성적이기도 했지만, 어쩌면 기독교 나라에서 울려 퍼지는 종소리만큼이나 심오한 의미가 있었을지도 몰랐네. 한번은 단추도 채우지 않고 제복을 걸친 백인 하나가 호리호리한 잔지바르족*의 무장 호위를 받으며 길가에서 진을 치고 있었는데, 그는 우리들을 환대했고 — 술에 취했다고 말할 수는 없지만 — 흥에 겨워했네. 도로 관리를 하는 중이라고 말하더군. 3마일쯤 길을 더 간 지점에서 이마에 총알 구멍이 난 중년의 흑인 시체에 발부리가 걸려 정말 넘어질 뻔한 적이 있는데, 이자를 영구적인 도로 보수의 사례라고 보지 않는 다음에야 도로라는 것도, 관리 행위라는 것도 나는 본 적이 없다네. 내게도 백인 동료가 하나 따라붙었네. 질 나쁜 자는 아니었지만, 너무나 살찐 이 친구는 몹시 더운 날 아주 어쭙잖은 그늘과 물가로부터도 몇 마일이나 떨어진 언덕배기에서 기절해 주위 사람을 미치게 만드는 습관이 있었네. 의식을 회복시키기 위해 그의 머리 위로 상의를 파라솔처럼 받쳐 들어야 한다면 짜증이 나지 않겠는가. 그에게 아프리카로 온 이유가 도대체 뭐냐고 묻지 않을 수 없었네. 그 작자가 냉소적으로 대답하더군. '물론 돈을 벌러 왔지요. 아니면 뭐라고 생각해요, 이 양반아.' 그러고 나선 열병에 걸려 장대에 매단 해먹으로 그를 날라야 했었네. 무게가 16스톤*이나 나가는 위인이었기에 불평하는 짐꾼들을 다루느라 한없이 애를 먹었네. 그들은 선뜻 나서질 않았을뿐더러 도망치기도 하였고, 심지어는 짐을 가지고 야반도주를 하기도 했다네 — 반란과 다름없는 상황이었지. 그래서 어느 날 저녁 손짓을 섞어 가며 영어로 일장 연설을 했는데, 나를 쳐다보던 60쌍의 눈은 그 손짓을 하나도 놓치는 일 없이 다 보았고, 그래서 다음 날 아침 해먹을 앞세우고 행렬을 출발시켰네. 그러나 한 시간 뒤 나는 숲 속에서 모든 게 엉망이 되고 말았음을 발견했네 — 사람이며 해먹이며, 신음 소리에, 담요에, 끔찍한 광경이었네. 무거운 해먹용 장대가 그의 가련한 코의 살갗을 벗겨 버렸지 뭔가. 당사자는 내가 누군가를 죽여 주었으면 했지만, 근처에는 짐꾼의 그림자조차 찾아볼 수가 없었네. 늙은 의사의 말이 기억나더군 — '현장에 가 있는 개인들의 정신적 변화를 관찰하는 것이 과학자에게는 흥미로운 일일 테지요.' 나는 나 자신도 과학적으로 흥미로운 존재가 되고 있음을 느꼈다네. 그러나 다 소용없는 일이지. 15일째 되던 날, 거대한 강이 시야에 들어왔고, 나는 절룩거리며 중앙 교역소로 들어갔네. 그것은 크고 작은 나무의 숲으로 둘러싸인 괴어 있는 물가에 있었는데, 교역소의 한쪽 면은 냄새 나는 진흙탕과 퍽이나 아름답기도 한 경계를 이루었고, 나머지 세 면은 제멋대로 자란 골풀이 울타리를 치고 있었네. 방치된 울타리 틈새가 그곳의 유일한 출입구였는데, 첫눈에도 칠칠치 못한 악마가 그곳을 운영하고 있음을 알 수 있었지. 기다란 장대를 쥔 백인들이 건물에서 힘없이 걸어 나와, 어슬렁어슬렁 다가와서는 나를 한 번 쳐다보고 어디론가 사라져 버리더군. 내가 누구인지를 알리자, 그중 한 작자가, 검은 콧수염을 기르고 흥분 잘하는 기질에 건장한 체격이었는데, 무척 수다스럽게 변죽을 울린 후에야 나의 증기선이 강바닥에 처박혀 있다고 털어놓더군. 나는 깜짝 놀랐네. 뭐라고요, 어떻게 그런 일이, 왜요? '아, 괜찮습니다.' '본부장님께서' 계시다는 거지. '다 괜찮아요.' 모두들 훌륭하게 잘 대처했다는

게야! 훌륭하게! 그가 흥분해 말하더군. '본부장을 즉시 만나도록 하시지요. 기다리고 계십니다.'

나는 배가 침몰한 사건의 진정한 의미를 즉시 알아차리지는 못했네. 이제는 알 것 같기도 하네 — 확신할 수는 없지만 — 전혀. 분명한 것은, 침몰 사건이 전적으로 우연이라 하기엔 너무나 어처구니없는 짓이었단 말일세. 그렇지만…… 그러나 당시 그 사건은 지독한 골칫거리로만 여겨졌지. 증기선은 가라앉아 있었네. 바로 이틀 전에 어떤 녀석이 자원해서 선장 노릇을 맡아 본부장을 태우고 강 상류를 향해 황급히 배를 띄웠는데, 출항한 지 세 시간도 안 되어 배의 밑창이 암초에 찢겨 나가면서 남쪽 강둑 가까이에 배가 가라앉아 버렸단 말일세. 배가 침몰했으니 이제 뭘 해야 하나 하고 고민했지. 사실 배를 강에서 건져 내기 위해서는 할 일이 많았어. 바로 다음 날부터 그 일에 착수해야 했지. 그와 더불어 부서진 선체를 본부로 끌고 와서 수리하는 작업은 몇 달이나 걸렸다네.

본부장과의 첫 면담은 기이한 것이었네. 당일 아침 20마일이나 걸어온 사람에게 그는 앉으라는 말도 하지 않더군. 안색이나 용모, 태도와 목소리 모두 평범했네. 중간 정도의 키에 평범한 체격이었지. 흔한 파란색을 띤 그의 눈은 무척이나 차가운 듯했는데, 마치 도끼로 내리치듯 다른 사람들에게 날카롭고도 엄한 시선을 던질 줄 알았지. 하지만 바로 그런 준엄한 순간에도 그의 몸 다른 부분은 그런 의도가 없다는 인상을 주는 사람이었다네. 그런 모습이 아닐 때는 뭐라고 딱 짚어 말할 수 없는 어떤 희미한 표정만 입술에 나타났는데, 은밀한 그것은 미소라고나 할까, 아니 미소는 아니고, 기억은 나지만 그게 무엇인지 설명하기는 어렵군. 그것은, 그 미소는 무의식적인 것이었고, 그가 말을 마친 직후에 잠시 분명한 형태를 띠곤 했네. 그것은 말이 끝날 무렵에 나타나, 마치 봉인하듯 가장 평범한 글귀조차 그 의미를 전혀 알 수 없는 신비한 것으로 만들어 버린다 이 말일세. 그는 평범한 교역상으로, 젊어서부터 그 지역에서 일하기 시작했네, 그뿐일세. 사람들은 그에게 복종했지만, 그는 사랑도, 공포도, 심지어는 존경심도 불러일으키지 못하는 존재였단 말일세. 그가 불러일으킨 것이 있다면 그것은 불안감일세—바로 그거야. 불안감. 명백한 불신감은 아니고 단순한 불안감이었지, 그 이상은 아니었네. 그러한…… 뭐라고 할까, 그러한…… 능력이 어떤 효력을 발휘하는지는 상상할 수 없을 걸세. 무언가를 조직하는 재주도, 주도권을 쥐고 일하는 재주도, 심지어는 질서를 유지하는 재주도 없는 자였네. 이러한 사실은 그곳 교역소의 한심한 상황에서 명백히 드러났지. 그에게는 학식도, 우수한 지능도 없었어. 현재의 지위는 굴러 들어온 것이었네—왜냐고? 모르긴 해도 절대로 병들지 않아서라고 여겨지네. 그는 그곳에서 3년이라는 임기를 세 번이나 채웠다네. 보통 사람들의 체질로는 버텨 내지 못하는 곳에선 건강을 한껏 누리는 것 자체가 권력인 셈이야. 휴가를 받아 귀국했을 때, 그가 대단한 소란을 피웠다는군—이것 보라는 듯이. 겉보기에는 막 상륙한 선원 같았겠지—차이는 있었지만 말일세. 이러한 사실은 그와의 일상적인 대화에서 알아낼 수 있었다네. 그는 어떠한 일도 창의적으로 시작하지 못했고, 단지 판에 박은 일과만 해낼 수 있었네—

그뿐이야. 하지만 대단했네. 비록 사소한 것이지만, 도대체 무엇이 그와 같은 부류를 지배할 수 있는지 도저히 알아낼 길이 없다는 점에서 그는 대단한 존재였네. 그는 그 비밀을 결코 드러내지 않았지. 어쩌면 그의 내부는 텅 비어 있을지도 몰라. 그럴지도 모른다는 의심이 한순간 들었는데, 왜냐하면 그곳에는 외부의 견제가 없으니까 말일세. 한때 온갖 열대의 질병이 교역소의 모든 '직원' 들을 쓰러뜨렸을 때, 그가 이처럼 말하는 것을 들었다고 하네. '이곳으로 나오는 사내놈들은 속이 비어 있어야 한다.' 마치 이 말이 그가 지키고 있는 어둠의 심연으로 통하는 문이라도 되는 양, 그는 예의 그 미소로써 얼른 이 발언을 봉인해 버렸다고 하네. 당신은 무언가를 보았다고 생각할 테지만, 사실 그 문은 닫혀 봉인된 것이지. 식사 때마다 상석을 차지하려고 백인들 간에 다툼이 일어났는데, 이에 짜증이 난 본부장은 거대한 원탁 식탁을 주문했고, 그 식탁이 들어갈 특별한 건물도 따로 짓게 했다고 하네. 부속식당이 바로 그 건물이야. 그래서 어디든 그가 앉는 곳이 상석이었고, 그 밖의 곳은 모두 말석이라는 거지. 이것이 그의 변하지 않는 신념이라는 것을 사람들은 느꼈다고 그래. 그는 공손하지도 않았지만, 그렇다고 무례하지도 않았네. 그는 조용한 사람이었네. 그가 '보이' 로 데리고 있던 해안 출신의 살찐 젊은 검둥이가, 바로 그의 눈앞에서 백인들을 분격할 정도로 건방지게 다루어도 그는 아무 소리도 하지 않았다고 해.

나를 보자마자 그가 말하기 시작하더군. 내가 너무 지체했다는 거야. 더 이상 기다릴 수 없었다는 거지. 나 없이 출발해야 했다는

군. 상류의 교역소를 구해야만 했다는 걸세. 출발이 이미 여러 차례 지체되는 바람에, 상류에서 누가 죽었고, 누가 살아 있으며, 어떻게 지내는지 등의 사실에 대해 본부장은 알 수가 없었다는 걸세. 나의 설명에는 귀 기울이지 않고, 봉인용 밀랍 막대기를 가지고 장난치면서, 그는 상황이 '아주 심각해요, 아주 심각해요' 라고 몇 번씩이나 강조했네. 아주 중요한 교역소 하나가 위험에 처해 있고, 소장인 커츠 씨가 병에 걸렸다는 소문이 있었다는군. 그 소문이 사실이 아니기를 바랐다나. 커츠 씨는……. 그러나 나는 몸도 피곤했고 짜증이 났었네. 커츠는 무슨 놈의 얼어 죽을 커츠라는 생각이 들었지. 그가 말하는 도중에 내가 끼어들어, 해안에서 이미 커츠 씨에 대해 들었노라 말했더니, '아하, 하류에서도 사람들이 그의 이야기를 하는군요' 라고 중얼거렸네. 그러더니 커츠 씨는 자기 휘하에 있는 최고의 직원이자, 비범한 존재이며, 회사에 최고로 중요한 인물이라고 나에게 거듭 강조했고, 그래서 그가 그토록 걱정했던 연유를 이해할 수 있었네. 그는 자신이 '아주 아주 걱정하고' 있다고 말하더군. 그는 의자에 앉아 있었는데, 몹시 안절부절못하다가 급기야 '아, 커츠 씨!' 라고 소리를 지르더니, 봉인용 밀랍 막대를 그만 부러뜨렸고, 자신의 실수에 깜짝 놀라더군. 그다음에는 '그 일에 시간이 얼마나 걸릴 것인지' 알고 싶어 했어. 내가 다시 그의 말을 가로챘네. 자네들도 알겠지만, 배도 고픈 데다 계속 서 있는 바람에 성질이 났던 걸세. 그래서 내가 말했네. '어떻게 알 수 있겠습니까? 침몰한 배를 아직 보지도 못했는데요. 틀림없이 몇 달은 걸릴 테지요.' 이따위 대화가 무슨 소용이 있는지 모르겠더군. '몇 달이라.' 그가 말했어. '좋아요. 우리가 출항하려면 석 달 정도 걸릴 것이라고 해둡시다. 그래. 그 정도면 되겠지.' 나는 이 작자에게서 받은 인상을 혼자 중얼거리며, 그의 오두막을(그는 베란다 비슷한 것이 붙어 있는 흙으로 지은 오두막에 혼자 살고 있었어) 뛰쳐나왔네. 바보 같은 수다쟁이. 하지만 그가 '그 일'에 필요한 시간을 얼마나 정확하게 추정해 냈는지를 훗날 깨달았을 때, 나는 깜짝 놀랐고, 그때 그에 대한 평가를 철회했네.

다음 날 나는 교역소를, 말하자면 등지고 일하러 갔다네. 그렇게 해야만 우리의 인생을 구원해 주는 것들과의 끈을 계속 붙잡을 수 있을 것 같았으니까. 그렇지만 사람은 때때로 한눈도 팔아야 되는데, 그럴 때면 나는 그 교역소를, 뙤약볕 아래 사무실 앞마당을, 목적 없이 어슬렁거리는 그자들을 쳐다보았네. 때때로 그 행동에 무슨 의미가 있는 건지 궁금했다네. 그자들은 우스꽝스러울 정도로 긴 장대를 쥐고 여기저기를 방황하고 다녔는데, 마치 신앙심을 잃어버린 순례자 무리가 마법에 걸려, 썩은 울타리 안에 갇힌 채 허둥대는 꼴 같았다네. '상아'라는 말이 공중에 울려 퍼졌고, 속삭임이 한숨과 섞여 나오기도 했다네. 자네들 같았으면 그들이 상아에게 기도라도 한다고 생각했을 거야. 아둔하면서도 탐욕스러운 기운이 시체 썩는 냄새처럼 그곳에 흐르고 있었네. 맙소사! 내 평생 그토록 비현실적인 것을 본 적이 없었네. 한편 바깥에서는, 지상의 이 공터를 둘러싸고 있는 고요하고 야성적인 자연이 인간들의 황당한 침입이 끝나기를 인내심 있게 기다리고 있는—

악이나 진실처럼 — 대적할 수 없는, 거대한 어떤 것이라는 인상을 주고 있었네.

아, 그 몇 달의 기간! 아니야, 아무것도 아닐세. 많은 일들이 있었다네. 하루 저녁에는 무명천, 염직물, 구슬 등으로 가득 차 있는, 풀로 지은 헛간에 갑자기 불이 났는데, 헛간이 어찌나 불을 뿜으며 타올랐는지 그 쓰레기 같은 것들을 쓸어버리기 위해 대지가 복수의 불길을 토해 냈나 싶을 정도였다네. 분해해 놓은 증기선 옆에서 조용히 파이프 담배를 피우고 있던 나는 불빛 속에서 사람들이 양팔을 높이 쳐들고 이리 뛰고 저리 뛰는 모습을 볼 수 있었는데, 그때 콧수염을 한 그 건장한 작자가 양철통을 들고 강 쪽으로 뛰어와서는, '모두가 훌륭하게 잘 대처하고 있습니다. 아주 훌륭하게요' 라며 나를 안심시키고, 고작 1쿼트* 분량의 물을 떠서 되돌아 달려갔네. 그런데 양철통 바닥에는 구멍이 나 있더군.

나는 천천히 걸어 올라갔네. 서두를 필요는 없었네. 타버린 성냥갑처럼 헛간은 사라지고 없었거든. 진작부터 가망이 없었던 걸세. 불길이 높이 치솟아 모든 사람들을 물러서게 만들고, 모든 것을 태우고는 소진되고 만 것이지. 그 헛간은 마지막 남은 불꽃이 이글거리는 한 무더기 숯에 지나지 않았어. 근처에서는 검둥이 한 녀석이 얻어맞고 있었네. 사람들은 무슨 연유인지는 모르지만 어쨌건, 그가 불을 냈다고 그러는데, 그렇다손 치더라도 그는 무척이나 끔찍하게 비명을 지르고 있었네. 며칠 후 나는 그자가 매우 아픈 기색으로 그늘진 곳에 앉아 몸을 추스르려고 하는 것을 보았네. 결국 그는 일어났고 그다음엔 사라져 버리더군 — 정글이 아무 소리 없이 그를 포용하였던 게지. 어둠 속에서 불길 쪽으로 다가갔을 때, 내 앞에서 두 남자가 이야기를 나누고 있었네. 커츠라는 이름이 먼저 들려왔고, 그다음엔 '이 불행한 사건을 이용하지요' 라는 말도 들렸다네. 그중 하나가 본부장이었네. 나는 그에게 저녁 인사를 건넸지. '이런 것을 본 적이 있습니까? 믿을 수 없는 일이에요' 라고 말하더니 그는 가버렸다네. 다른 한 명은 가지 않고 남아 있더군. 그는 젊고 신사적이며, 다소 과묵한 일급 교역상이었는데, 양쪽으로 나뉜 작은 턱수염과 매부리코를 하고 있었지. 다른 교역상들에게 쌀쌀맞게 굴어, 그들을 염탐하는 본부장의 스파이라는 말을 듣는 자였다네. 나는 그와 대화해 본 적이 거의 없었지. 우리는 곧 이야기를 나누게 되었고, 아직도 소리를 내며 타오르는 파괴의 현장을 천천히 걸어 나왔다네. 그는 자신의 방으로 나를 초대했는데, 그 방은 교역소 본관에 있었네. 그는 성냥을 켰고, 나는 이 젊은 귀족주의자가 은으로 상감한 세면도구 상자를 가지고 있을 뿐만 아니라, 온전한 양초 하나를 혼자 쓰고 있다는 사실을 알게 되었네. 그 당시에는 본부장만이 초를 사용할 권리를 가지고 있었다네. 원주민이 짠 깔개가 진흙 벽을 덮고 있었고, 긴 창과 투창, 방패, 단검과 같은 소장품들이 벽에 장식처럼 걸려 있었네. 이 작자에게 맡겨진 소임은 벽돌을 제작하는 것이었는데—내가 들은 바로는 그래—교역소 어디에도 벽돌은 조각조차 발견되지 않았고, 그는 그곳에서 1년이 넘는 시간을 보내고 있었네. 무엇인지는 모르겠지만 여하튼 그것이 없어 벽돌을 만들지 못하는 것 같았다네—뭐, 짚 같은 것일지 몰라. 어쨌거나 필요한 그것은 현지에서는 구할 수가 없었고, 또한 유럽에서도 부쳐 올 수 없는 것이었기에, 그가 정확히 무엇을 기다리고 있는지 내게는 분명하지 않았네. 어쩌면 하늘에서 무언가 떨어지기를 기대하고 있었는지도 모르지. 그러나 그들, 순례자 행색을 한 열여섯 명에서 스무 명쯤 되는 이들 모두가 무엇인가를 기다리고 있었는데, 내가 아는 한, 그렇게 기다린 결과 그들에게 찾아온 것은 질병뿐이었지만, 장담컨대 그들의 태도로 보아, 기다리는 것이 그들의 생리에 그렇게 맞지 않은 일은 아니었던 것 같네. 그들은 서로를 헐뜯고 모함하면서 무료함을 달래고 있었는데, 그야말로 어리석기 짝이 없는 짓이었지. 교역소에는 음모를 꾸미는 분위기가 감돌았지만 당연히 아무 일도 일어나지 않았네. 그곳에서의 다른 모든 일들처럼—전체 사업이 내세운 박애주의적 목표가 그렇고, 그들의 말이, 그들의 경영이, 전시용 사업이 그렇듯—음모도 현실성이 없는 것이었네. 이들에게 유일하게 현실적인 것이 있다면, 그것은 일정 비율의 성과급을 벌어다 줄 상아가 나오는 교역소에서 일하고 싶은 욕망이었네. 단지 그 이유로 해서 그들은 서로 모함하고 험담하고 증오했으나, 실제로 손가락 하나 까딱하는 일이라고는—아, 아니야. 천만의 말씀이지! 세상에! 차라리 말을 훔치는 편이 말의 고삐를 훔치는 것보다 덜 미워 보일 때가 있다네. 아예 말을 훔쳐라 이거야. 좋아. 최소한 일을 저지르지 않았냐 말이야. 그리고 훔친 말은 타고 다닐 수라도 있지. 그러나 어떤 때는 고삐를 슬금슬금 훔쳐보는 음험한 시선에 가장 인자한 성인조차 화를 못 참는 경우가 있다네.

나는 이자가 왜 그렇게 싹싹하게 구는지 알 수 없었는데, 그의 방에서 이야기를 나누는 동안 문득 이 친구가 무엇인가를 알아내려 한다는 생각이 들더군—사실 나를 유도 신문하고 있었던 걸세. 그는 계속해서 유럽에 대해, 유럽에서 내가 알 만한 사람들에 대해 암시하는 말을 하더군—무덤 같은 도시에 있는 나의 인맥을 떠보는 질문을 하면서 말이야. 그는 약간 오만하게 보이려 노력했지만, 그의 둥근 운모* 같은 조그만 눈은 호기심으로 반짝였다네. 나는 처음에는 놀랐으나, 이내 도대체 내게서 무엇을 알아내려고 하는지 궁금해졌네. 그가 그런 노력을 기울일 만한 가치가 내게 있다고는 도저히 상상할 수도 없었거든. 실제로 나는 쌀쌀맞게 군 데다가 머릿속에는 망가진 증기선을 고칠 생각밖에 없었기 때문에 그는 허탕을 치고 있었는데, 그런 모습을 보는 것이 재미있었네. 틀림없이 나를 파렴치한 거짓말쟁이로 여겼을 거야. 결국 그는 화를 냈고, 자신의 심각한 곤혹스러움을 감추기 위해 하품을 하더군. 나는 일어섰네. 그때 화판에 유화 물감으로 그려 놓은, 눈을 가리고 드리워지듯 옷을 걸친 여성이 횃불을 들고 있는 작은 스케치가 눈에 들어오더군. 그 배경은 검다고 할 정도로 어두침침했다네. 그 여성의 거동은 장엄했고, 불빛이 그녀의 얼굴을 불길하게 비추었네.

그림은 나를 사로잡았고, 그는 반 파인트짜리 빈 샴페인(환자용) 병에 꽂은 촛불을 들고 공손히 서 있었네. 나의 질문에 대답하기를, 커츠 씨가—바로 이 교역소였는데 1년도 더 된 일이라지—자신의 교역소로 가는 배편을 기다리는 동안 이 그림을 그

렸다는 걸세. '말씀 좀 해주시지요' 라고 내가 말했네. '커츠 씨라는 분이 도대체 누구지요?'

'내륙 교역소의 소장이지요.' 시선을 돌리며 그가 짧게 대답하더군. '이렇게 고마울 데가.' 내가 웃으며 말했네. '그리고 당신은 중앙 교역소의 벽돌공이죠. 그건 누구나 아는 사실 아닙니까.' 잠시 그가 입을 다물고 있었네. '그는 비상한 인물입니다' 라면서, 그가 마침내 입을 열었네. '그는 연민과 과학, 진보, 그리고 이루 말할 수 없을 정도로 많은 것들을 전파하는 사도시지요. 우리에겐.' 그러면서 열변을 토하기 시작했네. '유럽이 우리에게 맡긴 고결한 목표를 제대로 수행하려면 고도의 지성, 넓은 이해심 그리고 단호한 목적의식이 필요합니다.' '누가 그런 소리를 합니까?' 내가 물었지. '많은 사람들이오' 하고 그가 대답했네. '어떤 이들은 글로도 발표를 합니다. 그래서 아시겠지만, 특별한 분이 이리로 오신 거지요.' '왜 내가 알고 있다고 생각하시지요?' 깜짝 놀란 내가 말을 가로채며 물었네. 하지만 그는 내 질문을 무시하더군. '그렇습니다. 지금 그분은 최고의 교역소 소장입니다만, 내년에는 부본부장이 될 테고, 2년 후에는…… 당신이라면 그분이 2년 후에 어디 계실지 아실 겁니다. 당신은 새로운 세력, 덕망 있는 세력에 속합니다. 그분을 특별히 보내신 분들이 당신 역시 추천했거든요. 아하, 아니라곤 말씀하지 마세요. 제게도 눈이 있으니까요.' 무언가 떠오르는 게 있었네. 나의 자상하신 아주머니의 지인들이 이 젊은이에게 예기치 않은 영향력을 발휘하고 있었던 걸세. 나는 웃음을 터뜨릴 뻔했네. '당신은 회사의 비밀 서신을 훔쳐보는가요?' 라고 내가 물었네. 그는 한마디도 하지 않더군. 정말 재미있었네. 나는 인정사정없이 말해 버렸어. '커츠 씨가 본부장이 될 때, 당신에게는 그럴 기회가 없을 겁니다.'

그가 갑자기 촛불을 불어 껐고, 우리는 밖으로 나갔네. 달이 떠 있었네. 검은 형체들이 힘없이 어슬렁거리고 돌아다니면서 불길 위로 물을 퍼붓자 피시시 하는 소리가 들려왔고, 수증기가 올라오는 것이 달빛에 보였는데, 어디선가에서 얻어맞은 검둥이가 끙끙거리고 있었네. '짐승 같은 놈이 웬 난리람!' 콧수염을 기른 그 지칠 줄 모르는 사내가 우리 가까이에서 모습을 드러내며 말했네. '그렇게 당해도 싸지요. 범죄를 저지른 놈에게는 몽둥이찜질이 약이죠! 가혹하게, 아주 가혹하게 말입니다. 그것만이 유일한 방법입니다. 그렇게 해야만 모든 방화가 예방될 겁니다. 본부장님께 방금 말씀드리던 참이었는데 말이죠…….' 나의 동행을 보더니 그는 갑자기 풀이 죽어 버렸네. '아직 잠자리에 드시지 않았군요.' 그러고는 비굴하다 싶을 정도로 상냥하게 말을 건네며 이어갔네, '당연합니다. 허, 참. 위험합니다—선동 말입니다.' 그러더니 어디론가 사라져 버렸네. 나는 계속 강가를 향해 걸어갔고, 나와 동행한 그자도 따라오더군. 누군가 냉혹하게 중얼거리는 소리가 귓전에 들려왔네. '바보 같은 놈들—이런 망할!' 끼리끼리 모여 손짓하며 의논하는 예의 그 순례자들이 보였네. 그중 몇몇은 여전히 장대를 쥐고 있었지. 그들은 잠자리에도 장대를 가지고 갈 것이라고, 나는 믿어 의심치 않는다네. 울타리 너머 달빛 아래 숲이 요괴처럼 서 있었고, 희미한 음향의 떨림을 가로질러 그 한심한 교역소 마당의 들릴락 말락 하는 신음 소리를 가로질러, 대지의 정적이, 그것의 신비감이, 그것의 광대함이, 그것의 숨겨진 생명이라는 놀라운 현실이, 가슴에 절절히 와 닿았네. 얻어맞은 검둥이가 부근에서 가냘픈 목소리로 신음하며 깊은 한숨을 내쉬는 그곳을, 나는 얼른 벗어나려고 했다네. 그때 나의 팔 아래로 화해의 손길이 들어오는 게 느껴졌네. '선장님' 하고 그 친구가 말하더군. '오해받고 싶지는 않은데, 저보다 먼저 커츠 씨를 뵙게 될 기쁨을 누릴 당신에게 특히 그렇습니다. 저의 태도에 대해 커츠 씨가 잘못 생각하시지 않았으면…….'

이 종이로 만든 메피스토펠레스* 같은 자가 지껄이도록 나는 내버려 두었는데, 집게손가락으로 이자를 찌르면 쑤욱 들어갈 것만 같았고, 어쩌면 그의 몸 안에는 푸석한 먼지밖에 없을 것 같았다네. 아시겠는가, 이자는 현 본부장 밑에서 곧 부본부장이 될 계획이었는데, 커츠의 출현이 이 두 사람의 심기를 적잖이 불편하게 만들었음을 알 수 있었네. 이자는 허둥대며 이야기했고, 나는 그의 말을 막지 않았네. 나는 언덕 비탈에 건져 놓은 망가진 증기선에 어깨를 기대고 있었는데, 그 배는 꼭 강에 사는 커다란 짐승의 시체 같았다네. 진흙 냄새가, 맹세코 원시의 진흙 냄새가 나의 코를 찔렀고, 쥐 죽은 듯 고요한 원시의 숲이 눈앞에 있었으며, 강이 육지를 침입하여 만든 어두운 만(灣)이 여기저기서 반짝였다네. 달이 만물을 얇은 은막으로 덮어 놓았는데, 그래서 은막이 무성한 풀과 진흙을, 사원의 벽보다도 훨씬 높이 자라서 벽같이 빽빽한 정글을, 음침한 울타리 틈새로 번뜩이는 것이 보였던, 속삭임도 없이 흘러가는 거대한 강의 넓은 수면을 뒤덮었다네. 이 모든 것이 광대하였고 기대에 찬 듯하였으며, 또 고요했는데, 옆에서는 그자가 자신에 대해 쉴 새 없이 재잘대고 있었네. 우리 둘을 지켜보는 듯한 이 광대한 세계의 표면에 흐르는 적막이 우리에게 호소를 하는 것인지, 아니면 우리를 위협하는 것인지는 알 길이 없었네. 이곳으로 흘러 들어온 우리는 도대체 어떤 존재인가? 우리가 이 말 없는 것을 지배할 것인가, 아니면 그것이 우리를 지배할 것인가? 말도 못하고 필시 듣지도 못할 그것이 얼마나 큰지, 또 얼마나 놀라울 정도로 거대한지를 나는 느꼈다네. 그 깊숙한 곳에는 무엇이 있을까? 그곳에서 상아가 조금씩 흘러나오는 것을 보았고, 커츠 씨가 그곳 깊숙이 있다는 말도 들었지. 맹세코! 말은 숱하게 많이 들었네. 그렇지만 구체적인 이미지는 떠오르지 않았네—마치 천사나 악마가 그곳에 살고 있다는 말을 아무리 들어도 그 이미지가 떠오르지 않는 것처럼 말일세. 자네들 중 어떤 이는 화성에 무엇인가가 살고 있다고 믿을지 모르겠지만, 그 땅 깊숙이 있을 무엇에 대한 나의 믿음도 크게 다르지 않았다네. 화성에 사람이 살고 있다고 확신하는 스코틀랜드 출신의 돛 제작자를 한때 알고 지냈네. 좀 더 분명히 알기 위해서, 화성의 사람들은 어떤 모습이고, 어떻게 행동하는지를 물으면 그는 소심하게 '네 발로 걷는다' 는 둥의 말을 중얼거리곤 했네. 그 말에 미소라도 지을라치면, 그는 예순의 나이에도 불구하고, 당신과 한판 붙으려고 할 걸세. 나는 커츠를 위해 싸울 만큼은 아니었지만, 거짓말할 정도로 그의 편을 들었다고 보네. 자네들도 알듯이, 나는 거짓말을 증오하고, 혐오하고, 견딜 수 없어 하지만, 그건 뭐, 내가 자네들보다 성정이 더 곧아서가 아니라, 단지 거짓말을 대하면 소름이 끼쳐서 그런 것뿐일세. 거짓말에는 죽음의 추함이 있고 사멸의 냄새가 풍기는데, 그게 바로 내가 이 세상에서 증오하고 혐오하는 것이자 잊고 싶은 것이네. 썩은 무언가를 베어 물었을 때처럼, 그것은 사람을 불쾌하고 진저리 치게 만든다네. 타고난 기질이 그렇다네. 하지만 유럽에서의 나의 영향력에 대해, 그 바보가 제멋대로 상상하도록 내버려 두는 정도의 거짓은 나도 저질렀다고 봐야겠지. 마법에 걸린 듯한, 행색만 순례자인 이자들처럼 나도 순식간에 허세에 동참한 것일세. 당시에는 일면식도 없었던 커츠라는 인물에게 어쨌거나 혹 도움이 되지 않을까 하는 생각에 그렇게 했을 뿐이야—이해하시겠는가. 그는 나에게 단지 하나의 말에 지나지 않았다네. 자네나 나나, 이름에서 사람의 면모를 볼 수 없기는 마찬가지지. 자네들에게는 그가 보이는가? 자네들에게는 이 이야기가 보이는가? 무엇이든 보이는 것이 있는가? 내가 자네들에게 꿈 이야기를 해주려고 애쓰는 것은 필시 헛수고일 텐데, 왜냐하면 아무리 꿈에 대해 이야기를 해도, 꿈꿀 때의 기분은 말일세, 반항적인 몸부림의 떨림 속에서 느끼는 부조리함이나 경악, 그리고 당혹감이 뒤섞인 느낌과—바로 꿈의 본질이라고 할 수 있는—도저히 믿기지 않는 어떤 것에 포로가 되었다는 생각은, 아무리 해도 전달이 안 되기 때문일세…….”

말로는 한동안 입을 다물었다.

“……아닐세, 불가능한 것이야, 개인의 존재에 있어 특정 시기의 삶의 감각을, 곧 인생의 진실이며 의미이자 인생의 미묘하고도 예리한 에센스라고 할 삶의 감각을 전달하기란 불가능하네. 그건 불가능해. 우리는 꿈꿀 때처럼 그렇게 살아간다네 — 홀로…….”

그는 생각에 잠긴 듯 말을 멈추었다가 다시 입을 열었다.

“물론 이 경우는 당시의 나보다 현재의 자네들에게 더 잘 보일 걸세. 자네들은 모르는 사람도 아닌 나를 눈앞에 두고라도 있지 않은가.”

실은 칠흑같이 어두워진 터라, 이야기를 듣고 있던 우리는 서로를 볼 수 없었다. 우리와 떨어져 앉아 있던 그에게서 목소리만 들려오게 된 지도 꽤 오래되었다. 어느 누구로부터도 말이 없었다. 다른 사람들은 잠이 들었을는지 모르지만, 나는 깨어 있었다. 나는 귀 기울여 듣고 있었는데, 사람의 입술을 빌리지 않고 강의 무거운 밤기운 속에서 스스로 생겨난 듯한 그 이야기는 희미한 불안감을 불러일으켰고, 그 불안감의 정체를 밝혀 줄 실마리가 될 문장이나 단어를 행여나 놓칠세라 나는 귀 기울여 듣고 있었던 것이다.

“……그래. 나는 그가 지껄이도록 내버려 두었네.” 말로가 다시 입을 열었다. “그리고 나의 배후에 있는 힘 있는 사람들에 대해 그가 마음 내키는 대로 생각하도록 내버려 두었네. 내가 그랬어! 나의 배경에는 아무것도 없었는데 말일세! ‘모든 사람들이 출세할 필요성’에 대해 그가 유창하게 지껄이는 동안 내가 기대서 있던 망가져 형편없는 노후 선박 한 척 외에는 내 뒤에 아무것도 없었단 말일세. ‘사람들이 이곳에 나왔을 때는, 그 이유가 달이나 쳐다보려는 것은 아니지 않습니까.’ 커츠 씨는, 그에 의하면, '만능 천재' 였네만 천재조차도 '적당한 도구, 즉 지능이 뛰어난 사람들' 과 일하는 것이 더 편할 것이라나. 자기는 벽돌을 만들지 않는데, 그 이유는—나도 잘 알고 있겠지만—그것이 실질적으로 불가능하기 때문이고, 자기가 본부장을 위해 비서 노릇을 한다면, 그것은 '현명한 사람이라면 상관의 신뢰를 이유 없이 저버릴 수 없기' 때문이라는 거야. 무슨 말인지 아시겠냐고? 알겠다고 했지. 필요한 것이 더 있냐고? 내게 정말 필요한 것은 대갈못*이네, 맹세코. 대갈못 말일세! 일을 하기 위해서, 구멍을 때우기 위해서. 내게는 대갈못이 필요했다네. 해안에는 대갈못이 상자째로 있었는데, 상자째로 쌓아 놓고, 상자가 터지거나 갈라지기도 하면서 말이야. 언덕배기의 교역소 마당에는 발길에 차이는 것이 대갈못이었네. 대갈못은 죽음의 숲까지 굴러 들어가 있었지. 몸을 굽히기만 하면 주머니 가득 대갈못을 주울 수 있었네만, 정작 대갈못이 필요한 곳에서는 단 하나도 찾을 수가 없더군. 우리에게는 철판은 있으되, 그것들을 고정시킬 만한 게 없었던 거지. 그리고 매주 배달부가, 편지 가방을 어깨에 메고 장대를 쥔 검둥이 하나가 해안을 향해 교역소를 떠났네. 그리고 일주일에도 몇 번씩 대상의 무리가 거래할 물건을 싣고 도착했는데, 보기만 해도 진저리 칠 만큼 지독하게 번쩍거리는 무명천, 1쿼트에 1페니밖에 하지 않는 유리구슬, 점박이 무늬의 싸구려 무명 손수건들을 싣고 오는 걸세. 그러나 대갈못은 없었네. 세 명의 짐꾼만 있어도 증기선을 물에 띄우는 데 필요한 대갈못 전부를 가져올 수 있었는데 말이야.

그자는 속내를 털어놓고 있었지만, 나의 무응답이 마침내 그를 화나게 만들었다고 생각되는데, 보통 사람은 물론이려니와 신도 악마도 두렵지 않다고 내게 말한 걸 보면 말일세. 그 점은 잘 알겠지만, 내가 원한 것은 일정량의 대갈못이며, 커츠 씨가 상황을 안다면, 그가 원하는 것도 대갈못일 것이라고 내가 말해 주었네. 매주 해안으로 서신을 보내지 않는가……. '선생님' 하고 그가 외치더군. '저야 불러 주는 대로 써 보낼 뿐입니다.' 나는 대갈못을 요구했네. 방도가 있지 않은가—총명한 사람이라면 말이야. 그러자 그가 태도를 바꾸었는데, 아주 냉담한 얼굴로 갑자기 하마 이야기를 하면서, (나는 인양한 배에서 밤낮을 지냈는데) 증기선에서 밤을 보내면 수면을 방해받지는 않는지 궁금해했네. 밤이면 둑으로 올라와 교역소 마당을 배회하는 좋지 않은 습관을 가진 늙은 하마가 있었거든. 예의 그 순례자들이 떼 지어, 소총이란 소총은 다 들고 나와 하마에게 총알 세례를 퍼붓곤 했다네. 몇몇은 그놈을 잡으려고 밤잠도 자지 않았다는군. 물론 이 모든 노력이 허사였네. 그가 덧붙였네. '그 짐승은 불사신인가 봅니다만, 이 나라에서 이런 말은 짐승들에게만 할 수 있는 것이죠. 여기에서는 누구도—아시겠습니까—어느 누구도 불사신이 아닙니다.' 그는 가냘픈 매부리코를 비스듬히 하고, 운모 같은 눈을 깜박이지도 않고 반짝이며, 달빛 아래 잠시 서 있다가 잘 주무시라는 퉁명한 인사와 함께 성큼성큼 걸어가 버렸어. 그가 당황하고 또 무척 궁금해하는 것을 알 수 있었는데, 그래서 전보다 훨씬 더 희망적인 기분이 며칠간 들었지. 그 작자와 헤어지고 나서 부서

지고 뒤틀리고 망쳐져 하잘것없지만 힘 있는 친구 같은 증기선으로 향했는데, 그것이 내게는 큰 위안이 되었네. 나는 갑판 위로 기어 올라갔지. 발길에 차인 헌틀리 앤드 파머* 비스킷의 빈 깡통이 도랑을 따라 굴러가듯, 배는 나의 발아래에서 딸그랑거렸네. 구조도 시원찮고 외양은 더더욱 변변찮은 배였지만, 나로서는 이미 너무 많은 노력을 들였기에 그 배가 사랑스러웠네. 어떤 영향력 있는 친구도 그것만큼 내게 도움이 되지는 못했을 거야. 그 배는 나의 진면목이 좀 더 드러날 수 있는 기회를, 내가 무엇을 해낼 수 있는지를 알아낼 기회를 주었네. 아니야. 나는 일하기를 좋아하지는 않네. 이룰 수 있는 모든 멋진 것들에 대해 빈둥거리며 상상하는 걸 더 좋아하지. 일은 좋아하지 않네만—좋아하는 사람이 어디 있는가—일을 통해 자기 자신을 발견할 기회를 나는 좋아하네. 자신의 진짜 모습, 그것은 자신에게만 보여 주는 것이지, 남들과는 무관한 것일뿐더러 그들이 알려고 해도 결코 알 수 없는 것일세. 그들은 단지 겉모습만 볼 뿐, 그것이 정말 무엇을 의미하는지는 결코 알 수 없다네.

누군가가 배의 후미 갑판에 앉아 진흙탕 위로 다리를 건들거리는 모습을 보았을 때, 나는 놀라지 않았네. 나는 교역소에서 근무하는 몇몇 기술자들과 친하게 지냈는데, 다른 순례자들은—내 추측으로는—매너가 없다는 이유로 이들을 업신여겼다네. 배의 후미에 있는 이는 기술자들의 감독이자 보일러 제조공으로, 아주 훌륭한 일꾼이었네. 그의 눈은 크고 열정적이었으며, 뼈가 앙상하고 호리호리한 몸매에 낯빛이 누른 친구였지. 그의 태도는 노심초

사하는 편인 데다, 그의 머리는 나의 손바닥만큼이나 민둥산이었고, 머리털은 빠져서 흘러내리다가 턱에 들러붙어 새 정착지에서 무성하게 자라나는 듯했는데, 턱수염이 너무 길어 허리에 닿을 정도였으니까 말일세. 그는 여섯 명의 자녀를 둔 홀아비였고(아프리카로 나오기 위해 아이들을 누이에게 맡겨 놓았다는군), 통신용 비둘기를 키우는 데 온 정열을 쏟아 붓고 있었네. 그는 열정적인 전문가이기도 했네. 비둘기 이야기만 나오면 열변을 토해 냈거든. 근무가 끝난 후에 그는 때때로 자식들이나 비둘기 이야기를 하러 집 밖으로 나오곤 했고, 증기선 밑바닥 아래로 진흙탕을 기어야 할 때면 자신이 일부러 가지고 온 흰색 냅킨으로 턱수염을 묶곤 했지. 냅킨에는 고리가 달려 귀에 걸게 되어 있었네. 저녁이면 그가 기슭에 쭈그리고 앉아 강물로 그 수염 싸개를 정성스럽게 씻은 후, 자못 진지한 태도로 덤불 위에 널어 말리는 모습이 보이곤 했네.

나는 그의 어깨를 툭 치며 '대갈못이 올 걸세!' 하고 외쳤네. 그가 허둥지둥 일어나더니 자신의 귀를 믿을 수 없다는 듯 소리치더군. '그럴 리가! 대갈못이라뇨!' 그러더니 나지막한 목소리로 '설마 선장님께서……?' 왜 우리가 제정신이 아닌 사람처럼 굴었는지 알 수가 없네. 나는 손가락 하나를 콧등 옆에 대고, 마치 신비한 뜻이라도 숨어 있는 듯 고개를 끄덕였다네. '잘되셨군요' 하고 그가 외쳤지. 그러곤 한 발을 든 채 머리 위로 손을 올려 손가락 관절을 꺾더군. 나는 지그*를 추었고. 우리는 갑판 위에서 깡충깡충 뛰었다네. 선체에서 쿵쿵거리는 소리가 끔찍하게 울려 나왔고,

만(灣) 건너편 기슭의 처녀림은 그 소리를 천둥처럼 크게 부풀려, 잠든 교역소를 향해 메아리로 돌려보냈네. 몇몇 오두막의 순례자들이 그 소리에 깨어 일어났었네. 검은 형체 하나가 나타나 본부장이 머무는 오두막의 현관 불빛을 가리더니 사라져 버렸고, 1, 2초도 안 되어 그 현관 역시 어둠 속으로 사라지더군. 우리가 발놀림을 멈추자, 쿵쾅거리는 소리 때문에 쫓겨난 정적이 그 땅의 깊은 곳으로부터 다시 밀려 들어왔네. 만리장성 같은 수림(樹林)은, 달빛에 미동조차 하지 않는 나무 몸통과 줄기, 잎사귀와 가지, 그리고 꽃 줄로 온통 뒤엉킨 무성한 밀림은 마치 소리 없는 자연이 대대적인 침입을 개시한 것처럼 보였는데, 이는 마치 산처럼 쌓아 올려 최고점에 도달한 식물들이 거대한 파도처럼 만(灣) 위로 쏟아져서, 우리 보잘것없는 인간들 하나하나를 존재도 찾을 수 없도록 싹 쓸어버릴 준비가 되어 있는 것만 같았네. 하지만 그것들은 꼼짝도 하지 않았지. 마치 어룡*들이 그 거대한 강에서 달빛을 반사하며 목욕이라도 하는 듯, 갑작스레 터져 나온 거대한 철벅거림과 식식대는 콧바람 소리가 멀리서 둔탁하게 들려왔네. '사실.' 보일러 제조공이 이성을 찾은 투로 말했네. '우리가 대갈못을 못 가질 이유가 없지 않습니까.' 정말 그래! 우리가 못 받을 이유를 알 수가 없었네. '3주면 그것들이 도착할 걸세.' 나는 자신 있게 말했다네.

하지만 그것들은 오지 않았어. 대갈못 대신 침입이, 형벌이, 재앙이 밀어닥쳤다고 할까. 그것은 3주 동안 몇 개의 행렬로 나뉘어 왔고, 각각의 행렬은 새 옷과 갈색 구두로 멋을 부린 백인을 태운

당나귀가 선도했는데, 당나귀의 등에 걸터앉은 백인들이 길 양쪽에서 감탄하며 도열해 있는 순례자들을 향해 인사를 했지. 발이 부르터서 실쭉해 있을 뿐만 아니라 시비 걸기 좋아하는 검둥이 무리가 당나귀 뒤를 쫓아 터벅터벅 걸어왔고, 수많은 텐트와 캠프용 의자, 양철통, 흰색 케이스, 갈색 짐짝들이 마당에 부려지면서, 그 교역소의 혼란스러움을 감싸고 있던 신비로운 분위기가 약간 짙어졌다네. 그런 행렬이 다섯이나 왔는데, 그들에게는 숱한 여행용품 가게와 식료품 가게를 턴 것들을 가지고 황급히 도망치는 듯한 황당한 분위기가 있어서, 마치 약탈을 저지르고 나서 똑같이 나누기 위하여 약탈물들을 정글로 실어 나르고 있다는 생각이 들더군. 물건을 다루는 인간들의 어리석음 때문에 장물처럼 보였던 것이지, 물건 자체는 나무랄 데 없는 것들이 뒤죽박죽되어 있었네.

이 헌신적인 무리는 스스로를 엘도라도 탐험대라 불렀는데, 그들은 서로 비밀을 약속한 듯했어. 하지만 그들의 말투는 야비한 약탈자의 말투였네. 강단 없이 무모하기만 하고, 배포는 없으면서 탐욕스러웠으며, 게다가 용기는 없으면서 잔인하기만 한 말투였지. 선견지명이나 진지한 의도는 눈곱만큼도 찾아볼 수 없었을뿐더러, 이 세상에서 일을 하려면 그러한 자질들이 필요하다는 사실도 그들은 모르는 듯했네. 금고를 터는 도둑들과 마찬가지로, 욕망의 이면에는 아무런 도덕적 목표도 없이 그저 그 땅의 깊숙한 곳으로부터 보물을 강탈하기만을 바랐던 것이었네. 이 소위 고결한 기획 비용을 누가 댔는지 나는 알지 못하네만, 본부장의 숙부가 그 무리의 대장이었다네.

그의 외모는 가난한 동네의 정육점 주인을 닮았고, 눈은 졸린 듯하면서도 교활하였네. 그는 살찐 올챙이 배를 자신의 짧은 다리로 지탱하며 과시하듯 다녔는데, 자신의 졸개들이 교역소에서 해충처럼 들끓는 동안 오로지 조카와만 말을 주고받았네. 이 두 작자들이 끝없는 회합을 하느라 머리를 맞대고 하루 종일 왔다 갔다 하는 모습을 볼 수 있었지.

나는 대갈못을 포기했네. 그런 어리석은 짓거리에 대한 인내력은 생각보다 훨씬 제한되어 있지. 우라질! 이라고 말하곤 내버려 뒀다네. 시간이 많아 가끔은 커츠에 대해서도 생각해 보곤 했네. 나는 그에게 그다지 관심이 있지는 않았네. 그래. 그럼에도 불구하고, 나는 일종의 도덕적 사유로 무장하고 그곳으로 나온 인물이 결국 최고 자리에 오를 것인지, 그리고 그러한 위치에 도달했을 때, 자신의 임무를 어떻게 수행해 내는지를 보고 싶었다네."

2

“어느 날 저녁에는 증기선 갑판 위에 누워 있는데, 사람 말소리가 점점 가깝게 들리더니 강기슭을 따라 예의 그 조카와 숙부가 거닐고 있었네. 다시 팔베개를 하고 잠을 청하는 순간, 누군가 마치 나의 귓구멍에 대고 말하듯 가까이서 말했네. ‘저는 어린아이처럼 양순한 사람입니다. 그러나 누가 제게 명령을 내리는 것은 싫습니다. 제가 본부장입니까, 아닙니까? 그자를 그곳으로 보내라는 명령을 받았다 이 말입니다. 믿을 수가 없는 일이죠.’ …… 그 두 작자가 증기선 앞부분, 바로 나의 머리 아래쪽에 서 있었던 걸세. 나는 꼼짝하지 않았네. 움직여야겠다는 생각도 떠오르지 않았네. 무척 졸렸거든. ‘그럼, 불쾌한 일이지’ 라고 숙부라는 자가 투덜거렸네. ‘그자가 경영진에게 그곳으로 보내 줄 것을 요청했다지 뭡니까’ 라면서 다른 녀석이 말을 이었네, ‘자신이 무얼 해낼 수 있는지 보여 주겠다는 생각으로 말이지요. 그래서 제가 그런 지시를 받은 것입니다. 그자가 휘두르는 영향력을 좀 보세요. 무섭지 않습니까?' 두 사람은 과연 그렇다며 동의했고, 그러고 나서는 희한한 말을 했는데, '날씨를 흐리게도 맑게도 한다나 — 혼자서 — 이사회를 — 마음대로' — 이 말들을 다 듣지는 못했지만, 하도 이상한 말이어서 그만 잠이 달아나 버렸다네. 때문에 숙부라는 자가 '이곳 기후가 너를 위해 골칫거리를 해결해 줄 거야. 그는 혼자인가?' 라고 말했을 때쯤엔 정신을 거의 다 차렸었네. '그렇습니다' 라면서 본부장이 말했네. '자신의 조수에게 메모를 들려 강 아래로 보내왔는데, 메모는 이런 내용이었습니다. 이 가련한 녀석을 나라 밖으로 보내고, 다시는 이런 유의 인간을 내게 보낼 생각 마시오. 당신이 보내 줄 수 있는 그런 자들을 주위에 두느니 차라리 홀로 있겠소, 라고 말입니다. 1년도 더 된 일입니다. 그런 오만방자함을 상상이라도 할 수 있습니까?' '그 이후로는 아무 일 없었고?' 라며 쉰 목소리로 숙부가 물었네. '상아요!' 라고 조카가 내뱉으면서 말을 이었지. '많은 양을, 그것도 최고급으로 보내옵니다. 사람 속을 잔뜩 긁어 놓는 일이죠.' '상아와 함께 온 것은?' 무거운 목소리의 주인공이 물었네. '화물 명세서요' 라는 대답이 마치 뱉어 내듯 나왔네. 그러고는 침묵이 흘렀네. 이들은 커츠에 대해 이야기를 나누고 있었던 걸세.

나는 잠에서 완전히 깼지만, 누운 상태가 아주 편안했고, 또 자세를 달리 바꿀 이유도 없어 그냥 가만히 있었네. '그 많은 상아를 어떻게 먼 길에 보내올 수 있었나?' 언짢아하며 숙부가 화난 목소리로 묻자 상대방이 대답했네. 커츠가 데리고 있는 혼혈인 영국인 서기가 상아를 여러 척의 카누에 나누어 싣고 왔으며, 당시 교역소에는 식량이며 교역품이 모두 바닥나서 커츠도 돌아올 계획이었다고 하는데, 강을 따라 3백 마일이나 내려왔을 때 커츠가 돌연 마음을 바꿔 강 하류로 상아 운반하는 일을 혼혈인 녀석에게 맡기고, 자신은 네 명이 노를 젓는 통나무배를 타고 돌아갔다고 하네. 대화를 나누던 두 작자들은, 도대체 어떻게 그런 일이 있을 수 있는지 놀라는 것 같았네. 그런 행동을 할 마땅한 이유를 도저히 찾을 수 없었나 보더군. 나는 처음으로 커츠의 모습을 그려 볼 수 있었네. 그것은 비록 순간적이었지만 분명한 모습이었는데, 말하자면 통나무배, 노 젓는 네 명의 야만인, 그리고 본부와 구난(救難)으로부터, 어쩌면 고향 생각으로부터 갑자기 등을 돌리고, 얼굴은 야생의 오지를 향한 채 고독하고 황량한 교역소로 발을 떼는 혈혈단신의 백인 모습이었네. 그 이유를 알 수는 없었지. 단순히 일에 미친 괜찮은 친구일지도 몰라. 아시겠나, 그의 이름은 한 번도 거론된 적이 없었네. 그는 '그자'로 불렸네. 내가 보기에, 대단히 신중하고 용감하게 어려운 운송 임무를 해낸 그 혼혈은 항상 '그 악당'으로 불렸네. '그 악당'의 보고에 따르면, '그자'가 한때 매우 중한 병에 걸렸고, 지금도 완전히 회복된 것은 아니라나……. 그때 나의 아래쪽에 있던 작자들이 그 자리를 떠나 몇 발짝 걸어가더니 나와는 일정한 거리를 두고 왔다 갔다 하더군. 그래서 내게 들려온 말이라곤, '군 주둔지—의사—2백 마일—이젠 완전히 혼자서—지체를 피할 수 없고—아홉 달이나—연락은 끊기고—이상한 소문들' 그런 것들이었지. 그들이 내 쪽을 향해 다시 걸어오면서 본부장의 말이 들렸네. '제가 아는 한, 떠돌이 교역상을 제외하곤 어느 누구도 없습니다만, 그 녀석은 원주민들로부터 상아를 낚아채는 성가신 놈이죠.' 이 작자들이 누구 이야기를 하고 있는 걸까? 띄엄띄엄 들은 바를 종합해 보건대, 문제의 인물은 커츠의 관할 지역에 있다고 추정되는 자로서, 본부장의 인가를 받지 못한 사람이었네. '이런 놈들 중 한 놈을 본보기 삼아 목이라도 매달지 않으면, 불법적인 경쟁을 근절하지 못할 겁니다'라는 본부장의 말에 '물론이지'라며 상대방이 투덜거리는 목소리로 말했다네. '목을 매달아 버려! 못할 게 뭔가! 무엇이든, 무엇이든 이 나라에선 못할 게 없어. 내 생각은 그래. 그리고 어느 누구든 여기에서는, 알겠냐, 여기에서는 말이야, 너의 자리를 위협하지 못한다. 왜냐고? 너는 기후를 이겨 내지 않았냐, 다른 자들은 다 쓰러지는 판에. 위험은 유럽 쪽에 있지만, 출발하기 전에 내가 이미 손을 써놓아서…….' 그들은 다시 걸음을 옮겨 갔고, 목소리가 속삭이듯 변하더니 또다시 커졌지. '일이 기이하게도 몇 번이나 지체된 것은 제 잘못이 아닙니다. 저는 할 수 있는 것은 다 했지요.' 그러자 뚱뚱한 쪽이 한숨 섞인 소리로 말했네. '안됐지, 뭐.' '그리고 위험하고 엉뚱하기 짝이 없는 그의 말은 또 어떻구요'라며 상대방이 맞장구쳤네. '이곳에 있을 때도, 각 교역소는 보다 나은 세상을 향한 길을 밝히는 횃불이어야 하고, 물론 교역도 하지만, 교화시키고, 향상시키며, 교육하는 센터 역할도 해야 한다고 말해 사람의 속을 얼마나 뒤집어 놓았는지 모릅니다. 생각 좀 해보세요 — 그 바보 같은 자식이! 그런데 그놈이 본부장이 되려 한답니다! 안 되지요. 이런…….' 이 대목에서 그는 너무도 분개하여 말문이 막혀 버렸고, 나는 머리를 살짝 들었어. 이들이 내게서 얼마나 가까이 있는지 알고는—바로 나의 코 아래였네—깜짝 놀랐네. 침을 뱉으면, 그들의 모자 위에 떨어질 판이었네. 그들은 생각에 잠긴 채 땅을 향해 머리를 수그리고 있었지. 본부장은 잔나뭇가지로 자기 다리를 치고 있었고, 그의 영리한 숙부가 고개를 들었네. '이번에 나온 이후로 건강은 괜찮지?' 상대가 흠칫 놀라더군. '누구요? 저요? 아, 기가 막히게 좋지요. 마술이라도 부린 것처럼 말입니다. 그러나 다른 사람들은—허 참! 모두 병이 듭니다. 게다가 너무 빨리 죽어 버려서 나라 밖으로 내보낼 시간도 없습니다—믿을 수가 없을 정도죠!' 숙부가 투덜거리는 목소리로 말했네. '흠, 그렇군. 아! 여봐, 이걸 믿어. 이걸 믿어 보란 말이야.' 나는 그가 숲을, 만(灣)을, 진흙탕과 강을 모두 껴안는 듯한 제스처로 물갈퀴처럼 짧은 팔을 뻗치는 것을 보았는데, 웅크리고 있는 죽음에 호소하고, 숨어 있는 악과 그 땅 깊숙한 곳의 심오한 어둠에 호소하는 듯한 이 팔 동작은 햇빛 비치는 밝은 세상의 면전에 대고 저지른 배반의 행위이자 치욕스러운 행위로 여겨졌다네. 그 제스처에 너무 놀라 나는 벌떡 일어났고, 신뢰를 표하는 그 사악한 과시에 대한 응답이라도 나올까 봐 숲의 가장자리를 돌아보았네. 때때로 바보 같은 생각들이 떠오르지 않는가. 고고한 적막이 아슬아슬한 인내심으로 이 황당한 침입이 어서 끝나길 기다리며 이 작자들을 마주 보고 있었네.

그들은 요란하게 욕을 함께 해댔고—순전히 겁을 먹어서라고 생각하네—그러고는 나의 존재에 대해서는 아무것도 모르는 것처럼 본부를 향해 몸을 돌렸네. 태양이 서녘 하늘에 걸려 있었고, 몸을 앞으로 숙인 채 나란히 오르막을 올라가는 그들은 자신들의 뒤로 길이가 서로 다른 우스꽝스러운 그림자를 힘들게 끌고 가는 듯했네. 그들 뒤를 따라 그림자들은 길게 자란 풀 위를 천천히 지나갔지만 풀잎 하나 휘게 하질 못했네.

며칠 만에 엘도라도 탐험대가 인내심 있는 정글 속으로 들어갔고, 바다가 물에 뛰어든 사람을 삼켜 버리듯, 정글이 그들을 삼켜 버렸네. 한참 후에 길을 떠났던 당나귀들이 모두 죽고 말았다는 소식이 들려왔네. 그 짐승들보다 못한 자들의 운명에 대해서는 아는 바 없네. 우리가 그러했듯, 틀림없이 그들도 마땅한 운명을 맞이했겠지. 나는 알아보려고 하지도 않았네. 당시 나는 커츠를 곧 만나게 될 것이라는 생각에 들떠 있었으니까. 내가 곧이라고 말했는데, 이는 상대적인 의미로 쓴 말일세. 본부가 있는 만(灣)을 떠난 지 꼭 두 달 만에 커츠가 있는 교역소 아래의 기슭에 도착했으니까 말일세.

그 강의 상류를 향한 운항은 무성한 식생(植生)이 지상에서 제멋대로 자라고, 커다란 나무들이 제왕같이 군림하는 세상의 태초를 향한 여행과도 같았네. 아무것도 없는 강물, 거대한 적막, 도저히 통과할 수 없는 숲. 공기는 덥고 탁했으며, 무겁고도 활기가 없었네. 태양의 빛에는 기쁨이 없었지. 길게 뻗어 나간 뱃길은 지나가는 선박도 없이 계속 이어지다가 아스라한 어둠 속으로 자취를 감추었네. 은빛 모래톱에는 하마들과 악어들이 나란히 햇볕을 쬐고 있었네. 폭이 점점 넓어지는 강은 수목이 우거진 수많은 섬들 사이로 흘러갔네. 사막에서 길을 잃듯 사람들은 그 강에서 방향 감각을 잃고 항로를 찾아 종일 헤매다가 이 모래톱, 저 모래톱에 부딪혔고, 그럴 때마다 그들은 자신들이 마법에 걸려, 한때 알았던 — 어디에선가, 아득히 멀리, 어쩌면 이제는 다른 세상인 것 같은 곳에서 한때 알았던 — 모든 것으로부터 갑자기 단절되어 꼼짝 못하게 되었다고 생각했네. 자신을 위해서는 한순간도 할애할 수 없이 바쁠 때에 가끔 그러듯, 과거가 떠오르는 순간들이 있었는데, 수목과 물과 정적만 있는 기이한 세계의 압도적인 현실 속에서, 과거는 잠에서 깨어나 놀라워하며 기억하게 되는, 심란하고 떠들썩한 꿈처럼 다가왔지. 그리고 그곳 자연의 적막은 조금도 평화스럽게 느껴지지 않았네. 그것은 마치 불가사의한 의도를 품은 어떤 냉혹한 힘이 지키는 침묵 같았네. 그 고요함은 복수하고 싶다는 듯 사람들을 지켜보고 있었네. 나중에는 그조차 익숙해지더군. 나는 더 이상 그런 것에 신경 쓰지 않게 되었네. 시간이 없었기 때문이었네. 나는 계속해서 뱃길을 짐작해야 했고, 숨은 모래톱이 어디쯤 있는지를 영감에 의지해 알아채야 했으며, 물속 바위의 존재도 알아내야 했고, 또 이 깡통 같은 증기선 밑바닥을 갈라 순례자들을 모두 익사시켰을지도 모를 지독하게 간교한 오랜 장애물을 요행히 피하면서, 놀란 가슴을 진정시키는 자제력을 배워 나가고 있었을 뿐만 아니라, 다음 날 증기 기관을 돌리기 위해 밤새 잘라서 쓸 죽은 나무들을 찾아야만 했네. 이런 일들에, 단순히 표면적인 일상사에 신경을 써야 할 때, 이면의 실체는 — 여보게, 다름 아닌 이면의 실체 말일세 — 보이지 않게 되네. 다행스럽게도, 다행스럽게도, 내면의 진실은 숨겨지는 것이라네. 하지만 나는 그 신비하고도 고요한 존재를 여전히 느꼈는데, 그것이 마치 자네들의 줄타기 재주를 지켜보듯 나의 이 하찮은 놀음을 지켜보고 있다고 종종 느꼈단 말일세―그런데 얼마를 받고 하는 곡예이던가? 재주넘기 한 번에 반 크라운*이던가……?"

"말로, 말조심하게" 하고 누군가 나무라는 바람에 나는 적어도 나 말고도 한 사람이 더 깨어 있음을 알게 되었다.

"어이구, 미안하네. 곡예의 대가에는 마음고생도 포함되는데, 그것을 깜박했네그려. 곡예도 훌륭하게만 한다면 보수의 많고 적음이 뭐 그리 중요한가? 자네들은 각자 맡은바 곡예를 잘하는 편 아닌가. 나의 첫 운항에서, 어려움에도 불구하고 증기선을 침몰시키지 않았으니 나의 재주넘기도 그렇게 나쁜 건 아닐세. 어떻게 그 일을 해낼 수 있었는지 아직도 나는 이해가 안 되네. 형편없는 도로에서 눈을 가린 채 짐마차 운전을 시작했다고 상상해 보게. 솔직히, 그 배를 지휘하느라 땀도 많이 흘렸고, 간담이 서늘했던 적도 한두 번이 아니었네. 물에 항상 떠 있어야 할 것의 바닥에 구멍을 내는 일은, 뱃사람에게는 용서받을 수 없는 죄일세. 어느 누구도 알지 못할 것이네만, 쿵 하고 부딪힐 때를 결코 잊지 못하지 않는가. 바로 심장을 한 대 맞은 셈이지. 그 순간은 기억으로 새겨져 꿈에서도 나타나고, 밤에 깨어서도 생각하게 되고―몇 년이 지나도 마찬가지야―그래서 온몸이 후끈 달아올랐다가 오싹해지기도 하지. 그 증기선이 내내 떠다녔다곤 말하지 않겠네. 스무 명이나 되는 식인종들이 물을 철벅이며 얼마간 밀어 주어서야 비로소, 배가 겨우 움직였던 적이 한 번은 아닐세. 녀석들 중 몇 명은 승무원으로 쓰기 위해 여행 도중에 우리가 고용했더랬네. 식인종이었지만, 하는 일만 보면 괜찮은 녀석들이었네. 그래도 그들은 함께 일할 수 있는 사내들이었고 고마운 존재들이었네. 어쨌거나 그들은 내가 보는 데서는 서로를 잡아먹지 않았지만 그들이 식량으로 쓰기 위해 가지고 온 하마 고기가 썩는 바람에 신비스러운 자연이 코앞에서 악취로 진동했다네. 휴우! 지금도 그 냄새를 맡을 수 있을 정도야. 배에는 본부장이 타고 있었고, 장대까지 든 서너 명의 순례자들도 있어 일체(一切)를 다 갖춘 셈이었지. 때로 우리는 강가에 바짝 붙여 지어져서, 마치 미지의 세계 가장자리에 결사적으로 매달려 있는 듯한 교역소를 발견하기도 했는데, 금방이라도 허물어질 것 같은 오두막에서 기쁨과 놀라움과 환영의 몸짓을 요란하게 하면서 달려 나오는 백인들은 정말이지 이상한 광경이었고, 마치 마법에 걸려 그곳에 포로로 잡혀 있는 듯한 모습이었네. '상아'라는 말이 허공에서 잠시 울렸고, 우리는 적막 속에 곧게 펼쳐진 텅 빈 유역을 따라, 고요한 강굽이를 돌아 구불구불한 뱃길 양편의 높은 수목의 벽을 지나 계속 나아갔고, 배 후미의 추진용 외륜이 내는 육중한 소리는 철썩거리는 공허한 메아리가 되어 울려 퍼졌네. 나무들, 나무들, 수백만 그루의 나무들, 하늘 높이 치솟은 거대하고 무수한 나무들만 보였고, 작고 더러운 우리의 증기선은 강가까지 밀려 나온 모양새가 마치 물에 빠질까 봐 기슭을 꼭 껴안은 듯한 나무들의 둥치에 바짝 붙어 기어가고 있었는데, 마치 높은 주랑식 현관 바닥을 느릿느릿 기어가는 딱정

벌레 같았네. 이러한 상황에서 우리는 스스로 아주 보잘것없고 방향 감각을 잃은 존재라고 느껴졌지만, 그럼에도 불구하고 우울한 것만은 아니었네, 그 기분은. 비록 우리는 보잘것없는 존재였지만, 지저분하고 벌레만 한 증기선은 쉬지 않고 기어갔는데, 바로 그것이 우리가 원했던 바일세. 순례자들이 그 벌레가 어디로 기어갈 것이라고 생각했는지 나는 모르네. 아마 이득을 볼 수 있는 곳이라고 생각했겠지, 틀림없네! 내 눈에 그 벌레는 커츠를 향해 — 단지 그만을 향해 — 기어가고 있었는데, 증기 파이프가 새기 시작하면서 기어가는 속도도 현저히 느려졌다네. 곧게 펼쳐진 유역이 눈앞에서 열렸다가 뒤에서 닫혔는데, 마치 우리의 퇴로를 차단하기 위해 숲이 강 위로 천천히 이동하여 길을 막아선 것 같았네. 우리는 어둠의 심연으로 점점 더 깊이 들어갔네. 그곳은 아주 고요했다네. 밤이면 때때로 장막 같은 숲 뒤편에서 울리는 북소리가 강을 거슬러 올라왔고, 그 소리는 동이 트는 순간까지 우리의 머리 위를 떠돌듯 허공에 아련히 걸려 있었네. 그 소리가 전쟁을 의미하는 것인지, 평화를 의미하는 것인지, 아니면 기도하는 것인지는 알 수 없었네. 차가운 정적이 내려앉으면서 새벽이 왔음을 알리더군. 장작 패는 일을 맡은 선원들은 그때까지 자고 있었는데, 그들이 피워 놓은 불은 약해졌고, 나뭇가지가 딱딱거리며 불타는 소리가 사람을 놀라게 하곤 했지. 우리는 선사 시대의 땅을, 미지의 행성 같은 모습을 한 땅을 여행하는 방랑자였네. 우리는 자신이, 심오한 고뇌와 힘겨운 노고를 대가로 치러야 하는, 저주받은 유산을 멋모르고 물려받은 최초의 인류가 아닐까라고 상상할 정도였어. 그러나 강굽이 하나를 겨우 돌아 나왔을 때, 축 늘어져 미동도 않는 무거운 잎사귀들 아래로 골풀 울타리, 뾰족한 초가지붕들, 터져 나오는 함성, 휘두르는 검은 팔다리들, 손뼉 치는 무수한 손들, 쿵쿵거리며 구르는 발들, 흔들리는 몸통들, 휘둥그레진 눈알들이 언뜻 보였다네. 사악하고 불가사의한 이 광란의 가장자리를 따라 증기선은 천천히 힘들게 나아갔지. 이 선사 시대의 인간이 우리를 저주하고 있었는지, 우리에게 기도하고 있었는지, 우리를 환영하고 있었는지 — 누가 알 수 있겠는가? 우리는 주위 환경을 전혀 이해할 수 없었고, 정상인이 정신 병원에서 일어난 격렬한 폭동을 대할 때 그렇듯, 궁금해하면서도 내심 겁에 질린 채 유령처럼 미끄러져 지나갔다네. 우리는 그들과 너무 멀어져 버렸기에 이젠 이해할 수 없었으며, 태초의 밤을, 아무런 흔적도 기억도 없이 사라져 버린 시대를 여행하고 있었기에 기억할 수 없었던 것일세.

그 땅은 이 세상의 모습이 아니었네. 우리는 정복당한 괴물이 족쇄를 찬 광경에는 익숙해 있네만, 그곳에는, 그곳에서는 어떤 흉악한 것이 자유롭게 설치는 것을 볼 수 있었네. 그것은 이 세상에 속하는 것이 아니었고, 그들도…… 아니야, 그들이 인간이 아니라곤 할 수 없었네. 실은 그것이 제일 고약한 일이었네. 그들도 어쩌면 인간일지 모른다는 의심 말일세. 시간이 지나면서 조금씩 깨닫게 되었지. 그들은 소리소리 지르고, 펄쩍펄쩍 뛰고, 빙빙 돌며 무시무시한 인상을 썼는데, 우리를 전율하게 만든 것은 바로 그들도 — 자네들과 똑같은 — 인간이라는 생각, 즉 이 야성적이고도 격렬한 소란이 우리와 아무 관련 없진 않다는 생각이었네. 흉측했네. 그래, 정말 흉측한 생각이었지만, 자네들이 사나이라면, 그들이 내지르는 무서우리만치 가식 없는 소리를 들었을 때, 자네의 내면에서 약하디약한 호응이 있었음을, 즉 자네들도, 태초의 밤으로부터 그렇게 멀리 떨어진 자네들도 이해할 수 있는 의미가 그 야만적인 소리에 담겨 있다는 의구심이 어렴풋하게 들었음을 인정해야 한단 말일세. 부인할 이유가 있을까? 인간의 마음은 무엇이든 가능하지 않은가—모든 것이, 모든 미래와 모든 과거가 다 거기에 있네. 어떤 것들이 있냐고? 기쁨, 공포, 슬픔, 헌신, 용기, 분노—누가 알겠는가?—진실, 시간이라는 외투를 벗은 진실. 바보들은 입을 쩍 벌리고 두려움에 떨겠지만, 남자라면 알고서도 눈 한번 깜짝 않고 쳐다볼 수 있겠지. 그는 적어도 강변의 저 치들만큼 사나이라고 할 수 있지. 그는 진정 자신의 것만으로, 자신의 타고난 힘만으로 진실을 상대해야 하네. 원칙들? 원칙들만으로는 안 되지. 습득한 것들, 옷가지, 겉만 그럴싸한 헌 옷가지들—한번 세게 흔들면 순식간에 나가떨어질 헌 옷들이지. 안 되지. 열성으로 믿는 신념이 필요하네. 그 악마 같은 소동에 공감하는 바가 있었냐고? 그렇다 치자고. 내게도 듣는 귀는 뚫려 있다는 사실을 부정하지 않겠네만, 내게도 목소리는 있고, 좋든 나쁘든 나의 말은 묵살될 수 없는 것이네. 물론 바보는 겁이 많고 심성이 착해서, 타고난 성정이 그가 악의 길에 빠지는 것을 보호해 주겠지. 누가 볼멘소리를 하는가? 자네들은 내가 짐승처럼 소리 지르며 춤추러 상륙하지 않았을까 궁금하겠지. 아닐세, 나는 그러지 않았네. 심성이 고와서라고? 고운 심성은 엿이나 먹으라지! 내게는 그럴 여유가 없었네. 구멍 난 증기 파이프 때우는 것을 돕느라, 양모 담요 조각과 백연(白鉛)*을 들고 허둥거려야 했네. 조타 업무를 감독해야 했고, 암초를 피해야 했고, 무슨 수를 써서라도 깡통배를 움직여야 했네. 이러한 일에는 표면적인 진실이 있어서, 지혜로운 자를 구원하기에는 충분했다네. 그사이 나는 또, 화부로 고용된 야만인 녀석 하나를 돌보아야 했네. 그자는 교화된 표본이라 할 만했는데, 왜냐하면 수직형 보일러의 불을 땔 줄 알았으니까 말일세. 그는 나의 아래쪽에서 일하고 있었는데, 그를 보는 것은 정말이지, 꼭 깃털 달린 모자를 쓰고 우스꽝스러운 바지를 입은 개가 뒷발로 서 있는 꼴을 보는 만큼 교훈을 주는 것이었네. 몇 달간의 훈련이 퍽이나 훌륭한 이놈에게 좋은 교육이 되었던 셈이었지. 그는 없는 용기를 짜내어 곁눈질로 스팀 계기판과 수량 계기판을 흘깃 보았는데—녀석의 이는 줄로 깎여 있었고, 불쌍한 놈, 양모 같은 정수리 쪽 머리는 기이한 무늬 형태로 박박 밀려 있었으며, 양쪽 뺨에는 장식용으로 낸 상처 자국이 세 개씩 있었어. 강기슭에서 발을 구르고 손뼉을 치며 있어야 할 친구였지만, 그러는 대신 그는 기이한 백인의 마법에 사로잡힌 나머지 얼치기 개화 지식으로 머릿속을 가득 채우고 열심히 일하고 있었네. 업무에 대해 미리 설명을 해둔 터라 그는 유용한 존재였는데, 그가 알고 있는 것이라고 해봐야 고작 이런 것이었지—투명한 것에서 물이 없어지면 보일러 안에 있는 악귀가 너무 목이 마른 나머지 화가 나서 무시무시한 복수를 할 것이다. 그래서 그는 (누더기 조각으로 즉석에서 만든 부적을 팔에 묶고, 휴대용 시계만큼이나 크고 표면이 매끈한 뼛조각을 자신의 아랫입술에 수평으로 꽂고서) 진땀을 흘려 가며 불을 땠고, 두려움에 떨며 유리 계기판을 지켜보았는데, 그사이 수림이 울창한 강기슭은 천천히 미끄러지듯 우리를 지나쳤고, 강변의 소란을 뒤로하며 정적이 다시 몇 마일이고 끝없이 펼쳐졌으며, 그리고 우리는 계속해서 기어갔네— 커츠를 향해. 암초들은 두꺼웠고, 물길은 종잡을 수 없는 데다 깊이도 얕았고, 또 보일러 속에는 정말 골이 난 악귀가 있는 듯해서, 나도, 화부도 그 소름 끼치는 생각을 깊이 반추해 볼 시간적 여유가 없었다네.

내륙의 교역소로부터 50마일쯤 못 간 곳에서 우리는 갈대로 지은 오두막을 한 채 발견했네. 처량하게 기울어진 게양대 하나와, 한때는 게양대에서 펄럭였으나 지금은 형체조차 알아볼 수 없는 누더기가 된 국기, 그리고 정연하게 쌓아 놓은 나뭇단이 있었네. 예상치 못했던 것이었지. 강변에 상륙한 우리는 나뭇단 위에서 이제는 바랜 연필 글씨로 무언가를 써놓은 널빤지를 발견했다네. 무슨 말인가 싶어 열심히 들여다보니 이런 뜻이었네. '장작을 준비해 두었소. 서두르시오. 경계하며 다가오시오.' 그리고 서명이 있었지만 알아볼 수는 없었네— 커츠의 서명은 아니었는데, 그보다 훨씬 긴 이름이었으니까. '서두르라'니. 어디로 오란 말인가? 상류로? '경계하며 다가오라'니. 우리는 여태 그러지 않았는데. 그러나 오두막이 있는 장소를 염두에 두고 쓴 경고문은 아니었는데, 왜냐하면 그 경고문을 읽고 있을 때는 이미 그곳에 도착한 후일 테니까 말일세. 상류 쪽에 무언가가 잘못되었던 것이네. 그러나 정확히 무엇이 그리고 얼마만큼 잘못되었는지를 알 수가 없었네. 우리는 전보문 스타일로 쓰인 그 경고문이 얼마나 멍청한 짓인지 악평을 했다네. 주변의 숲은 말이 없었고, 숲 때문에 그 너머로 멀리 내다보는 것도 불가능했네. 붉은 능직으로 된 커튼이 찢긴 채 오두막 문간에 걸려 눈앞에서 처량하게 펄럭였네. 그 오두막에는 가재도구가 철거되어 없었지만, 우리는 얼마 전까지만 해도 백인 한 사람이 그곳에 살았음을 알 수 있었네. 조잡한 테이블이 — 두 개의 다리 위에 널빤지를 올려놓은 것인데 — 하나 남아 있었고, 어두운 한구석에는 쓰레기 무더기가 있었으며, 문간에는 책이 한 권 떨어져 있어 그것을 주웠네. 겉표지는 떨어져 나가고, 종잇장은 하도 닳아서 지독하게 더럽고 하늘하늘한 상태였지만, 책의 등 부분은 하얀 무명실로 보기 좋게 꿰매 놓았더군. 실은 아직 더럽혀지지는 않았네. 참 특이한 것을 발견한 셈이지. 책 제목은 영국 해군의 항해 사관*인 타우저인가 타우슨인가 하는 사람이 쓴 『몇 가지 항해술에 관한 연구』였네. 예시 그림과 꼴도 보기 싫은 도표가 실려 있는 따분한 내용에 출판된 지 60년이나 된 책이었어. 나는 이 놀라운 고서가 손에서 부스러질까 극도로 조심스럽게 다루었네. 선박의 닻줄과 활차 장치의 힘의 한계 등을 다룬, 타우슨인지 타우저인지 하는 이의 진지한 연구를 그 책은 담고 있었네. 읽는 이를 푹 빠지게 하는 책은 아니야. 그러나 첫눈에도 일관된 주제 의식과 맡은바 소임을 제대로 하는 법에 대한 진지한 관심을 엿볼 수 있었는데, 이러한 면면으로 인해 그 볼품없는 책장은 수

십 년도 더 된 궁리(窮理)를 담았음에도 불구하고, 단순한 직업 정신이 아닌 어떤 빛을 발하고 있었네. 닻줄과 도르래에 대한 소박한 늙은 선원의 이야기 덕분에 나는 진정으로 참된 것을 발견하였다는 즐거움에 푹 빠져, 정글과 순례자들의 존재를 잊어버릴 수 있었지. 그런 책이 그런 곳에 있다는 사실도 놀라웠지만, 더욱더 놀랄 일은 여백 한 켠에 써놓은, 명백히 책에 관한 연필 글씨의 메모였네. 내 눈을 믿을 수가 없었네! 암호로 된 메모라니! 그래, 암호문처럼 보였네. 상상해 보라고, 그 외딴 곳까지 그런 책을 가지고 와서 메모까지 해가며 연구하는 사람을! — 게다가 암호까지 사용하며! 그것은 황당한 수수께끼였다네.

책에 정신이 팔린 나는 신경을 거슬리는 소리가 어디선가 들려오는 것을 한동안 어렴풋이 느끼고 있었네. 내가 책장에서 눈을 들었을 때 장작더미가 사라진 것이 눈에 들어왔고, 강기슭에서 본부장이 다른 순례자들과 함께 나를 향해 소리 지르고 있는 것을 보았네. 얼른 호주머니에 책을 집어넣었네. 책 읽기를 그만두자니, 마치 안식처와 같이 변함없는 옛 친구와의 교제를 버리고 오는 것 같았지.

나는 배 앞쪽의 시원찮은 엔진의 시동을 걸었네. '그 비열한 상인 놈이 틀림없어 — 강도 같은 놈.' 막 떠나온 그곳을 악의에 찬 시선으로 뒤돌아보며 본부장이 외치더군. '영국인이 틀림없습니다.' 내가 말했네. '그렇다고 해도, 그자가 조심하지 않는다면 분명 험한 꼴을 당할 걸세.' 본부장이 험악한 투로 중얼거리더군. 세상을 살다 보면 누구든 험한 일을 당하지 않느냐고, 내가 짐짓 비꼬는 뜻이 없는 듯 말했네.

물결은 이제 더욱 빨라져서 증기선은 마지막 숨을 헐떡이는 것 같았고, 후미의 외륜은 힘없이 파닥거려서, 나는 다음 소리가 안 들리면 어쩌나 마음을 졸이고 있었는데, 사실은 이 한심한 고물딱지가 어느 순간에 멈추어 버릴지 알 수 없다고 생각하고 있었네. 그것은 마치 꺼져 가는 생의 불꽃이 마지막으로 깜박이는 모습을 보고 있는 것 같았지. 그러나 배는 여전히 기어갔다네. 때로 우리는 전방에 있는 나무를 하나 점찍어 두고, 그것을 기준삼아 우리가 커츠를 향해 얼마나 더 가까이 갔는지를 알아보려 했지만, 그 지점에 도달하기도 전에 항상 기준점을 잃어버리곤 했네. 하나의 목표를 그렇게 오랫동안 주시하는 건 인간의 인내심으로는 너무 힘든 것이었나 봐. 본부장은 깨끗이 포기했다는 태도를 고상하게 보여 주었네. 나는 안달하면서, 커츠와 터놓고 이야기할지 말지를 두고 내심 혼자 갈등하고 있었는데, 어떻게 할 것인지를 결정하기 전에 어떤 생각이 떠올랐냐 하면, 내가 말을 하든 침묵을 지키든 무슨 행동을 하든, 그것이 결국은 다 소용없는 짓일지도 모른다는 것이었네. 누가 알아주든 몰라주든 무슨 상관이 있는가? 누가 본부장이든 무슨 상관이 있는가? 때로 그러한 섬광 같은 통찰력이 찾아들 때가 있는 법일세. 이 사건의 본질은 표면 깊숙이, 나의 손길 너머, 내가 개입할 수 있는 한계 너머에 있었다네.

이튿날 저녁 무렵 우리는 커츠의 교역소로부터 약 8마일 떨어진 곳에 도착했다고 판단했네. 나는 계속 가기를 원했지만, 본부장은 심각한 얼굴로 더 이상의 운항은 위험하지 않겠냐면서, 이미 해가 서녘에 걸렸으니 내일 아침까지 현 위치에서 기다리는 편이 낫겠다고 그러더군. 더구나 만약 경계하며 다가오라는 경고를 따른다면, 밤이나 해 질 무렵보다는 한낮에 도착해야 한다는 지적을 했네. 이치에 맞는 말이었지. 8마일의 거리라면 증기 기관을 거의 세 시간이나 돌려야 했고, 전방의 강굽이가 시작되는 곳에서 수상쩍은 물결도 눈에 띄었네. 그럼에도 불구하고 나는 도착이 지연되는 바람에 이루 말할 수 없이 속이 상했는데, 하지만 그 기분이 터무니없는 것도 이미 몇 달이나 지체했는데 하룻밤 더 늦어진다고 해서 달라질 것이 없었으니까 말일세. 장작은 충분했고 조심하자는 주의였으므로 강 한복판에 배를 정박시켰네. 강 유역은 좁고 곧았으며, 강의 양쪽 가장자리는 철도를 내기 위해 땅을 판 것처럼 언덕배기를 이루고 있었네. 해가 지기 오래전부터 어둠이 강으로 미끄러지듯 밀려들었네. 강물은 잔잔하고도 빠르게 흘렀으나, 강의 양 기슭에는 아무런 움직임도 없이 정적만 흘렀네. 덩굴과 관목, 숲이란 숲은 다 달려들어 엉킨, 살아 있는 나무들은 가장 작은 가지와 가장 가벼운 이파리조차 돌처럼 굳어 버린 듯했네. 잠든 상태는 아니었는데, 잠들었다고 보기엔 마치 최면에 걸린 상태처럼 부자연스러웠네. 어떤 종류의 소리도 어렴풋하게조차 들리지 않았네. 우리는 놀라서 쳐다보았고, 우리의 귀가 먼 것은 아닌가 의심하고 있었는데, 그리고 갑자기 밤이 찾아오더니 우리의 눈마저 멀어 버리더군. 새벽 세시경인가에 큰 물고기가 수면 위로 뛰어올랐고, 첨벙 하는 큰 소리 때문에 나는 총소리라도 들은 듯 깜짝 놀랐네. 태양이 떠올랐을 때는 후텁지근하고 끈적한 흰 안개가 깔려 있었는데, 밤보다 앞을 더 분간할 수 없더군. 그것은 움직이지도 않고 날려 가지도 않았으며, 단단한 물체처럼 우리 주변에 견고하게 서서 꼼짝 않고 있었네. 여덟시인가 아홉시쯤 마치 닫혀 있던 덧문이 열리듯 서서히 안개가 걷혔네. 높이 솟아오른 무수한 나무들이, 빽빽하게 얽히고설킨 광대한 정글이 순간 우리의 시야에 들어왔는데, 이 모든 것들 위로 작은 공 모양의 작열하는 태양이 걸려 있었고—만물은 철저히 침묵을 지키고 있었지—그러더니 마치 하얀 덧문이 기름칠 잘된 홈 속으로 미끄러져 들어오듯, 안개가 다시 천천히 내려오더군. 나는 감아 올리기 시작했던 닻줄을 다시 내리라는 명령을 내렸네. 덜커덕하는 소리를 둔탁하게 내며 내려가던 닻줄이 바닥에 닿기도 전에 외마디 외침이, 한없이 쓸쓸하고 거대한 외침이 흐릿한 대기 속으로 천천히 솟아올랐네. 이윽고 그 소리가 멈추었네. 소란스럽던 불평 소리가 야만적인 불협화음으로 변하면서 우리의 귀를 채웠네. 전혀 예상하지 않았던 사태로 인해 모자 아래의 머리털이 다 곤두서더군. 다른 사람들의 경우는 어떠했는지 모르지만, 내게는 마치 안개가 외마디 소리를 지른 것처럼 소란스럽고도 비통한 소동이, 갑자기, 명백히, 사방에서 한꺼번에 일어났네. 그 소란스러움은 곧이어 들려온, 참을 수 없을 정도로 시끄러운 비명 소리로 절정을 이루었고, 비명 소리가 갑자기 멈추었을 때 우리들은 각자 하고 있던 온갖 바보 같은 자세로 몸이 굳은 채, 이제는 비명 못지않게 소름 끼치는 정적에 기를 써가며 귀를 기울였네. '맙소사! 무슨 의미로…….' 나의 팔꿈치 옆에서 순례자 중 한 녀석이 더듬거리며 말했는데, 다소 통통한 몸집을 한 그는 누르께한 머리털과 붉은 콧수염을 하고 있었고, 사이드 스프링 부츠*를 신었으며, 분홍빛 파자마 바지의 끝단은 양말 속에 쑤셔 넣었더군. 다른 두 명은 한동안 입을 다물지 못한 채 서 있다가 작은 선실로 뛰어들었다가, 곧바로 다시 나와서 윈체스터 소총으로 '사격 자세를 취하고' 겁먹은 시선을 여기저기 던지기 시작했지. 우리의 눈에 보이는 것이라고는 안개로 인해 마치 녹아내릴 것처럼 윤곽선이 흐릿한 증기선과 배 주위의 2피트* 남짓 될까 싶은 너비의, 좁다란, 안개 낀 물길이었네. 그게 다였어. 그 밖의 세상은 우리의 눈과 귀가 포착하는 한 어디에도 없었네. 그 어디에도 말일세. 가버린 거지, 사라진 거야, 속삭임 하나, 그림자 하나 남기지 않고, 쓸려 가버린 거지.

나는 배 앞쪽으로 가서 닻줄을 짧게 당겨 두라는 지시를 내려, 필요하면 즉시 닻을 거두고 배를 움직일 수 있게 해두었네. '그들이 공격을 해올까?' 겁먹은 목소리 하나가 속삭였네. '이런 안개 속에서는 우리 모두 도륙당할 거야.' 다른 이가 중얼거렸지. 이들의 얼굴은 긴장으로 실룩거렸고, 손은 미세하게 떨렸으며, 눈은 깜빡이기를 잊었네. 강의 이쪽 지역이 낯설기는 우리나 흑인들이나 매한가지였는데—비록 이들의 고향은 우리와 비교했을 때 8백 마일밖에 떨어지지 않았다는 점이 다르긴 하지만—흑인들과 백인들이 서로 얼마나 다른 표정을 짓는지를 보는 것은 정말 흥미로웠네. 당연히 크게 동요한 백인들은 그 흉측한 소동 때문에 충격을 받아 고통스러운 표정을 짓고 있었지. 흑인들은 촉각을 곤두

세우며 당연히 관심 있다는 표정을 짓고 있었지만, 이들의 얼굴은 본래 동요가 없는 편이었고, 닻줄을 끌어올릴 때 히죽 웃은 한두 녀석의 얼굴조차도 그랬네. 몇 명은 투덜대는 듯한 짧은 말을 주고받았는데, 그 대화로 문제를 만족스럽게 해결한 모양이었네. 술 달린 군청색 천을 몸에 수수하게 두르고, 사나워 보이는 콧구멍을 하고, 머리카락을 모두 기름 번지르르한 작은 고리들로 땋아서 모양을 낸, 가슴팍이 넓은, 젊은 흑인 우두머리가 나의 곁에 서 있었네. 그냥 그에게 좋은 감정을 갖고 있음을 보여 주기 위해 별 뜻 없이 '아하!' 하고 내가 말했네. '놈들을 잡여.' 핏발 선 눈을 부릅뜨고 날카로운 이를 히뜩 보이며, 그가 매섭게 되받더군. '놈들을 잡여. 우리께 줘여.' '너희들에게, 응?' 하고 내가 물었네. '그 놈들을 가지고 뭣 하려고?' 그가 퉁명스럽게 대답했네. '먹져!' 그러고는 난간에 팔꿈치를 괴고 깊은 생각에 빠진 듯한 태도로 당당하게 안개 속을 노려보았네. 그와 그의 동료들이 무척 굶주렸을 것이라는 생각이, 적어도 지난달만큼은 허기가 점점 더해 갔으리라는 생각이 떠오르지 않았더라면, 나는 응당 모골이 송연했을 걸세. 이들은 6개월간 고용되었는데, (그러나 셀 수 없는 세월이 지난 후 역사의 끝자락에 놓인 우리들과 달리, 이들 가운데 시간 개념을 제대로 이해하는 녀석은 하나도 없다고 생각되네. 이들은 여전히 태초의 시간을 살고 있었고, 물려받은 경험이 없으니 배운 것도 없지 뭔가) 강 하류에서 제정된 우스꽝스러운 법에 의하여 작성된 문서가 있는 한, 이들이 어떻게 먹고살 것인가 하는 문제로 신경 쓰는 사람은 아무도 없었지. 분명 그들은 썩은 하마 고기를 갖고 왔는데, 대경실색한 순례자들이 오두방정을 떨며 그 고기의 상당량을 배 밖으로 던져 버리는 일이 없었다 하더라도, 그들이 애초에 가져온 고기의 양이라는 게 오래 버틸 만한 것은 아니었네. 백인들의 이러한 처사가 고압적인 것으로 보이기는 하지만, 실은 합법적인 자기 방어였다네. 깨어 있든, 잠을 자든, 식사를 하든, 줄곧 하마 고기의 썩는 냄새를 맡으면서 동시에 위태위태한 삶을 보듬고 갈 수는 없었기 때문일세. 이외에도 그들에게는 매주 9인치 정도 되는 세 조각의 황동 선이 지급되었는데, 이론상으로는 그들이 강변 마을에서 그걸로 식량을 구입할 거라는 것이었지. 그러나 실제로 '그것이' 어떤 효과가 있었는지 잘 알지 않는가. 마을도 없었거니와, 있다 하더라도 원주민들은 적대적이었으며, 우리처럼 통조림을 주식으로 하고 때로 늙은 숫염소 고기를 별식으로 먹는 본부장은 그런 심오한 이유 때문에 증기선을 멈추려고 하질 않았네. 그래서 황동 선을 씹어 삼키지 않는 한, 혹은 그걸로 고리를 만들어 고기를 잡지 않는 한, 그들의 분에 넘치는 급여가 무슨 소용이 있을지 나는 모르겠네. 큰 무역 회사의 명성에 걸맞게 급여가 일정하게 지급되었다는 말은 해두어야겠지. 그 외 내가 관찰한 바에 따르면, 그들의 수중에 있는 유일한 먹을거리라고는—전혀 먹을 수 있을 것 같지 않았지만—반쯤 익힌, 더러운 연보라색을 띤 가루 반죽 몇 덩어리뿐이었고, 그들은 그 덩어리를 잎사귀에 싸서 보관하고 있다가 조금씩 떼어 먹곤 했는데, 그 양이 너무도 적어서 실제로 영양을 위해서라기보다는 단지 먹는 시늉이라도 하기 위해서 보여 준 행동 같았네. 배고픔이라는 지독한 고통을 이유 삼아 우리를 잡아서—30대 5로 수적으로도 우세했으니—크게 한번 잔치를 벌일 수도 있었을 텐데, 왜 그러지 않았을까, 지금 생각해 보면 놀라워. 비록 피부는 윤기를 잃고, 근육도 단단함을 잃었지만, 그들은 크고 건장한 사내들이었고, 게다가 행동의 결과를 미리 저울질할 만한 지적 능력은 없지만 용기와 힘은 있었단 말일세. 나는 인간의 비밀스러운 속성 중 하나인, 예기치 않은 순간에 힘을 발휘하는 어떤 자제하는 힘이 그 이유라는 걸 알게 되었네. 갑자기 흥미로워져서 그들을 바라보았지. 이는 그들이 조만간 나를 잡아먹을지도 모른다는 생각이 떠올라서는 아니었는데, 사실 그때 나는 새로운 시각에서 사태를 보게 되었고, 그래서 순례자들이 얼마나 유해한 먹을거리로 보이는지를 깨닫게 되었으며, 또한 나의 몰골이 너무—뭐라고 할까? 너무—맛없어 보이지 않았으면 하고 희망했었는데, 그래 진심으로 희망했는데, 이런 생각은 당시 내가 줄곧 느꼈던 꿈결 같은 기분에 잘 어울리는, 황당한 허영심이 발동한 결과였네. 어쩌면 내게 열이 좀 있었는지도 모르겠네. 항상 자신의 건강 상태를 체크하며 살 수는 없지 않은가. 내게는 종종 '미열'이나 혹은 다른 어떤 것들의 가벼운 징후가 있었는데, 이는 야생의 장난기 어린 앞발짓, 때가 되면 전개될 본격적인 공격의 전초전이었지. 그래, 사람들이 여느 다른 사람을 관찰하듯 나도 호기심을 가지고, 그들이 극심한 육체적 곤경에 처했을 때 어떤 충동과 행동을 보일까, 어떤 능력과 약점을 보일까 하고 지켜보았네. 자제력이라니! 어떤 자제력이 가능하단 말인가? 우리에게 달려들지 않은 것은 미신 때문일까, 혐오감 때문일까, 인내심 때문일까, 공포심 때문일까, 아니면 일종의 원시인의 명예 때문일까? 하지만 어떤 공포도 굶주림을 당할 수 없고, 어떤 인내심도 굶주림을 이겨 낼 수 없으며, 배가 고프면 혐오스러운 줄 모르게 되고, 미신이나 신념이나 소위 원칙이라는 것도 알고 보면 바람에 날려 갈 왕겨보다 약한 것일세. 끝없는 굶주림이 가져다주는 극악함을, 분노하게 하는 굶주림의 고통을, 그로 인해 갖게 되는 사악한 생각을, 음침한 궁리를 하게 만드는 포악함을 자네들은 알지 않는가? 나는 아네. 굶주림과 제대로 싸우려면 젖 먹던 힘까지 필요하네. 사별이나 불명예나 영혼의 파멸을 겪는 편이 이런 유의 계속되는 굶주림보다 한결 나을 걸세. 서글프지만 사실이네. 그러나 이 녀석들이 어떠한 종류의 가책도 느낄 이유는 이 세상에 없었네. 자제력이라니! 차라리 전쟁터의 시신들 속을 들쑤시고 다니는 하이에나에게서 자제력을 기대하는 편이 나았을 걸세. 그러나 그것은 내가 부정할 수 없는 엄연한 사실이었는데 — 마치 바다 속 심연의 물거품처럼, 이해할 수 없는 수수께끼에 이는 잔물결처럼 보는 사람을 압도하는 그 사실은, 신비롭기로 치면, 앞을 못 보게 만든 흰 안개의 뒤편에서 우리를 스쳐 간, 강둑의 야만적인 소란함 속에서 들려온 기이하고 설명할 수 없었던, 절망적인 슬픔의 음조보다도 더 큰 미스터리였다네.

강변 어느 쪽인가를 두고 두 순례자가 다급히 속삭이며 다투고 있었네. '왼쪽이야.' '아니지, 아니지, 어떻게 그런 소리를? 당연히 오른쪽이야, 오른쪽.' '사태가 매우 심각해요' 라는 본부장의 목소리가 내 뒤에서 들렸고, 이어서 그가 말했네. '우리가 도착하기 전에 커츠 씨에게 무슨 일이라도 일어나면 비탄스러울 것이오.' 나는 그에게 고개를 돌렸고, 그의 말이 진심임을 조금도 의심치 않았네. 그는 체면치레하기를 원하는 바로 그런 사람이었지. 그것이 그의 행동을 견제해 주었네. 그러나 즉시 출발하자는 취지로 그가 뭐라고 중얼거렸을 때, 나는 굳이 대답할 필요를 못 느꼈다네. 그것이 불가능하다는 것쯤은 나도 알고 있었고, 그도 알고 있었지. 만약 우리가 현 위치를 벗어난다면, 우리는 종잡을 수 없는 상황에 빠지게 될 테니까 말일세. 우주 공간에 붕 떠 있게 되는 셈이지. 강의 어느 한 기슭에 부딪혀 멈추기 전에는 우리가 어디로 가고 있는지, 강의 상류 쪽인지 하류 쪽인지, 아니면 강을 가로지르는 것인지도 알 수 없었을 것이고, 설령 강기슭에 부딪힌다 하더라도 어느 쪽 기슭인지를 알 수 없었을 걸세. 당연히 나는 아무 조치도 취하지 않았네. 배를 박살 내고 싶은 생각은 전혀 없었으니까 말일세. 난파당할 장소치고 이보다 더 끔찍한 곳을 상상할 수는 없었네. 곧바로 익사를 하든 그렇지 않든, 우리가 이내 죽을 것은 분명했네. '필요한 권한을 부여할 테니 어떤 위험을 무릅써도 좋소.' 잠시 침묵이 흐른 후에 본부장이 말하더군. '그럴 생각은 전혀 없습니다' 라고 무뚝뚝하게 대답했는데, 비록 나의 말투가 그를 놀라게 만들었을지는 몰라도, 나의 대답은 바로 그가 기대한 것이었네. '흠, 당신의 판단을 존중하겠소. 선장이시니까' 라고 유난히 정중하게 그가 대답했네. 나는 그의 정중함에 대한 예의의 표시로, 어깨를 그의 쪽으로 향하며 안개 속을 응시했네. 얼마나 오랫동안 계속될까? 안개가 걷힐까 지켜보기는 했지만 그건

가망 없는 일이었네. 비참한 오지에서 상아를 찾아 헤매는 커츠에게 다가간다는 것은 마치 전설의 성에서 마법에 걸려 잠든 공주를 찾는 것처럼, 많은 위험이 뒤따르는 것이었네. 본부장이 은밀하게 물어 왔네. '그들이 공격해 올 거라고 생각하시오?'

몇 가지 분명한 이유로 해서 나는 그들이 공격해 올 것이라고는 생각지 않았네. 짙은 안개가 그런 이유 중 하나였지. 배를 움직이면 우리도 그렇게 되겠지만, 그들이 카누를 타고 강기슭을 출발한다면 안개 속에서 길을 잃어버리고 말 걸세. 그리고 나는 또한 사람들이 강 양쪽 기슭의 정글을 통과할 수 없을 것이라고 판단하고 있었는데—눈들이, 우리의 출현을 지켜본 눈들이 여전히 정글 속에 있었지. 강변의 숲은 분명히 매우 빽빽한 것이었으나, 그 뒤편의 덤불은 분명히 지나갈 만했네. 그러나 안개가 잠시 걷혔을 동안, 그곳의 넓은 유역 어디에서도 카누를 본 일은 없었네—적어도 증기선과 평행한 선상에서는 말일세. 하지만 공격이 불가능할 것이라고 생각하게 된 연유는 그 소리, 즉 우리가 들었던 외침의 성격이었네. 즉시 공격을 감행하려는 의도를 띤 사나움이 없었으니까 말일세. 예상 밖이고 야성적이며 난폭하기는 했으되, 그 외침은 나에게 억누를 수 없는 슬픈 인상을 주었네. 증기선이 모습을 드러내자, 어떤 이유에서인지는 몰라도 야만인들이 참을 수 없는 비탄에 사로잡혔던 걸세. 만약 우리가 위험에 처해 있다면, 그것은 인간의 격렬한 감정이 폭발하는 순간에 우리가 가까이 다가가 있기 때문이라고 나는 해명했네. 지극한 슬픔도 결국 폭력으로 분출되기도 하지만 대개는 냉담한 태도로 나타나지.

순례자들이 눈을 치켜뜨는 모습을 보았어야만 하네! 그들에게는 나를 비웃을 기력도, 내게 욕설을 퍼부을 힘도 없었지만, 그들은 내가 — 어쩌면 공포로 인해 — 미쳤다고 생각했을 걸세. 나는 아예 정식으로 강연을 했다네. 여보시오, 아무리 신경 써봤자 소용없습니다. 경계를 서자고요? 허, 참, 쥐를 지켜보는 고양이처럼 안개가 걷힐까 하고 내가 열심히 지켜본 것은 선생들도 짐작하실 텐데, 그러한 용도 말고 우리의 눈이라는 것은, 설사 우리가 거대한 솜뭉치 속에 몇 마일이나 되는 깊이에 파묻혀 있다 하더라도 이보다 더 무용하지는 않을 겁니다. 정말이지 안개가 솜뭉치처럼 느껴졌네 — 답답하고 후텁지근하며, 숨이 막혔네. 비록 약간 과장되게 들렸지만, 나의 말은 절대적으로 사실에 근거한 것이었네. 훗날 우리가 공격이라고 부른 것도 실은 물리치려는 시도였었네. 그 시도는 공격적인 것과는 거리가 멀었고, 일상적인 의미에서의 방어도 아니었으며, 절망이 주는 중압감에 못 이겨 할 수 없이 취한 행동이었고, 본질적으로 보호하려는 행동이었네.

안개가 걷힌 지 두 시간 후에 상황이 전개되었다고 볼 수 있는데, 커츠가 있는 교역소에서 대략 1.5마일 떨어진 곳에서 시작되었네. 우리 배가 헐떡거리고 파닥거리며 강굽이 하나를 막 돌아 나왔을 때, 나는 강의 한복판에서 조그만 섬 하나를, 밝은 초록색 풀이 자라고 있는 작은 언덕 하나를 발견했네. 특이한 것이었지만, 시야가 탁 트인 강 유역에 우리가 들어섰을 때 나는 그것이 긴 모래톱의 시작이거나, 혹은 강 한복판을 따라 암초처럼 솟아오른 물속 구릉 지대의 시작임을 알아차렸지. 그것들은 물에 잠겨 퇴색

해 있었고, 피부 아래로 등뼈가 몸의 중앙을 따라 이어지는 것이 보이듯, 물속의 구릉 지대 전체가 훤히 보였네. 내가 알고 있는 한, 이것들을 피해 오른쪽으로 가거나 왼쪽으로 가는 수밖에 없었지. 어느 쪽으로 가야 하는지는 물론 몰랐네. 강의 양 기슭은 똑같아 보였고 수심도 같아 보였지만, 교역소가 서쪽에 있다는 말을 들은 터라, 나는 당연히 서쪽 수로로 다가갔네.

그러나 수로에 들어서자마자, 생각했던 것보다 수로의 폭이 훨씬 좁다는 것을 알게 되었네. 우리 왼편에는 끊이지 않는 모래톱이 길게 이어져 있었고, 오른편에는 관목으로 무성한 높고 가파른 강기슭이 있었네. 관목 위로는 나무들이 조밀하게 들어서 있었네. 잔가지들이 빽빽하게 강물 위를 드리웠고, 굵은 나뭇가지는 강 위로 드문드문 뻣뻣하게 뻗어 있었지. 오후로 접어든 지 꽤 되어서인지 숲은 어두침침했고, 그늘이 넓은 띠처럼 강물에 드리워져 있었네. 짐작하겠지만, 그늘 아래에서 우리는 아주 천천히 움직였네. 장대로 측정한 결과, 강기슭 쪽이 가장 깊어서 그쪽으로 배의 진로를 바꾸었네.

굶주림을 참고 있던 나의 친구들 중 하나가 바로 아래쪽 갑판 뱃머리에서 수심 측정을 하고 있었네. 그 증기선은 갑판이 달린 거룻배 같은 형태였지. 갑판에는 문과 창문이 달린 티크 나무로 지은 선실이 두 채 있었네. 보일러는 뱃머리에, 기계류는 후미에 있었지. 선실 위로는 기둥이 떠받치는 가벼운 지붕이 있었네. 지붕을 뚫고 굴뚝이 비어져 나왔고, 굴뚝 전방에는 가벼운 널빤지로 만든 작은 선실이 있어 조타실로 쓰이고 있었네. 그곳에는 침상

하나, 캠프용 의자 둘, 장전된 채 구석에 세워져 있는 마티니 헨리 소총 한 자루, 작은 테이블, 그리고 조타 장치가 있었네. 큰 문이 앞쪽으로 나 있었고, 양옆에는 넓은 덧창이 있었네. 물론 이 창들은 모두 항상 열려 있었지. 나는 지붕의 앞쪽 끝, 즉 문간에 앉아 시간을 보냈네. 밤에는 침상에서 잠을 청하거나 자려고 노력했지. 나의 전임자가 교육시킨, 해안 부족 출신의 체격 좋은 흑인 녀석이 조타수 노릇을 했다네. 그는 한 쌍의 황동 귀고리를 과시하듯 걸고, 파란색 천을 허리에서 발목까지 두르고서, 자신이 세상에서 최고라고 생각했네. 내가 본 사람들 중에서 가장 불안정한 바보였다네. 내가 옆에서 자리를 지키고 있으면 끝없이 허풍을 떨며 운전했지만, 내가 보이지라도 않게 되면 이내 절망적인 공포에 사로잡혀, 고물딱지 증기선이 제멋대로 되도록 손을 쓰지 못하는 녀석이었네.

나는 수심을 측정하는 장대를 내려다보며 장대가 수면 위로 점점 더 올라오는 것을 보고 매우 불안해하고 있었는데, 바로 그때 장대잡이가 하던 일을 갑자기 멈추더니 장대를 갑판으로 끌어올리려는 노력도 하지 않고 갑판 위에 납작 엎드리는 것이 보였네. 그런데 장대를 놓지 않아 장대가 물속에서 끌려오더군. 동시에 나의 아래쪽에서 일하던 화부 녀석이 화로 앞에 갑자기 주저앉더니 고개를 수그리더군. 깜짝 놀랐네. 수로에는 암초가 하나 있어서 나는 얼른 강 쪽으로 시선을 돌려야 했네. 작대기들, 작은 작대기들이 사방에서 까맣게 떼 지어 날아왔네. 그것들은 나의 코앞에서 휭 소리를 내며 지나갔고, 아래쪽으로 떨어지기도 했으며, 뒤편 조타실에 부딪히기도 했네. 그동안 강과 강변과 숲은 내내 무척 고요했다네—숨 죽인 듯 말이야. 외륜이 물을 튀기며 내는 육중한 소리와, 작대기들이 떨어지며 또닥거리는 것 외에는 아무 소리도 들을 수 없었지. 우리는 가까스로 암초를 피했네. 화살이야, 맙소사! 우리가 화살 세례를 받고 있었다니! 육지 쪽으로 난 덧창을 닫기 위해 나는 얼른 실내로 들어섰네. 바보 같은 조타수 녀석은 조타 장치에 양손을 올려놓고, 마치 고삐 매인 말처럼 무릎을 치켜든 채 펄쩍펄쩍 뛰고 발을 구르며, 입으로는 우두둑 소리를 내고 있었네. 망할 놈! 강기슭으로부터 10피트*도 안 되는 거리에서 우리 배가 비틀거리고 있었는데 말일세. 무거운 덧창을 닫으려고 몸을 밖으로 내밀었다가, 나와 비슷한 높이의 나뭇잎 속에서 어떤 얼굴이 매우 사납고 침착하게 나를 노려보고 있음을 알았네. 그다음엔 마치 눈을 가리던 베일이 걷히듯 수림이 엉킨 어둠 속 깊은 곳에서 벌거벗은 가슴과 팔과 다리와 노려보는 눈들이 갑자기 보였네—숲은 번들거리는 구릿빛 팔과 다리의 움직임으로 가득했네. 잔가지들이 떨리고, 흔들리고, 바스락거리는 가운데 화살들이 그 속에서 날아왔고, 그러곤 덧창이 닫혔네. '똑바로 배 몰아!' 라고 내가 조타수에게 말했네. 그는 머리를 곧추세우고 얼굴은 정면을 향했지만, 눈알을 굴리질 않나, 계속해서 발을 가볍게 들었다 놓질 않나, 심지어는 거품까지 입에 물고 있었네. 내가 격분해서 소리를 질렀지. '조용히 못해!' 하지만 나무에게 바람에 흔들리지 말라는 명령을 내리는 편이 차라리 나았을 걸세. 나는 뛰쳐나갔네. 아래쪽 갑판에서는 허둥지둥하는 발걸음 소리와 혼란스러운 와중에 누군가 '배를 돌릴 수 있겠소?' 하고 외쳤네. 전방에서 V 자형의 잔물결이 눈에 들어왔네. 뭐야? 또 암초야? 발아래에서 일제 사격이 터져 나오더군. 순례자들이 윈체스터 소총으로 관목 숲을 향해 총알 세례를 퍼붓고 있었네. 엄청난 양의 연기가 솟아 오르면서 천천히 앞쪽으로 퍼져 나갔네. 그 광경을 보고 난 욕을 해댔지. 그 바람에 물결도 암초도 볼 수 없었으니까. 문간에 서서 내다보니 화살이 떼를 지어 날아왔네. 그것들은 독화살일지도 몰랐지만, 고양이 한 마리도 죽이지 못할 것처럼 보였다네. 이윽고 숲이 울부짖기 시작했네. 장작 패는 일을 맡은 선원들이 전투적인 함성을 맞질렀고, 바로 뒤편에서 들린 총소리 때문에 귀가 먹먹해지더군. 나는 어깨 너머로 돌아보았고, 조타 장치를 향해 달려갔을 때 조타실은 이미 소음과 연기로 가득 차 있었네. 그 천치 같은 검둥이가 하던 일을 다 그만두고, 덧창을 열어젖히더니 마티니 헨리 총을 쏘아 대더군. 나는 증기선의 갑작스러운 항로 이탈을 바로잡으면서 활짝 열린 덧창 앞에서 노려보며 서 있는 그에게 돌아오라고 소리 질렀다네. 설령 원한다 하더라도 배를 돌릴 공간이 없는 데다 배 앞쪽의 지독한 연기 속 아주 가까이 어딘가에 암초가 있었기에, 지체할 시간이 없었던 나는 강기슭 쪽으로, 수심이 깊을 거라 생각하던 곳으로 배를 밀어붙였네.

우리는 강 위로 축 늘어진 관목 숲을 따라, 부러진 잔가지와 날아다니는 잎사귀로 혼란스러운 가운데를 천천히 그리고 힘들게 나아갔다네. 실탄을 다 쏜 듯 아래쪽 갑판에서 일제 사격이 갑자기 멈추더군. 무엇인가 번쩍하며 한쪽 덧창으로 들어와서는 조타실을 가로질러 다른 쪽 덧창으로 휭 하고 나가기에 고개를 뒤로 돌렸지. 나의 시선은 탄창이 비어 있는 소총을 흔들며 강변을 향해 미친 듯이 소리 지르는 조타수를 지나, 희미한 사람의 형체들이 상체를 굽혀 달리고, 펄쩍 뛰기도 하고, 미끄러지며, 생생하게 일부만 보이다가 홀연히 사라지는 것을 포착했네. 덧창 앞 허공에 무엇인가 큰 것이 모습을 드러냈고, 소총이 배 밖으로 내팽개쳐지면서 조타수가 순식간에 뒷걸음치더니, 어깨 너머로 비범하고 심오하면서도 친숙한 시선으로 나를 쳐다보다가 결국 나의 발 위로 넘어졌다네. 그의 옆머리가 조타 장치를 두 번 치자, 긴 지팡이 같은 것의 끝이 여기저기 부딪히며 덜커덕 소리를 내더니 캠프용 의자를 하나 쓰러뜨렸네. 마치 강변의 누군가로부터 그 지팡이를 빼앗고 나서 그만 균형을 잃어버린 것 같았네. 옅은 연기는 바람에 날려 갔고, 우리는 가까스로 암초를 피했는데, 앞쪽을 보니 백 야드 정도만 더 가면 강기슭에서 벗어날 수 있을 듯싶었지만, 발이 너무 따뜻하고 축축하게 느껴져서 시선을 아래로 돌려야만 했네. 쓰러진 녀석은 누워서 뒹굴며 나를 정면으로 응시하고 있었네. 그의 두 손은 지팡이를 꼭 쥐고 있었지. 그것은 열린 덧창을 통해 던지거나 찔러 넣어져 녀석의 갈비뼈 바로 아래 옆구리를 찌른 창의 자루였는데, 창날이 끔찍한 상처를 남기고 몸 안으로 들어가 버린 터라 나의 신발이 흥건해졌고, 피 웅덩이가 조타 장치 아래에서 검붉게 빛나며 조용히 고여 있는 가운데 그의 눈에선 놀라운 광채가 번득이고 있었네. 다시 일제 사격이 시작되었지. 마치 무슨 귀중품인 양 창을 움켜쥔 그는 그것을 빼앗길까 봐 두려운 듯 걱정스럽게 나를 쳐다보았네. 그의 시선에서 눈을 떼고 조타 업무에 전념하는 것이 쉽지 않더군. 나는 한 손으로 머리 위를 더듬어 경적의 손잡이 줄을 찾아, 황급히 삐익삐익 하는 소리를 연거푸 냈네. 분노와 적의로 가득 찬 소란스러운 외침이 곧바로 중지되더니, 마치 지상에서 마지막 희망이 사라지고 만 듯 슬픔이 깃든 공포와 철저한 좌절의 울부짖음이 숲 속 깊숙한 곳에서 떨리며 길게 흘러나왔네. 숲 속에서는 큰 동요가 있었는데, 소나기 같은 화살이 멈추었고, 그중 몇 발만 떨어지면서 요란한 소리를 내고는 정적이 감돌았네. 그 와중에 외륜의 힘없는 퍼덕거림만 내 귀에 분명히 들려왔네. 분홍빛 파자마를 걸친 순례자가 흥분한 나머지 열이 오른 모습으로 문간에 나타났을 때 나는 조타 장치를 우현으로 세게 꺾어 놓고 있었지. '본부장께서 보내셔서…….' 사무적인 톤으로 이야기를 꺼내던 그가 갑자기 말을 멈추었어. 그리고 부상당한 녀석을 보더니 입을 열더군. '원, 세상에!'

우리 두 백인이 그를 지켜보며 서 있는 가운데 무언가를 묻는 듯한 그의 번쩍이는 시선이 우리를 감싸고 있었네. 순간 그가 이해할 수 없는 언어로 우리에게 질문할 것처럼 보였지만, 말 한마디 없이, 사지 한 번 움직이는 일 없이, 근육 하나 씰룩거리는 적 없이 그는 죽어 버렸네. 우리가 볼 수 없었던 어떤 징조에 응답이라도 하듯, 우리가 들을 수 없는 속삭임에 대답이라도 하듯, 마지막 순간에 그는 얼굴을 심하게 찡그렸는데, 그때의 인상은 검은 시신의 얼굴에 상상할 수 없이 음산하고 사색적이며 위협적인 표정이었네. 질문하는 듯한 시선의 광채가 빛을 잃더니 이내 흐리멍

덩하게 변해 버리더군. 그 교역상에게 간절히 물었지. '조타 장치를 맡을 수 있겠소?' 그가 반신반의하는 듯 보였지만, 나는 그의 팔을 와락 잡았네. 자신이 그 일을 할 수 있든 없든, 내가 조타수 일을 맡길 의도임을 그는 깨달았네. 진실을 말하자면, 나는 신발과 양말을 바꿔 신고 싶어 죽을 지경이었네. 몹시 강한 인상을 받은 그 친구가 '녀석이 죽었군요' 라고 중얼거리더군. '의심할 여지가 없소.' 미친 듯이 신발 끈을 잡아당기며 내가 말했네. '참, 커츠 씨도 지금쯤은 죽었다고 봐야겠소.'

당장은 그 생각이 지배적이었어. 마치 내가 실체가 전혀 없는 무언가를 찾으려고 했음을 깨달은 것처럼 나는 극심한 실망감에 사로잡혔네. 커츠 씨와 이야기를 나누겠다는 유일한 목표를 위해 그 먼 길을 왔다고 한들, 이보다 더 넌더리 나지는 않았을 걸세. 이야기를 나눈다……. 나는 신발 한 짝을 배 밖으로 던져 버리면서 그것이, 곧 커츠와의 대화가 바로 내가 오랫동안 고대해 왔던 것임을 깨닫게 되었네. 기이하게도 그를 결코 행동하는 인간이 아니라—아시겠는가—말하는 인간으로 상상해 왔다는 것을 알게 되었던 거야. 이를테면 '이제 그를 결코 보지 못할 거야' 혹은 '이제 그와는 결코 악수를 못할 거야' 가 아니라, '이제 결코 그의 말을 듣지 못할 거야' 라는 식으로 생각해 왔다는 거지. 그는 목소리로만 여겨졌다네. 물론 그를 행동과 연결짓지 않아서가 아닐세. 그가 다른 교역상들의 것을 모두 합친 것보다 더 많은 상아를 수집하고, 교환하고, 갈취하고, 훔쳤다는 것을 사람들이 질투와 선망의 어조로 말하지 않았던가? 따라서 그건 이유가 아닐세. 이유는 그가 재능 있는 존재라는 것, 그리고 타고난 재능 중에서도 화술, 즉 말이 가장 두드러진 재능이었으며, 또한 실체감을 주었다는 걸세. 사실 표현의 재능이란 사람을 혼란스럽게도 하고 계몽하기도 하며, 가장 고양된 것이면서도 가장 경멸스러우며, 고동치는 빛의 흐름이기도 하지만, 또한 꿰뚫을 수 없는 어둠의 심장부에서 나오는 기만적인 흐름이기도 하지.

다른 한 짝의 신발도 그 강의 귀신에게 날아가 버렸네. 순간 이런 생각이 들었네. '아뿔싸, 만사를 그르쳤어. 우리가 너무 늦었고, 그는 사라지고 말았어 — 창이나 화살이나 몽둥이 때문에 그 재능도 사라지고 만 거야. 그 친구가 말하는 소리를 결코 듣지 못할 거야.' 그때 느낀 슬픔은 숲 속 야만인들의 울부짖음에서 보았던 것만큼이나 깜짝 놀랄, 그런 격렬한 감정이었네. 나에게 예정된 운명을 놓쳐 버렸거나, 혹은 나의 신념을 도둑맞았다 해도 이보다 더 고독한 비탄에 빠지지는 않았을 걸세……. 왜 그처럼 고약하게 한숨을 내쉬는 건가, 누구지? 어처구니없다고? 그래, 어처구니없지. 이런 나 참, 사람이 말이야, 한 번이라도…… 여기, 담배 좀 주게나."

잠시 심오한 정적이 내려앉았다. 그러고는 성냥불이 확 타오르더니, 주의를 집중하고 있는 말로의 마른 얼굴이, 주름과 눈꺼풀이 처진 퀭하고도 공허한 모습을 드러냈다. 그가 파이프 담배를 몇 차례 힘차게 빨자, 담배의 조그만 불꽃이 규칙적으로 타올랐다 사그라졌다 하면서 그의 얼굴도 어둠 속으로 물러났다가 또 그 밖으로 나오기도 했다. 성냥불이 꺼졌다.

"어처구니가 없다고!" 그가 외쳤다. "이야기를 들려줄 때 겪는 제일 큰 고역이 바로 그걸세. 여기에서 자네들 각자는 쌍닻을 내린 노후한 배처럼 든든한 두 주소지에 정착해 있는 셈인데, 길 한 모퉁이에는 푸주한이, 다른 모퉁이에는 경찰이 지켜 서 있겠다, 식욕 좋지, 체온도 정상이겠다, 들어 보게, 1년 내내 정상 체온이란 말이지. 그런 자네들이 그런 말을 한다 이 말일세. 어처구니없다고! 그런 말일랑 빌어먹으라지! 뭐? 어처구니없다고? 이보시게, 너무 긴장한 나머지 새 신발 한 켤레를 배 밖으로 막 던져 버린 사람에게서 무얼 기대할 수 있겠는가? 지금 생각해 보니 눈물을 흘리지 않은 것이 놀라울 따름이네. 의연하게 대처한 내가 자랑스럽게 여겨지네. 재능을 타고난 커츠의 말을 들을 수 있는 특혜를 잃어버렸다는 생각에 속이 상하기도 했지. 물론 나의 이 생각은 틀린 것이었네. 특혜는 나를 기다리고 있었네. 아, 그래, 내가 들은 것만으로 충분하고도 남았네. 또한 나의 생각이 옳았네. 역시 그는 목소리에 지나지 않는 존재였네. 그리고 나는 들었는데, 그의 말을, 그것을, 이 목소리뿐만 아니라 다른 목소리도 들었는데, 그것들 모두는 목소리에 지나지 않았네. 마치 어리석고, 포악하고, 더럽고, 야만적이며, 혹은 아무 의미도 없이 단지 야비하기만 한, 거대한 재잘대는 소리가 사라지면서 남기는 아련한 여운처럼, 그 당시의 기억은 손으로 만져 볼 수도 없는 것이지만, 그럼에도 여전히 나의 주위를 맴돌고 있다네. 목소리들, 목소리들이 — 심지어는 그 여인마저도…… 지금은……."

그는 한동안 조용했다.

그러다가 갑자기 이야기를 시작했다. "나는 어쨌든 거짓말로 그런 재능을 가진 유령을 잠재웠네. 여인! 뭐라고? 내가 여인이라고 했는가? 아니야, 그녀는 이것과 관련이 없네 — 전혀. 그들은, 여성들은 말일세, 아무 관련 없는 존재야, 아니 관련이 있어서는 안 되네. 우리의 세상이 더 나빠지지 않도록 우리는 여성들이 그들만의 아름다운 세상에서 살도록 해줘야 하네. 아, 그녀가 관련되어서는 안 되네. 구출된 커츠가 '내 약혼녀' 라고 말하는 것을 자네들이 들었어야 하네. 그랬다면 그녀가 이 일과 얼마나 상관없는 존재인지 즉시 깨달았을 걸세. 그런데 커츠의 고귀한 앞이마란! 머리털은 때로 죽은 후에도 계속 자란다고 하는데, 그러나 이 별난 인물은, 아! 대머리가 인상적이었네. 야생이 그의 머리를 쓰다듬으니까, 보게나, 그것은 공을 — 상아로 된 공을 — 닮게 되었고, 야생이 그를 애무하니까 — 보게나! — 그는 기력을 잃어버렸는데, 그것이 그를 포로로 만들었고, 사랑했고, 껴안았으며, 그의 핏줄에 흘러들었고, 그의 육체를 소진시켰으며, 상상할 수도 없는 악마의 입회식에 의해 그의 영혼을 자기 것으로 봉인해 버렸다네. 그가 제멋대로 구는, 야생의 응석받이가 되어 버렸던 것일세. 상아! 그렇다고 봐야지. 상아를 무더기로, 산더미처럼 쌓아 놓았더군. 그 오랜 흙집이 상아로 터져 나갔네. 그 나라에는 땅 위와 아래를 통틀어 남아 있는 상아가 하나도 없을 거라는 생각이 들었을 걸세. '대부분 화석이오' 라는 말로 본부장이 깎아내리더군. 그 상아가 화석이라면 나도 화석일 테지만, 땅에 묻어 놓은 상아를 파냈을 때, 사람들이 그것을 화석이라고 부른다네. 검둥이들이 때로는 상아를 묻기도 하는 모양이더군—그러나 다재다능한 커츠 씨가 비참한 운명을 맞지 않아도 될 만큼 그들이 상아 더미를 충분히 깊게 묻지 않은 것이 분명하네. 우리는 증기선을 상아로 채우고, 갑판에도 한가득 상아를 실어야 했다네. 그래서 그는 자신이 볼 수 있는 한은 그것들을 보며 흐뭇하게 여길 수 있었던 것 같은데, 마지막 순간까지 그가 이러한 특혜를 고맙게 생각한 걸 보면 말일세. 자네들은 그가 '나의 상아'라고 말하는 것을 들었어야만 하네. 아, 그래, 나는 들었네. '나의 약혼자, 나의 상아, 나의 교역소, 나의 강, 나의—.' 모든 것이 그의 소유였네. 그 말을 들었을 때, 나는 하늘에 박혀 있던 별들도 흔들어 놓을 만큼 거대하게 울려 퍼지는 웃음을 야생이 터뜨리지 않을까 하는 기대감에 숨을 죽였지. 모든 것이 그에게 속했다네—하지만 그것은 하찮은 문제였지. 중요한 것은, 그가 어디에 속하고, 또 얼마나 많은 어둠의 세력이 그를 자신의 소유라고 주장하느냐 하는 문제였지. 그런 생각을 하면 온몸에 소름이 돋는다네. 상상해 보는 것도 불가능한 일이었고, 정신 건강에도 좋지 않았네. 그는 그 땅의 악귀들 가운데서 높은 자리를 차지하고 있었다네—우회적인 표현이 아닐세. 이해할 수 없다고? 발아래에는 탄탄한 포장도로가 받쳐 주지, 잘할 때는 칭찬해 주고 못할 때는 덤벼들기도 할 이웃들이 주변에서 언제나 친절하게 지켜 주지, 푸주한과 경찰 사이를 조심스럽게 발 내디디며 스캔들과 교수대와 정신 병원을 끔찍하게 두려워하며 살아가는 자네들이 어떻게 이해할 수 있겠는가?—홀로 있는 순간에, 지켜보는 경찰이 없는 절대 고독의 순간에, 정적의 순간에,

다른 사람들이 어떻게 생각하는지를 속삭여 줄 친절한 이웃의 경고 목소리가 없는 절대 정적의 순간에, 아무런 속박도 받지 않는 발길이 태고의 어떤 지역으로 사람을 인도할 것인지 자네들이 어떻게 상상할 수 있겠는가? 그러니 정작 중요한 것은 이런 사소한 것들이라네. 이런 것들이 사라지고 나면 우리는 자신의 타고난 힘에, 헌신할 수 있는 자신의 힘에 의존해야만 하네. 물론 너무 멍청해서 나쁜 길로 빠지지 않을 수도 있는데, 즉 너무 아둔해서 어두운 힘의 유혹을 받고 있다는 것도 모를 수 있는 걸세. 내 생각은 그렇다네, 자신의 영혼을 놓고 악마와 흥정했던 바보는 없네. 바보가 너무 아둔해서 그것도 못한 것인지, 아니면 악마가 너무 간교해서 안 한 것인지는 모르겠지만 말일세. 혹은 엄청나게 고상한 존재라면 천상의 광경과 소리 외에는 눈과 귀를 완전히 닫고 있을 수도 있지. 그런 경우 이 세상은 단지 몸뚱어리가 서 있는 장소일 뿐일세 — 그것이 득이 되는지 실이 되는지를 아는 척하지는 않겠네. 그러나 우리들 대부분은 그처럼 지독하게 아둔하지도, 고상하지도 않다네. 우리들에게 이 세상은 살아야 할 곳이어서 보이는 것과 들리는 것을 견뎌 내야 하고, 그리고 세상에! 냄새도 견뎌 내야 하는 곳이어서 하마 시체 냄새를 맡으면서도 오염되지 말아야 한다 이 말일세. 그리고 그때, 이해되는가? 자신의 힘이, 썩은 고기를 묻을 변변찮은 구덩이를 팔 수 있는 자신의 능력에 대한 믿음이, 자기 자신을 위한 일이 아니라 별 볼일 없으면서도 허리가 휘는 일을 위해 헌신할 수 있는 힘이 발휘되어야 하는 것일세. 그것은 매우 힘든 일이네. 여보게, 자네들에게 변명하거나 해명하려는 것이 아니고, 나 스스로 커츠 씨에 대해 — 유령 같은 그 존재에 대해 — 납득해 보려고 하는 것뿐일세. 미지의 대륙 깊은 곳에서 자신의 영혼을 팔고 온 이 유령 같은 커츠 씨는, 완전히 자취를 감추기 전에 놀라운 비밀을 내게만 털어놓았네. 그 이유는 내게 영어로 말할 수 있기 때문이었네. 애초에 커츠는 영국에서 교육받은 적이 있었고, 그래서 — 그의 친절한 설명에 의하면 — 자신의 이해심은 정상적이었다고 하더군. 그의 모친의 혈통은 절반이 영국계였고, 부친의 혈통은 절반이 프랑스계였다네. 커츠라는 인물을 만들기 위해 온 유럽이 기여한 셈인데, 나는 야만적 습속의 근절을 목표로 삼은 한 국제 협회가 미래 활동의 지침용 보고서 작성을, 참 적절하게도, 그에게 맡겼다는 사실을 알게 되었네. 그는 보고서를 이미 작성해 놓았고, 나는 그 문건을 보았네. 그것을 읽어 보았지. 그 글은 웅변으로 고동치는 수사(修辭)가 뛰어난 글이었지만, 지나치게 흥분한 것 같다고 여겨졌네. 17페이지를 빽빽하게 채운 글이었지. 커츠는 그 글을 쓸 시간을 냈던 거야. 그러나 그때는 그가 — 무어라 표현하면 좋을까 — 정신적으로 힘들어 하기 전이었고, 입에 담을 수도 없는 의식으로 끝나는 한밤의 무도를 주재하기 전이었는데, 내가 어쩔 수 없이 여러 번에 걸쳐 들은 바를 종합해 보면, 그 의식은 그에게 — 아시겠는가, 바로 커츠 씨에게 — 봉헌된 것이었네. 그러나 그것은 훌륭한 글이었지. 하지만 나중에 알게 된 바에 비추어 보면, 첫 문단은 지금은 불길하게 느껴지는 것이었네. 고도로 문명화된 우리는 '그들〔야만인들〕에게 분명 초자연적인 존재로 여겨질 것이며 — 신과 같은 위력으로 그들에게 다가가게 될 것' 등등의 말로 그는 글을 시작했네. '단순한 의지의 행사만으로도 우리는 무한한 선을 베풀 수 있다' 등등. 이 지점에서 그의 웅변은 극도로 고조되었고 나의 마음을 사로잡았네. 결론은 웅장한 것이었지만 내용은 기억이 잘 안 나는군. 그런 글이 대개 그렇지 않은가. 결론은 어떤 거룩하고도 자비로운 존재가 다스리는 광대한 이국적인 세상을 연상시켰네. 나의 마음은 열광하여 설렜네. 이것이 웅변이 갖는 힘이요, 말이 갖는 힘, 타오르는 고결한 담론이 갖는 무한한 힘이네. 명백히 아주 훗날에 떨리는 손으로 마지막 페이지 하단 여백에 휘갈겨 쓴 일종의 메모를 방법론의 제시로 간주한다면 모르되, 마법 같은 표현의 흐름을 제어할 만한 현실적인 논의는 암시조차 찾을 수 없었네. 그 메모는 아주 단순한 것이었으나, 온갖 이타적 감정에 호소하고 나서 마른하늘에 치는 벼락처럼 무섭게 번쩍여 읽는 사람을 놀라게 하는 것이었지. '짐승 같은 놈들을 전멸시켜라!' 흥미로운 사실은 이 의미심장한 후기에 대해 그가 까맣게 잊고 있었다는 점인데, 그가 어떤 의미에서 약간 정신을 차렸을 때, '나의 서류'라고 부른 그것이 자신의 경력에 반드시 큰 영향력을 행사할 것이므로 잘 챙겨 달라고 계속 간청한 것을 보면 그렇다네. 나는 이러한 일들에 대해 다 알고 있었을 뿐만 아니라, 이외에도 어쩌다 보니 그의 사후의 명예까지 책임지게 되었지. 그의 명예를 위해 할 만큼 한 사람으로서 나는, 내가 원한다면, 그에 대한 기억을 진보의 쓰레기통에 쓸어 넣고 문명의 쓰레기 속에서, 달리 말하자면 문명의 전시용품들 속에서 영원히 잊혀지게 만들 수 있는 분명한 권리를 갖고 있네. 여보게, 그러나 실은 내게는 그런 선택권이 없었어. 그는 잊으려야 잊을 수 없는 존재였거든. 어떤 존재였든 간에 그는 범상치는 않았네. 그에게는 미개한 자들을 매료시키거나 공포에 떨게 만들어 자신을 숭배하는 주술적인 춤을 추게 만드는 힘이 있었고, 또한 순례자들의 편협한 정신을 원한 어린 불안감으로 채울 수도 있었으며, 적어도 한 명의 헌신적인 친구가 있었을 뿐만 아니라, 이 세상에서 이기심으로 타락하지도 또 미개하지도 않은 한 영혼을 자기 것으로 삼았었네. 그를 찾아가느라 우리가 입어야 했던 인명 손실만큼의 가치가 정확히 그에게 있다고 단언할 수는 없지만, 그래, 그를 잊을 수는 없네. 나는 죽은 조타수 때문에 무척 섭섭했는데, 그의 시신이 조타실에 말없이 누워 있을 때조차 그 생각을 했다네. 중요성으로 따진다면, 검은 사하라 사막의 모래 알갱이 하나밖에 안 되는 한 야만인에 대해 내가 느끼는 회한을 두고 자네들은 이상하다고 생각할 테지. 모르겠는가, 그는 무엇인가를 해냈네. 그는 조타수 노릇을 했고, 나는 몇 달 동안 나의 뒤편에 그를 두고 있었던 걸세…… 조수로서…… 도구로서 말일세. 그것은 일종의 파트너 관계였네. 그는 나를 위해 조타수 노릇을 해주었고, 나는 그를 돌보아 주고, 그의 부족함을 걱정해 주었고, 그래서 미묘한 유대 관계가 형성되었지만, 그 관계가 갑자기 끊어졌을 때야 비로소 나는 그런 관계가 존재했음을 깨달았네. 상처를 입었을 때, 그가 나에게 던진 심오하면서도 친밀한 시선은 오늘날까지 나의 기억에 남아 있다네 — 먼 친척 관계라는 주장이 지고한 순간에 확인된 것처럼 말일세.

가련한 녀석! 덧창만 건드리지 않았어도. 커츠처럼 그에게도 자제력이 없었던 것인데, 아무런 자제력도 말일세 — 바람에 흔들리는 나무같이 말이야. 젖지 않은 실내화로 갈아 신자마자 나는 그의 옆구리에서 창을 뽑아 낸 후 그를 밖으로 끌어냈는데, 고백하네만, 눈을 꼭 감고 창을 뽑았네. 그의 발뒤꿈치가 나지막한 문간에 부딪혀 튕겼고, 나는 그의 어깨를 가슴에 꽉 안은 상태였는데, 뒤에서 그를 필사적으로 껴안은 것일세. 아! 그는 무거웠어. 얼마나 무거웠는지, 이 세상 어느 누구보다도 무거웠다는 생각이 들더군. 그러고는 별로 고민하지도 않고 그를 배 밖으로 던져 버렸네. 마치 그가 한 다발의 풀인 양 강물이 그를 낚아채 가버렸고, 시신은 물결 속에서 두 번 뒹군 후 영원히 볼 수 없게 되었네. 당시에 순례자들 모두와 본부장이 조타실 부근의 차일 친 갑판에 모여서 흥분한 까치 떼처럼 지껄이고 있었는데, 나의 냉혹하고도 신속한 일 처리를 보더니 경악하며 수군거리더군. 그 시신을 끼고 무엇을 하려 했는지 나는 알 수가 없었네. 방부 처리라도 해서 모시려고 했나. 그러나 아래쪽 갑판에서는 이제 다른 종류의 매우 불길한 수군거림이 들렸네. 나의 친구들, 장작 패는 일을 맡은 검둥이들도 마찬가지로 경악했는데, 이들의 경우는 훨씬 더 그럴듯한 이유에서이긴 하였으나, 그 이유 자체는 결코 인정할 수 없는 것이었네. 결단코! 만약 조타수의 시신이 어쩔 수 없이 먹잇감이 되어야 한다면, 물고기들의 먹이가 되어야 한다고 나는 결심하였네. 그는 살아서는 이급 조타수였으나 죽어서는 최상급의 유혹이 될 수도 있었기 때문에 자칫 큰 문제를 일으킬 수도 있었네. 게다가 분홍빛 파자마를 입은 그 천치가 조타 업무를 형편없이 보는 바람에 내가 그 일을 맡아야 했었네.

약식 장례식이 끝난 즉시 나는 그 일을 맡았네. 강 한복판을 중간 속도로 배를 몰면서 나는 사람들이 나에 대해 하는 이야기를 듣고 있었네. 그들은 이미 커츠와 교역소를 포기했는데, 커츠는 죽었고, 교역소도 불타 버렸다는 이유에서였지. 붉은 머리를 한 순례자는 적어도 가련한 커츠의 복수를 해냈다는 생각에 제정신이 아니더군. '봐요! 숲 속에 있는 놈들을 엄청나게 도륙했습니다. 그렇지 않나요? 어때요? 예?' 그 녀석은 정말로 춤을 추었네, 피에 굶주린 가련하고도 쫀쫀한 거지 같은 놈. 상처 입은 조타수를 보고 거의 기절하다시피 한 일은 어쩌고! 나로선 한마디 안 할 수가 없었어. '어쨌거나 연기가 엄청나게 피어오르게 하기는 했더군요.' 숲의 상단 부분이 흔들리고 떨어져 날리는 것으로 미루어, 대부분의 총이 너무 높이 겨냥되었던 것을 나는 알고 있었지. 총을 어깨에 밀착시켜 조준 사격하지 않으면 아무것도 맞힐 수가 없는데, 이자들은 눈을 꼭 감은 채 허리춤께에서 총을 쏘아 댔네. 야만인들의 퇴각은 증기선 경적의 날카로운 소리 때문에 일어난 것이라고 나는 주장했네 — 말이야 맞는 말이지. 이 말을 하니까, 그자들은 커츠에 대해서는 까맣게 잊어버리고, 분개하여 나에게 항의의 말을 퍼붓더군.

본부장이 조타 장치 옆에 서서, 무슨 일이 있어도 어두워지기 전에 가능한 한 하류로 멀리 내려가야 한다고 속삭이고 있었는데, 그때 멀리서 강변의 공터와 건물 같은 것의 윤곽이 눈에 들어오더군. '저게 뭐죠?' 내가 물었네. 그가 놀라서 손을 마주쳤네. '교역소다!' 그가 외쳤네. 나는 여전히 중간 속도를 유지하며 즉시 강가로 접근해 들어갔네.

나는 망원경으로 나무들만 드문드문 있고 관목이라곤 찾아볼 수 없는 언덕배기를 보았네. 언덕 꼭대기에는 쇠락한 긴 건물 한 채가 높게 자란 풀들 속에 반쯤 파묻혀 있었고, 꼭대기가 뾰족한 지붕에서는 커다란 구멍들이 멀리서도 보일 정도로 시커먼 입을 쩍 하니 벌리고 있었으며, 정글과 숲이 그 건물의 배경을 이루고 있었지. 울타리나 담이라고 할 만한 것은 없었지만, 과거에는 틀림없이 있었던 것 같은데, 그 이유는 집 근처에 둥글게 깎아 만든 공으로 윗부분이 장식된, 대충 다듬어 놓은 여섯 개의 가느다란 말뚝이 일렬로 서 있었기 때문일세. 레일은, 혹은 말뚝들 사이에 무엇이 있었든 간에 그것들은, 사라지고 없었다네. 물론 그것들 주위는 숲이 에워싸고 있었지. 강기슭은 공터처럼 치워져 있었고, 물가에서는 수레바퀴 같은 모자를 쓴 백인 남자가 팔을 흔들며 집요하게 신호를 보내는 모습이 보였네. 숲 가장자리를 위아래로 면밀히 관찰했을 때, 나는 움직임을 보았다고 확신했네 — 인간의 형체가 여기저기서 소리 없이 움직이고 있었던 걸세. 나는 신중하게 이를 지나친 후, 엔진을 끄고 배가 떠내려가도록 내버려 두었네. 강변의 사나이가 우리에게 상륙하라고 소리치기 시작했네. '우리는 공격당했소'라고 본부장이 외쳤네. '압니다 — 압니다. 괜찮아요.' 퍽 쾌활하게 그자가 대답하더군. '어서 오십시오. 괜찮아요. 반갑습니다.'

그의 외모는 내가 과거에 본 적이 있는 무언가를—어디선가에서 본 우스꽝스러운 것을—연상시켰네. 겨우겨우 배를 옆으로 대면서 나는 혼잣말로 중얼거렸네. '이자가 누구를 닮았지?' 문득 대답이 떠올랐네. 그는 바로 어릿광대를 닮았던 거야. 그의 옷은 아마도 갈색 네덜란드 천*으로 만든 듯했는데, 파란색과 붉은색, 그리고 노란색같이 밝은 천들로 온통 덧댄 것이었네—등 쪽에도 덧대고, 앞쪽에도 덧대고, 팔꿈치에도 덧대고, 무릎도 덧대고, 색깔 있는 띠가 윗도리를 둘렀고, 바짓단은 진홍색으로 마감되어 있어서 햇빛 아래의 그는 참으로 쾌활하고 동시에 놀랍도록 말쑥하게 보이기도 했는데, 그도 그럴 것이 밝은 곳에선 그의 옷이 얼마나 아름답게 덧대었는지가 잘 드러났으니까 말일세. 그는 수염이 없는, 소년 같은 용모와 금발의 소유자로서 눈에 띄는 특징은 없으며, 코 껍질은 벗겨지고, 눈은 조그맣고 푸른색이었는데, 숨김없는 그의 얼굴에서는 미소와 찌푸림이 바람 부는 평원의 햇빛과 그림자처럼 서로의 뒤를 쫓듯이 번갈아 나타나더군. '조심하십시오, 선장님!' 그가 외쳤네. '어젯밤 이곳 물속에 나무가 하나 잠겨 있었습니다.' 뭐라고! 또 장애물이야? 고백하건대, 부끄럽게도 나는 욕설을 해댔네. 고물딱지 배를 거의 구멍 낼 뻔했고, 그래서 이 즐거운 여행을 끝장낼 뻔했었지. 기슭 위의 어릿광대가 자신의 조그만 들창코를 내게로 향하더군. '선생님은 영국인?' 그가 활짝 웃으며 물었네. '당신도?'라며 내가 조종간에서 소리쳤지. 미소는 이내 사라졌고, 내가 실망해서 미안한 듯 그가 고개를 가로저었네. 그러곤 다시 명랑함을 되찾더군. '신경 쓰지 마십시오.' 격려하듯 그가 외쳤네. '우리가 제때 왔나요?' 내가 물었네. '그분께서는 저 위에 계십니다' 라고 말하며 그는 언덕 위쪽으로 고갯짓을 했는데, 그러다 갑자기 우울한 모습이 되었네. 그의 얼굴이 가을 하늘처럼 한순간 흐려졌다, 또 한순간은 밝아졌다 하더군.

본부장이 완전 무장을 한 순례자들의 호위를 받으며 건물로 가고 나서야 이 친구가 배에 올랐다네. '이봐요, 상황이 마음에 들지 않아요. 원주민들이 숲 속에 있어요.' 내가 말했네. 그가 괜찮을 거라고 열성적으로 안심시키려 들더군. '그들은 단순한 사람들입니다' 라며 그가 말을 이었네. '예, 선장님께서 오셔서 기쁩니다. 그들을 막느라 제 시간을 다 바쳤어요.' '하지만 금방 괜찮다고 그러지 않았나요?' 내가 소리쳤네. '아, 그들이 해를 가하려고 한 것은 아닙니다' 라고 그가 말했다가 내가 노려보자 말을 바꾸더군. '반드시 그런 것은 아닙니다만.' 그러더니 쾌활하게 말했네. '정말이지! 이 배의 조타실은 청소가 필요하군요!' 다음 순간 그는, 혹 상황이 발생할 경우에 경적을 울리기 위해 보일러를 증기로 충분히 채워 놓을 것을 충고했다네. '한 번의 경적이 선생님들의 소총을 모두 합한 것보다 더 효과 있을 겁니다. 그들은 단순한 사람들이거든요' 라고 그가 같은 말을 반복했네. 그는 너무 빨리 지껄임으로써 나를 압도해 버렸지. 그 모습은 한동안 말 못한 것을 벌충하려는 듯했는데, 웃음을 터뜨리며, 실제로 그렇다고 암시하더군. '커츠 씨와 대화하지는 않나요?' 내가 물었네. '그분과는 대화하지 않습니다 — 그분은 경청해야 할 대상이지요.' 몹시 의

기양양해진 그의 외침이었네. '그러나 이제…….' 그가 팔을 흔들었고, 눈 깜짝할 사이에 그는 끝이 안 보이는 낙담의 심연으로 빠져 들었네. 다음 순간, 그는 또 기분이 돌변하여 나의 양손을 계속 흔들어 댔고, 흔드는 동안에도 계속 지껄여 대더군. '같은 뱃사람으로서…… 영광인데…… 즐거움…… 기쁨…… 저 자신을 소개하면…… 러시아인이고…… 장사제*의 아들로서…… 탐보프* 시 행정부…… 뭐라고요? 담배를! 영국제 담배라, 품질이 뛰어난 영국제 담배! 아이고, 동료애도 두터우셔라. 피우냐고요? 담배 피우지 않는 선원도 있나요?'

파이프 담배가 어느 정도 그를 진정시켰고, 대화를 통해 나는 차츰 그에 대해 알게 되었네. 그는 학교를 도망쳐 나와서 러시아 국적의 배를 타고 바다로 나갔다가 다시 도망쳐서는 영국 국적의 배를 한동안 타기도 했는데, 이제는 아버지 장사제와 화해했다는군. 그는 화해했다는 것을 강조했어. '그러나 젊었을 때는 두루 구경도 하고, 경험도 쌓고, 다른 사람들의 생각도 배워서 견문을 넓혀야죠.' '여기서요?' 내가 중간에 말을 가로막았지. '세상일은 누구도 알 수 없습니다! 여기서 제가 커츠 씨를 만나지 않았습니까' 라며 젊은이 특유의 엄숙함과 책망하는 투로 그가 말하더군. 그 이후로 나는 입을 다물었네. 그는 해안의 한 네덜란드 교역소를 설득해 식량과 상품을 공급받은 뒤 가벼운 마음으로, 자신에게 어떤 일이 일어날지에 대해서는 아기와 다를 바 없는 천진한 생각으로 내륙을 향해 출발하였다고 하네. 그리고 거의 2년 동안 세상 사람들이나 세상만사와 단절한 채, 강을 따라 방랑했다고 하네.

'저는 보기만큼 젊지는 않습니다. 스물다섯 살이지요' 라고 그가 말했네. '반 슈이텐 영감이 처음에는 꺼지라고 그러더군요' 라는 말로 새삼 재미있다는 듯 그가 이야기를 시작했네. '그러나 저는 그에게 들러붙어서 어찌나 조르고 또 졸랐는지, 그는 마침내 애지중지하는 개까지도 정신이 사나워져 어찌 될까 봐 걱정하게 되었고, 그래서 다시는 나의 얼굴을 안 보았으면 좋겠다면서 싸구려 상품과 총 몇 자루를 주었습니다. 사람 좋은 네덜란드인 반 슈이텐. 1년 전에 그에게 약간의 상아를 보냈으니, 제가 돌아가더라도 이제 좀도둑이라고 부르지는 않겠죠. 그에게 보낸 상아가 잘 도착했으면 좋겠습니다. 그 외에는 아무것도 저는 신경 쓰지 않습니다. 당신을 위해 장작을 쌓아 두었는데, 그 집이 저의 집입니다. 보셨나요?'

타우슨의 책을 건네주었네. 그는 나에게 키스라도 할 듯했지만 곧 자제하더군. '제게 남은 유일한 책인데, 잃어버렸다고 생각했습니다.' 그가 희열에 차서 책을 보며 말했네. '아시죠, 홀로 다니는 사람에게는 참 많은 사고가 생깁니다. 때론 카누가 전복되고, 원주민들이 화를 내면 그 지역에서 얼른 철수해야 하죠.' 그가 책장을 넘기더군. '러시아어로 메모를 하나요?' 라고 내가 물었네. 그가 고개를 끄덕였네. '여백의 메모가 암호로 쓰인 줄 알았지요.' 내가 말했지. 그는 웃다가 다시 심각해지더군. '이 사람들을 막느라 애를 많이 먹었습니다' 라고 그가 말했네. '그들이 당신을 죽이려 했나요?' 내가 물었네. '아니, 아닙니다' 라고 말하더니 그는 입을 다물어 버렸어. '그들이 왜 우리를 공격했죠?' 내가 끈질

기게 묻자 그가 주저하더니, 부끄러워하며 말했네. '그들은 그분이 떠나시는 걸 원치 않습니다.' '원하지 않는다고요?' 흥미를 보이며 내가 말했지. 그가 신비로우면서도 뭔가 알고 있는 듯한 투로 고개를 끄덕였네. '말씀드리지만……' 하면서 그가 외치더군. '그분은 저의 정신세계를 넓혀 주셨습니다.' 그러곤 두 팔을 활짝 펴고, 흠잡을 데 없이 동그란 파란색의 작은 눈으로 나를 응시하는 것이었네.

3

"나는 놀라서 어찌할 바를 모르고 그를 쳐다보았네. 무언극 광대 패거리로부터 도망이라도 친 듯 얼룩덜룩하게 차려입은 그는 열정에 차서, 이야기 속에서 막 뛰쳐나온 듯한 모습으로 나의 앞에 서 있었지. 그가 살아 있다는 사실 자체가 믿어지지 않았고, 설명할 길 없었으며, 전적으로 당혹스러운 것이었네. 한마디로 풀 수 없는 수수께끼였어. 그가 어떻게 살아왔고, 어떻게 그 멀리까지 올 수 있었으며, 또 어떻게 그곳에 남아 있을 수 있었는지, 즉 왜 그가 곧바로 떠나지 않았는지를 상상할 수 없었네. '저는 조금 더 깊이 들어왔죠' 라면서 그가 말했네. '그러고는 다시 더 깊숙이 들어왔고, 그러다 보니 얼마나 깊이 들어와 버렸는지, 이젠 어떻게 돌아갈지 모르겠습니다. 하지만 신경 쓰지 마세요. 시간은 충분합니다. 그럭저럭 해낼 수 있습니다. 커츠나 얼른얼른 데리고 떠나십시오, 정말입니다.' 청춘의 매력이 그의 얼룩덜룩한 누더기 옷을, 그의 궁핍과 고독을, 근본적으로 황량한 그의 방랑을 감싸고 있었네. 몇 달이고—몇 년이고—그의 인생은 하루해나 넘길 수 있을까 싶을 정도로 위태한 것이었으나, 그는 아무 생각 없이 늠름하게 살아 있었고, 어느 모로 보아도 순전히 경험 부족과 앞뒤를 가리지 않는 대담함 덕분에 목숨을 부지할 수 있었네. 부러움이라고나 할까, 경탄하는 마음이 들더군. 모험의 매력이 그를 나아가게 했고, 또 그가 해를 입지 않도록 해주었던 걸세. 숨 쉴 공간, 억척스럽게 나아갈 공간 외에 그가 야생으로부터 원했던 것은 분명히 없었네. 그가 원한 것은 살아남는 것, 최대한 궁핍한 상황에서도, 최대한의 위험을 무릅쓰고 전진하는 것뿐이었네. 타산적이지도 현실적이지도 않은, 철저히 순수한 모험 정신이 한 번이라도 인간을 지배했다면 그 정신은 바로 광대 옷을 입은 이 젊은이를 지배했다네. 원대하지는 않지만 뜨거운 정열을 소유한 그가 조금 부러웠네. 정열이 그의 자아의식을 철저히 소멸시켜 버렸기에, 그가 이야기를 들려주는 동안 그 모든 것을 겪은 이가 바로 내 앞에 있는 이 사람이라는 생각이 들지 않았네. 그렇다고 해서 커츠에 대한 그의 헌신까지 부러워한 것은 아니었네. 그는 그 문제에 대해서는 고민조차 해본 적도 없었지. 그의 의지에 관계없이 커츠와의 관계가 생겨났고, 그는 그것을 숙명적으로 열렬히 받아들인 것뿐일세. 내가 보기에는 여태껏 그가 맞닥뜨린 것 중에 그 만남이 모든 면에서 가장 위험한 것 같았네.

바람이 없어 가까운 거리에서 멈춘 두 척의 배가 마침내 서로의 측면을 비벼 대게 된 것처럼, 그 둘도 피할 수 없이 함께 지내게 되었지. 커츠로서는 자기 이야기를 들어줄 사람이 필요했다고 여겨지는데, 왜냐하면 숲에서 야영할 때 그들이 밤새도록 이야기를 했다고 하니까 말일세. 아마도 말을 한 쪽은 커츠겠지만 말이야. '우리는 모든 것에 대해 이야기했습니다.' 기억을 되살리던 그가 감격하여 말했네. '잠이라는 게 있다는 것조차 잊어버렸죠. 밤이 한 시간도 안 된다고 여겨졌습니다. 모든 것을 이야기했지요! 모든 것……! 사랑에 대해서도요.' '아, 그가 당신에게 사랑에 대해서 이야기를 했군요!' 라고 무척 흥미로워하며 내가 말했지. '선장님께서 생각하는 그런 사랑 이야기는 아닙니다.' 열정적으로 그가 외쳤네. '일반적인 사랑에 대한 이야기였죠. 그분 덕택에 저는 사물을 보는 눈을 얻게 되었습니다…… 사물 보는 눈을요.'

그가 양팔을 머리 위로 뻗더군. 그때 우리는 갑판 위에 있었는데, 장작 패는 일을 맡은 인부의 우두머리가 근처에서 어슬렁거리다가 번뜩이는 강렬한 시선을 그에게로 돌리더군. 나는 주위를 돌아보았네. 왜 그런지는 모르겠으나 확실히 말해 줄 수 있는 것은 이 땅이, 이 강이, 이 정글이, 아치 모양의 타오르는 하늘이 그토록 절망적이고 암담하게 보였던 적이, 그것들을 도저히 이해할 수 없었던 적이, 그것들이 인간의 약점에 그처럼 냉혹하게 보였던 적이, 결코, 결코 전에는 없었다는 것이네. '그리고 물론 그 후로는 그와 함께 쭉 지냈나요?' 내가 물었네.

들어 보니 정반대였다네. 그들의 만남은 여러 가지 이유로 해서 자주 단절되었네. 그가 자랑스럽게 알려 주기를, 병든 커츠가 자리에서 일어나도록 두 차례나 간호해 주기도 했지만(그는 이 일이 위험이 따르는 대단한 공적이라도 되는 양 말하더군), 대체로 커츠는 홀로 숲 속 아주 깊숙이 돌아다녔다고 하네. '저는 종종 이 교역소에 왔지만, 그분이 모습을 드러낼 때까지 며칠이고 기다려야 했습니다.' 그가 말했네. '아! 하지만 그것은 기다릴 만한 가치가 있는 일이었죠! — 때로는.' '그는 무얼 하고 있었지요? 탐험하고 있었답니까?' 라고 내가 물었네. 아! 그럼. 당연히, 그는 촌락들을 많이 발견했고, 호수도 하나 발견했다는데 — 어느 방향인지 그가 정확히 기억하지는 못했지만, 너무 시시콜콜하게 캐묻는 것은 위험했다고 하며, 그의 탐험은 대부분 상아를 구하기 위한 것이었다고 하네. '그러나 그때쯤엔 교역할 상품도 다 떨어지지 않았나요?' 라고 내가 반박했지. '탄약 통은 아직 많이 남아 있었습니다.' 그가 시선을 다른 쪽으로 돌리며 대답하더군. '솔직히 말하면, 그는 이 나라를 약탈한 것이지요' 라고 내가 말했지. 그가 고개를 끄덕이더군. '혼자 한 게 아닌 것은 분명하지요!' 그러곤 호수 부근의 촌락들에 대해 뭐라 중얼거렸네. '커츠는 그 부족이 자신을 따르도록 만들었지요, 그렇지 않은가요?' 내가 넘겨짚어 말했다네. 그가 약간 안절부절못하더군. '그들은 그분을 떠받들었습니다.' 그가 말했네. 이 말의 어조가 너무나 범상치 않아서 나는 그를 유심히 쳐다보았네. 커츠에 대하여 이야기하고 싶은 열의와 동시에 말을 꺼리는 감정이 뒤섞여 있는 모습을 보는 것은 꽤 흥미로웠어. 커츠는 그의 삶을 채웠고, 그의 사유를 지배하였고, 그의 감정을 좌지우지하였지. '무엇을 기대하셨나요?' 내뱉듯 그가 말했고, 이어서 이렇게 말했네. '아시겠지만 그분은 그들에게 천둥과 번개를 가지고 나타난 셈이었고 — 그들은 그런 것을 생전 처음 보았거든요—아주 무서운 존재였죠. 그분은 아주 소름 끼치는 행동을 할 수도 있었습니다. 평범한 사람을 판단하듯, 커츠 씨를 판단해서는 안 됩니다. 아니, 아니, 그러면 안 되죠! 이해하실 수 있게 말씀드리자면—이제 거리낌 없이 말씀드릴 수 있습니다만—그분은 어느 날 저를 총으로 쏘려고 했습니다만, 그분에 대해 제가 도덕적 판단을 내리지는 않습니다.' '당신을 쏘다니요!' 내가 외쳤네. '왜요?' '사실, 저의 거처 부근의 부락 촌장이 제게 준 약간의 상아가 있었습니다. 그들을 위해 사냥을 해주곤 했거든요. 한데 거참, 그분이 그 상아를 원했고, 이성적인 판단을 따르지 않았던 거죠. 상아를 내놓고 이 나라를 뜨지 않는다면 저를 쏘아 버리겠다고 그분께선 단언하셨는데, 자기가 그렇게 할 수 있고, 그렇게 할 의향이 있으며, 또 마음 내키는 대로 누구를 살해하든, 그것을 막을 자는 이 세상에 없다는 말과 함께 말이에요. 그것은 사실이기도 했습니다. 저는 그분께 상아를 드렸습니다. 개의치 않았어요! 그러나 이곳을 뜨지는 않았습니다. 아니, 아니에요. 그분을 떠날 수가 없었습니다. 물론 우리가 다시 친하게 될 때까지는 한동안 조심해야 했죠. 그러자 그분이 두 번째로 병환이 들었습니다. 그 후 저는 그분을 피해야 했지만, 그래도 좋았습니다. 그분은 대부분의 시간을 호숫가 촌락에서 보냈어요. 그분이 강으로 내려올 때, 어떤 때는 호감을 갖고 저를 대하고, 또 어떤 때는 제 쪽에서 조심하는 편이 나았습니다. 그분은 너무 고통받았습니다. 이 모두를 증오했지만, 어떤 이유에선지 벗어날 수 없었던 겁니다. 아직 시간이 있을 때 떠나야 한다고, 기회가 될 때마다 그분께 간청도 하고, 함께 가주겠다고 제의도 했죠. 그럴 때마다 그분은 그러자고 했지만, 이내 주저앉곤 했으며, 또 상아 사냥을 떠나서는 몇 주나 사라졌다가, 이자들 가운데서 그만 자신을 잊어버린 것이죠…… 자신을 잊어버리고 만 거예요……. 아시겠지만서두요.' '저런! 미친 것 아닌가' 하고 내가 말했네. 그가 분개해서 항변했어. 커츠 씨가 미칠 리 없다는 거지. 만약 이틀 전만 해도 그가 말하는 것을 내가 들었다면, 그런 생각은 감히 할 수 없을 거라는 걸세……. 이야기를 나누는 동안 나는 망원경을 들어 강변을 보고, 집 양쪽과 뒤편 숲의 가장자리를 훑어보고 있었지. 그렇게 말없이 고요한 숲 속에, 마치 언덕 위의 황폐한 집만큼이나 말없이 고요한 숲 속에 사람들이 있다는 생각을 하니 왠지 불안했네. 그의 놀라운 이야기는, 실은 내가 들었다기보다는 암시를 받았다고 해야 옳은데, 그 암시는 놀라서 어깨를 움츠리게 만드는 절망적인 외침, 중단된 말, 긴 한숨으로 끝맺는 완곡한 표현을 통해 넌지시 내게 전달된 것이지만, 그 이야기의 어떠한 징후도 이곳 자연의 표면에서는 발견되지 않았네. 숲은 마치 가면처럼 아무 변화가 없었고—감옥의 닫힌 문처럼 육중하기도 했는데—무엇인가 숨겨진 것을 알고 있는 듯, 인내심을 가지고 무엇을 기다리는 듯 범접할 수 없는 침묵의 분위기를 띠고 있었지. 커츠 씨가 호숫가 부족의 전사들을 모두 이끌고 강 쪽으로 내려오게 된 것이 최근의 일이라고 러시아 청년은 내게 설명해 주었네. 그는 몇 달 동안 집을 비웠는데—숭배를 받느라 그랬겠지—그러다가 예상치 않게, 아무리 보아도 강 건너편이나 하류로 약탈하러 갈 것 같은 의도로 갑자기 내려왔다는 걸세. 더 많은 상아를 갖고 싶은 탐욕이 — 뭐라고 할까 — 그의 비물질적인 포부를 무릎 꿇리고 만 것이지. 그러나 그의 상태가 급격히 나빠졌다는군. '그분이 꼼짝 못하고 누워 있다는 말을 듣고 제가 갔습니다 — 목숨은 운에 맡기고요' 라고 러시아 청년이 말했네. '그분의 상태가 안 좋았습니다, 아주 안 좋았어요.' 나는 망원경의 방향을 집 쪽으로 돌렸네. 무언가 살고 있는 기색은 없었고, 퇴락한 지붕과 풀 위로 빠끔히 내다보는 기다란 진흙 담이 있었고, 그 담에는 크기가 제각각인 사각형 모양의 작은 구멍이 창문 대신 세 개 뚫려 있었는데, 사실 이 모든 것들이 손을 뻗치면 닿을 듯 가까이 보였네. 그러고 나서 나는 갑자기 방향을 바꾸었는데, 그러자 울타리가 사라지면서 남아 있는 말뚝 중 하나가 망원경의 시야 안으로 뛰어 들어왔네. 그곳의 황폐한 분위기에서도 장식을 해보려는 특이한 시도를, 내가 멀리서 발견하고 놀랐다는 말을 한 것이 기억날 걸세. 이제 갑자기 그 광경을 좀 더 가까이 보게 되었는데, 그러자마자 나는 날아오는 주먹을 피하듯, 머리를 뒤로 홱 젖히고 말았네. 그러고 나서 망원경으로 말뚝을 하나씩 자세히 점검하며 나의 실수를 깨닫게 되었지. 둥근 공 모양의 것들은 장식적이라기보다는 상징적인 것이었는데, 그것들은 무엇인가를 표현하면서도 동시에 어리둥절하게 하는 것이고, 깊은 인상을 주면서도 심란하게 하는 것이었네 — 그것은 생각할 거리이기도 하며, 하늘에서 내려다보는 독수리가 있었다면 독수리의 먹을거리이기도 했지만, 그러나 어쨌거나 말뚝을 타고 올라갈 만큼 부지런한 개미들에게는 먹을거리임이 분명했네. 만약 집 쪽을 향하지 않고 있었다면 그것들은 더욱더 인상적이었을 텐데, 말뚝 위의 머리통들이 말일세. 단 하나, 내가 처음 발견한 머리통만 내가 있는 쪽으로 향하고 있었네. 자네들이 생각하는 것처럼 충격을 받지는 않았네. 흠칫하고 물러선 것은 정말이지 놀라서 취한 동작일 뿐이네. 그곳에서 나무를 깎아 만든 공을 볼 거라 기대하고 있었단 말일세. 내가 제일 처음 본 형체를 향해 시선을 다시 돌리자—시커멓게 바싹 말라 있고, 움푹하며, 눈꺼풀을 감은 것이 그곳에 있었는데—말뚝 꼭대기에서 잠든 것 같은 머리통이 말라서 쪼그라든 입술 사이로 좁다란 치열을 하얗게 드러내며 웃고 있었네. 그 웃음은 영원한 잠 속에서 익살맞은 꿈을 꿀 때 계속 짓게 되는 그런 웃음이었다네.

나는 교역에 관한 어떤 비밀도 노출시키지 않고 있네. 나중에 본부장은 커츠 씨의 교역 방법이 그 지역을 망쳐 놓았다고 말하더군. 그 점에 대해 나는 아무런 의견이 없지만, 머리통이 그곳에 있다고 해서 이문이 더 생기지 않는다는 것은 자네들도 알아야 할 걸세. 그것들은 단지, 커츠 씨가 자신의 다양한 욕망들을 충족시키는 데 있어 자제력이 모자랐다는 것을, 무엇인가를—정작 절실히 필요할 때, 그의 장엄하고 웅변적인 수사에서 발견할 수 없었던 어떤 사소한 것을—그가 결여하고 있다는 사실만을 보여주었을 뿐이네. 자신의 이러한 결핍을 그가 알고 있었는지는 나로선 알 길이 없네. 하지만 그런 깨달음의 순간이 결국에는—최후의 순간이 되어서야—그에게 찾아오기는 왔다고 생각하네. 그러나 야생이 그를 일찍이 찾아내어, 그의 황당한 침입에 대하여 이미 무서운 보복을 가해 버린 후였지. 내 생각에는, 야생이 그에게, 자신에 대해 알지 못하고 있던 사실들을, 절대 고독을 알기 전에는 상상도 못했던 사실들을 속삭여 주었고, 그 속삭임은 거부할 수 없이 매력적이었던 것일세. 그 속삭임은 그의 내부에서 요란하게 울려 퍼졌는데, 왜냐하면 그의 속은 비어 있었으니까……. 내가 망원경을 내려놓는 순간, 말을 건넬 수 있을 만큼 가깝게 여겨졌던 그 머리통이 나의 손이 미칠 수 없는 먼 거리로 훌쩍 도약해서 가버렸다네.

커츠 씨의 숭배자는 다소 풀이 죽어 있었지. 이것들을—말하자면, 이 상징들을—감히 내려놓을 수는 없었다고 불분명한 목소리로 그가 황급히 말하기 시작하더군. 원주민이 두려워서 그가 그렇게 못한 것은 아닌데, 그도 그럴 것이 그들은 커츠 씨가 명령을 내리기 전에는 꼼짝도 안 한다는군. 그의 지배력은 놀라운 것이었다고 하네. 그의 거처는 원주민들의 캠프로 둘러싸여 있었고, 추장들이 매일 그를 보러 왔다고 하더군. 그들은 엎드린 채 기어서……. '커츠 씨를 만날 때 사용된 의식들에 대해서는 아무것도 알고 싶지 않소' 라고 내가 소리쳤네. 희한하지, 그런 대수롭지 않은 사실들이 커츠 씨의 창문 아래 말뚝에서 말라 가는 머리통보다 더 참기 힘들다는 느낌이 내게 엄습한 게. 그 머리통은 단순히 야만적인 광경에 지나지 않지만, 반면 그 소소한 사실들을 들었을 때 나는 음험한 것들이 판치는 암흑의 세계로 단숨에 이동한 것 같았고, 그 세계에서는 단순하고 순수한 야만 행위가—태양 아래 존재할 권리가 명백히 있는 그런 것이기에—차라리 확실한 위안으로 여겨졌다네. 젊은이가 놀라서 나를 쳐다보더군. 커츠 씨가 나의 우상은 아니라는 사실을 그로서는 생각할 수 없었던 게지. 그가 잊고 있던 것은 그 놀라운 독백들 중 어느 것도 나는 듣지를 못했다는 사실이었는데, 무엇에 관한 것이라고 했던가? 사랑, 정의, 처세, 그 밖의 이런저런 것에 대한 독백 말일세. 커츠 씨 앞에서 엎드려 긴 걸로 치자면, 그들 중 가장 야만적인 녀석 못지않게 그도 기었다고 보네. 내가 상황을 너무 모른다면서 그가 말하길, 이 머리통들은 반항자들의 것이라는 걸세. 나는 너털웃음을 터뜨림으로써 그 녀석을 놀라게 만들었지. 반항자라! 그다음에는 어떤 설명을 듣게 될 것인지? 적이 있다 그러고, 범죄자가 있다 그러고, 일꾼이라고 그러더니—이제는 반항자라는 거야. 말뚝 위의 반항적인 머리통들은 내게 무척이나 순종적으로 보였다네. '그런 삶이 커츠 씨에게 어떤 고통을 가져다주는지 선장님은 알지 못합니다'라고 커츠의 마지막 사도가 외쳤네. '그럼, 당신은?' 하고 내가 물었지. '저! 저요! 저는 단순한 사람입니다. 제게는 어떤 위대한 생각도 없습니다. 누구로부터 원하는 것도 없고요. 비교를 하셔도 그렇지, 어떻게 감히 저를……?' 그의 감정은 말로 표현하기에는 너무 벅찬 것이어서 더 이상 감정을 억누를 수 없게 되었나 보더군. '이해할 수 없어요.' 그가 신음하며 말했어. '그분을 살리기 위해 최선을 다했고, 저의 소임은 그걸로 충분합니다. 이 모든 일들이 저와는 상관없습니다. 제게는 그럴 능력도 없고요. 이곳에서 약 한 방울, 환자용 음식 한 조각도 구경할 수 없게 된 지가 벌써 몇 달이나 됩니다. 사람들이 파렴치하게 그를 내팽

개쳤습니다. 그런 분을, 그런 사상을 가진 분을요. 파렴치하게! 파렴치하게도! 저는, 저는 지난 열흘간 잠을 못 잤습니다…….'

그의 목소리가 저녁의 평온함 속에 사라졌네. 우리가 이야기를 나누는 동안 숲의 긴 그림자가 언덕 아래로 미끄러져 내려오더니, 폐허가 된 오두막을 훌쩍 넘고 일렬로 늘어선 상징적인 말뚝도 넘어서 갔네. 강가의 우리는 아직 햇빛을 받고 있었지만, 그것들은 이미 모두 어둠에 잠겼고, 공터와 나란히 흐르는 강의 유역은 고요하고도 찬란한 빛으로 반짝였지만 아래쪽과 위쪽의 강굽이는 이미 어둑하니 그늘져 있었네. 강변에는 한 사람도 보이지 않더군. 숲은 바스락거리지도 않았네.

갑자기 그 집 모퉁이를 돌아, 한 무리의 사나이들이 마치 땅속에서 솟아나듯 나타났다네. 밀집 대형을 이루며, 임시로 만든 들것을 멘 그들은 허리까지 잠기는 풀 속을 가르며 왔네. 그러곤 곧바로 그 땅의 중심부를 향해 날아가는 예리한 화살처럼 고요한 허공을 가로지르는 날카로운 외침이 그곳의 공허한 풍경 속에서 솟아올랐고, 마치 마법이라도 부린 듯 창과 활을 들고, 방패를 쥐고, 야성적인 눈초리를 하고, 야만적으로 움직이는 인간들이 — 벌거벗은 인간들이 — 애수에 잠긴, 어두운 숲 옆의 공터로 물처럼 흘러 들어왔지. 숲이 흔들리고, 풀이 한동안 움직이더니, 만물이 꼼짝 않고 경청하는 자세로 조용히 멈춰 섰네.

'이제 저분이 말 한마디라도 잘못하시면 우리는 끝장입니다' 라고 나의 팔꿈치께에 서 있던 러시아 청년이 말하더군. 들것을 멘 사내들의 무리도 증기선을 향해 절반쯤 온 상태에서 돌처럼 굳은 듯 걸음을 멈추었네. 사내들의 어깨 위로 한 여윈 남자가 팔을 치켜든 채 일어나 앉는 것이 보이더군. '일반적인 사랑에 대해 그토록 말솜씨가 뛰어나다고 하는 양반이, 이번에 우리를 살려 둘 어떤 특별한 이유라도 생각해 내는지 한번 봅시다.' 내가 말했네. 우리의 생명이 극악하고 유령 같은 존재의 처분에 달려 있게 된 것 자체가 불명예스러운 곤경인 양 나는 이 황당한 상황에 정말 화가 치밀었다네. 아무 소리도 들을 수 없었지만 망원경으로는 볼 수 있었는데, 야윈 팔이 명령하듯 뻗치고, 아래턱이 움직이며 아래위로 기괴하게 끄덕이는, 뼈만 남은 머리통 깊숙이에서 유령 같은 자의 눈이 음산하게 빛나는 것을 볼 수 있었다네. 커츠—쿠르츠라—독일어로 짧다는 뜻이지—그렇지 않은가? 그래, 죽어서도 그랬지만, 그의 이름도 생전의 그의 다른 모습들처럼 진실과는 거리가 멀었지. 그는 적어도 7피트*는 되어 보였으니까 말일세. 그를 덮고 있던 것이 밀쳐지면서 수의를 떨치고 일어나듯 그의 몸이 처참하고 소름 끼치는 모습으로 일어났네. 그의 갈빗대가 온통 떨리고, 뼈만 남은 앙상한 팔이 움직이는 것을 볼 수 있었어. 그 모습은 마치 오래된 상아로 만든 죽음의 조각상이 생명을 부여받아, 꼼짝 않고 있는 한 무리의 검게 번뜩이는 청동 인간들을 향해 위협적으로 손을 흔들고 있는 것처럼 보였네. 그가 입을 크게 벌렸는데, 이 행동은 마치 자기 앞의 모든 사내들을, 모든 대지와 대기를 삼켜 버리기를 원하는 것처럼 기괴하고도 탐욕스러운 인상을 주었지. 굵은 목소리가 희미하게 들려왔네. 틀림없이 그가 소리를 지르고 있었던 걸세. 갑자기 그가 뒤로 훌러덩 넘어갔네. 사내들이 다시 비틀거리며 전진하자 들것이 흔들렸고, 나는 동시에 마치 이 사내들을 갑자기 뱉어 낸 숲이 긴 호흡으로 숨을 들이쉬어 이들을 다시 빨아들이는 것처럼 이 야만인들의 무리가 아무런 움직임도 없이 시야에서 사라지고 있음을 깨달았네.

들것 뒤로 순례자들 중 몇 명이 그의 무기를—산탄총 두 자루, 중형 소총 한 자루와 연발식 카빈총 한 자루였는데—한마디로 처량한 유피테르*의 벼락을 나르고 있었네. 그의 머리 옆에 따라붙은 본부장은 몸을 구부린 채 뭐라 속삭이고 있었지. 그들은 조그만 선실에—침대와 캠프용 의자 한두 개 정도 놓을 만한 공간이지—그를 눕혀 놓더군. 우리는 그의 우편물을 늦게나마 전달했고, 그래서 그의 침대는 찢긴 편지 봉투들과 열어 본 편지들로 여기저기 흩어져 있었네. 그의 손은 서류들을 힘없이 뒤적이고 있었지. 그의 눈이 내뿜는 불꽃과 얼굴에 나타난 평온한 권태로움이 인상적이었네. 질병으로 인하여 체력이 소진된 상태는 아니었네. 그는 고통스러워하는 것 같지도 않았어. 이 그림자 같은 존재는 마치 당분간 모든 감정을 충분히 맛본 것처럼 포만하고 평온해 보였다네.

그가 편지들 중 하나를 뒤적이다가 나의 얼굴을 정면으로 쳐다보고 말하더군. '반갑소.' 누군가가 그에게 나에 대해 보고하고 있었나 보더군. 특별한 추천의 글이 또다시 모습을 드러낸 것이지. 힘들이지 않고, 입술을 움직이는 수고조차 거의 하지 않으면서 말을 내뱉는 그의 성량이 나를 놀라게 했네. 목소리! 목소리! 본인은 속삭일 힘조차 없어 보였지만, 그의 목소리는 묵직하면서 심오하게 울려 퍼졌지. 그러나 내가 곧 들려줄 테지만, 우리를 거의 끝장내 버릴 수 있는 충분한 힘이—분명 자기 힘이라고는 할 수 없지만—그에게는 남아 있었네.

본부장이 말없이 문간에 나타나더니 내가 곧바로 나오자, 커츠의 선실에 커튼을 치더군. 순례자들의 흥미 어린 시선을 받고 있던 러시아인은 강변을 응시하고 있었지. 그의 시선을 따라가 보았네.

검은 인간의 형체가 어두운 숲의 가장자리를 배경으로 민첩하게 움직이는 것을 멀리서도 알아볼 수 있었고, 강 가까이 햇볕 아래에는 얼룩무늬 가죽의 화려한 머리 장식을 쓴 두 명의 청동빛 인간이 긴 창에 기댄 채 전투적인 모습으로, 조각상처럼 꼼짝 않고 서 있었지. 햇빛이 드는 강변을 따라 오른쪽에서 왼쪽으로, 야성적이고도 화려한, 유령 같은 여성이 움직이고 있었네.

술 달린 줄무늬 옷차림에 야만적인 장신구를 약간 쩔렁이고 번쩍이며, 그녀가 정연한 발걸음으로 오만하게 대지에 발을 내디뎠네. 그녀는 투구처럼 모양낸 머리를 높이 쳐들고, 무릎까지 올라오는 황동 각반과 황동 선으로 얽어 만든 팔꿈치까지 오는 전투용 장갑을 끼고 있었으며, 황갈색 빰에는 심홍색 점이 찍혀 있었고, 유리알을 엮어 만든 목걸이와 함께 걸음을 내디딜 때마다 번쩍이고 흔들리는 기이한 것들, 부적들, 주술사의 선물들을 걸치고 있었네. 상아 몇 개의 값어치가 나가는 것들을 걸치고 있었던 걸세. 그녀는 야만적이었으면서도 화려했고, 야성적인 눈초리를 가졌을 뿐만 아니라 장엄하기도 했는데, 그녀의 신중한 걸음걸이에는 불길하고도 당당한 무언가가 있었네. 슬픔이 감도는 대지 전체에 갑자기 내려앉은 정적 속에서 거대한 야생이, 다산(多産)의, 신비한 생명의 거대한 몸뚱어리가 마치 자신의 어둡고도 정열적인 영혼을 닮은 형상을 보고 있는 것처럼, 생각에 잠긴 채 그녀를 보고 있는 듯하였네.

배와 평행이 되는 지점까지 온 그녀는 걸음을 멈추고 우리를 마주 보았네. 그녀의 기다란 그림자가 물가까지 닿더군. 억누를 수 없는 슬픔과 말없는 고통이 아직 고민 중인 불확실한 모종의 결심에 대한 두려움과 뒤섞여 그녀의 얼굴에 비극적이고도 사나운 표정을 드러내고 있었네. 그녀는 도저히 헤아릴 수 없는 목적을 궁리하고 있는 듯 미동도 없이, 자신이 야생인 양 우리를 바라보며 서 있었네. 1분은 족히 되는 시간이 흘렀고, 그때서야 그녀가 한 걸음 내디뎠어. 짤랑거리는 소리가 낮게 울리면서 노란 금속이 번쩍였고, 술 달린 헐렁한 천이 흔들리더니, 마치 심장의 박동이 멈춘 것처럼 그녀가 순간 걸음을 멈추었네. 나의 옆에 있던 젊은 녀석이 적개심으로 중얼거렸네. 내 뒤에 있는 순례자들도 뭐라고 중얼거리더군. 마치 시선이 조금이라도 흐트러지면 자신의 목숨이 위태로워지기라도 하듯, 그녀는 미동도 없이 우리 모두를 쳐다보았네. 그러다 갑자기 그녀가 아무것도 걸치지 않은 자신의 두 팔을 펼치더니, 하늘을 잡고 싶은 억제할 수 없는 욕망에 사로잡힌 것처럼 머리 위로 힘차게 그 팔들을 뻗었고, 그와 동시에 그림자가 대지 위를 날쌔게 움직여 강 위를 쓸고 지나가면서 증기선을 어두운 포옹 속에 가두어 버리더군. 무서운 침묵이 그 광경 위에

드리워졌네.

그녀는 천천히 몸을 돌려 강기슭을 따라 멀어지더니, 왼편의 숲 속으로 들어갔네. 모습을 감추기 전에 딱 한 번, 그녀가 덤불 그늘에서 우리에게 눈길을 주었지.

'만약 저 여자가 배에 오르려고 했다면 저는 정말 총으로 쐈았을 겁니다.' 얼룩덜룩한 옷을 입은 그 친구가 긴장해서 말했네. '저 여자가 집 안으로 들어오지 못하게 지난 2주간 매일 목숨을 걸었습니다. 하루는 그녀가 집 안으로 들어오더니 제가 옷을 수선하려고 창고에서 가져온 하찮은 넝마를 두고 난리를 피웠죠. 점잖치 못하다는 겁니다. 이따금 저를 손가락질하며 한 시간이나 커츠에게 무시무시한 기세로 소리친 것을 보면 그 때문이 틀림없습니다. 저는 이 부족의 방언을 이해하지 못합니다. 다행스럽게도 그 날 커츠가 너무 몸이 아파서 그냥 넘어갔지, 그렇지 않았다면 무슨 큰일이라도 당했을 겁니다. 저는 이해하지 못하겠습니다…… 그래요— 제가 이해하기에는 너무 엄청난 일입니다. 아, 뭐, 이제는 다 끝난 일이지만요.'

그 순간 나는 커튼 뒤에서 울려 나오는 커츠의 굵은 목소리를 들었네. '나를 구한다고— 상아를 구한다는 말이겠지. 나에게 말하지 마라! 나를 구한다고! 뭐? 너희들을 구해 줘야 했던 건 바로 나란 말이야. 너희들은 지금 나의 계획을 방해하고 있어. 병? 병들었다니! 너희들이 믿고 싶을 정도로 나는 병들지 않았어. 간섭하지 마라. 아직은 나의 사상을 실천해야 한단 말이다— 나는 돌아가겠다. 그리고 어떤 일을 이룰 수 있는지 보여 주겠다. 쩨쩨한

생각이나 하는 너희들, 너희들이 나를 방해하고 있단 말이야. 나는 돌아가겠다. 나는……'

본부장이 나오더군. 그는 자신의 팔로 나를 정중히 안고는 옆으로 데리고 갔네. '그의 병세가 너무 위중해요. 너무 위중해요' 라고 그가 말하더군. 그는 한숨을 쉬는 것이 필요하다고 생각했지만, 슬픔에 찬 모습을 지속적으로 보여 주는 것은 게을리 하더군. '그를 위해 할 수 있는 일은 우리가 다 했지요 — 그렇지 않나요? 그러나 커츠 씨가 회사에 득보다 해를 더 끼쳤다는 점은 숨길 수 없는 사실이지요. 그는 단호한 행동을 하기에는 시기상조라는 사실을 깨닫지 못했습니다. 조심스럽게. 조심스럽게. 그것이 나의 원칙이지요. 아직은 조심해야 합니다. 이 지역은 한동안 폐쇄됩니다. 통탄할 일이지요. 전반적으로 볼 때 교역은 타격을 입을 겁니다. 꽤 많은 양의 상아가 있음을 부정하지는 않겠지만, 그것들 대부분이 화석이죠. 무슨 일이 있어도 그 상아를 구해야 합니다만 — 우리의 입장이 얼마나 위태한지 한번 보십시오 — 왜 이렇게 되었는지 아십니까? 방식이 불량했기 때문입니다.' '본부장께서는……' 강변을 바라보며 내가 말했네. '그것을 불량한 방식, 이라고 부릅니까?' '그렇다마다요.' 그가 흥분하여 대답했네. '그럼 당신은……?' '방식이랄 것이 없지요.' 얼마 후에 내가 중얼거렸다네. '바로 그래요.' 그가 기뻐하며 말했어. '나는 이번 일을 예견했습니다. 완전히 판단력이 결여되었음을 보여 주는 케이스지요. 담당 부서에 이러한 사실을 지적하는 것이 나의 의무입니다.' '아!' 하고 내가 말했지. '그자가 — 이름이 뭐더라? — 벽돌공이 당신을 위하여 읽을 만한 보고서를 작성해 줄 겁니다.' 잠시 그가 당황하는 듯했어. 나는 이토록 역겨운 공기를 마셔 본 적이 없다고 느꼈고, 거기서 벗어나기 위해 — 진정 벗어나기 위해 — 나의 정신은 커츠에게 향했네. 내가 힘주어 말했네. '그럼에도 불구하고 나는 커츠 씨가 범상치 않은 사람이라고 생각합니다.' 그가 깜짝 놀라며, 냉정하고도 엄한 눈길을 던지더니, '한때는 그랬었지요' 라고 나직이 말하고는 내게 등을 돌려 버리더군. 그의 호의를 받던 시절은 끝났고, 나는 시기상조인 방법을 지지한 자로서 커츠와 한통속으로 치부되고 말았네. 내가 불량한 존재라는 거야. 아, 그러나 비록 악몽일지라도 적어도 내가 선택할 수 있다는 것은 중요했네.

나도 스스럼없이 인정하는 사실이었지만, 사실 내가 돌아선 쪽은 야생이었지, 죽어서 묻힌 존재나 다름없던 커츠는 아니었네. 그리고 나 역시 한동안 입에 담을 수 없는 비밀로 가득 찬 거대한 무덤에 묻힌 것처럼 여겨졌었네. 축축한 대지의 냄새가, 의기양양한 부패의 보이지 않는 존재가, 칠흑 같은 밤의 어둠이…… 참을 수 없는 중압감으로 가슴을 짓누르는 것을 느꼈다네. 러시아인이 나의 어깨를 툭 치더군. 그러곤 주절대고 더듬거리면서 말했지. '동료 뱃사람이고, 숨길 수가 없어서 커츠 씨의 명예에 영향을 줄 사실들을 알고 있는데요.' 나는 기다렸네. 그에게 커츠 씨는 명백히 무덤에 묻힌 존재가 아니었지. 그에게 커츠는 불멸의 존재 중 하나가 아닐까 하는 생각이 들었네. '자.' 마침내 내가 입을 열어 말했네. '숨기지 말고 말해 봐요. 사실 어쩌다 보니, 나도 커츠 씨

의 친구가 되었으니까—어떤 점에서는.'

그는 만약 우리가 '같은 직업'이 아니었다면 결과가 어찌 됐든 혼자만 알고 있으려 했다는 말을 대단히 격식을 차려 가며 했네. '이곳의 백인들이 자신에게 강한 적의를 갖고 있다고' 느꼈다나. '그래요.' 엿들은 적 있는 대화가 기억나서 내가 말했지. '본부장은 당신을 목매달아야 한다고 생각하지요.' 이 말을 들은 그는 걱정하는 듯 보였는데, 그 모습이 처음에는 재미있었네. '조용히 사라지는 것이 좋겠군요.' 그가 진지하게 말하더군. '저는 더 이상 커츠를 위해서 해줄 일이 없을뿐더러, 그들은 곧 핑계거리를 찾아낼 겁니다. 무엇이 그들을 막겠습니까? 군대는 여기서 3백 마일이나 가야 있는걸요.' '그래요, 내가 봐도…….' 내가 말했네. '인근의 야만인들 가운데 친구가 있다면 떠나는 게 좋을 것이오.' '친구들은 수두룩하죠' 하고 그가 대답했지. '그들은 단순한 사람들입니다—아시다시피 저는 아무것도 원하는 것이 없고요.' 그가 입술을 깨물고 일어서며 다시 입을 열었어. '여기 백인들이 어떠한 피해도 입기를 원하지 않습니다만, 물론 저는 커츠 씨의 명예도 생각하고 있습니다—그러나 선생님은 같은 뱃사람이고, 또…….' 조금 있다가 내가 말했네. '좋아요. 커츠 씨의 명예는 내가 지켜 주지요.' 나의 이 말이 얼마나 진실된 것인지를 그때는 나도 몰랐지.

증기선을 공격하라고 명한 것은 다름 아닌 커츠였다고 그가 목소리를 낮추어 말했네. '때로 그분은 사람들이 자기를 데리고 갈 거라는 생각을 증오했는데—그러다가도 다시……. 그러나 저는 이러한 일들을 이해하지 못합니다. 저는 단순한 사람입니다. 그렇게 하면 사람들이 무서워 돌아갈 것이라고—자신이 죽었다고 생각하여 포기할 것이라고—그분은 생각하셨죠. 그분의 행동을 막을 순 없었습니다. 아, 지난달은 그 때문에 너무 힘겨웠습니다.' '그랬군요.' 내가 말했어. '하지만 그는 이제 괜찮아요.' '그렇겠지요오' 라고 그가 확신이 안 선다는 듯 중얼거렸네. '고맙소' 라고 내가 말했어. '조심하지요.' 걱정되는 듯 그가 거듭 간청했네. '그러나 입을 다무셔야 합니다—네? 그분의 평판에 큰 누가 될 것입니다. 만약에라도 이곳의 누군가가…….' 나는 아주 엄숙하게, 지극히 신중할 것을 약속했네. '그리 멀지 않은 곳에 세 명의 흑인들이 카누에서 저를 기다리고 있습니다. 이제 출발할 겁니다. 마티니 헨리 소총 탄약 통을 몇 개 주실 수 있겠습니까?' 가능한 일이었기에 그의 청을 응당 비밀리에 들어주었네. 그는 좀 봐달라는 윙크를 하며 담배도 한 줌 가져가더군. '아 참, 뱃사람들끼리니까요—아시겠지만—영국 담배는 맛이 훌륭합니다.' 그러곤 조타실 문간에서 다시 돌아서더니 '저, 혹시 여분의 신발 한 켤레가 있으십니까?' 하며 그가 다리 한쪽을 들어 보이더군. '보십시오.' 매듭 있는 끈을 이용해 신발 밑창을 맨발바닥에 샌들처럼 묶어 놓았던 거야. 나는 낡은 신발 한 켤레를 찾아냈고, 그는 그것들을 감탄하며 바라보더니 왼쪽 겨드랑이에 꼈네. 그의 (선홍색) 호주머니는 탄약 통으로 불룩하니 튀어나왔고, 다른 쪽 (암청색) 주머니에서는 '타우슨의 연구' 와 그 외 잡동사니들이 삐죽이 모습을 내밀고 있었지. 그는 자신이 야생과 새로 대면할 준비를 썩 훌륭하게 갖추었다고 생각하는 듯했지. '아, 그런 분을 다시는, 다시는 뵐 수 없을 겁니다. 그분의 시 낭독을 들으셨어야 했는데, 그것도 자신이 직접 쓴 시라고 했습니다. 시요!' 이 환희의 순간을 회상하던 그는 감격하여 눈을 굴렸네. '아, 그분께서는 저의 정신을 넓혀 주셨습니다!' '잘 가시오' 하고 내가 말했지. 그는 악수를 한 후 어두운 밤 속으로 사라졌다네. 때때로 나는 과연 그를 진짜 만났기는 했던가 하고 자문해 본다네 — 그토록 특이한 인물을 만나는 것이 과연 가능한 일일까! 하고…….

자정이 지난 직후에 잠에서 깼을 때, 그의 경고가 문득 생각났는데, 그 경고가 암시하는 위험이 별빛 총총한 어둠 속에서 너무나 생생하게 느껴져 할 수 없이 주위를 살피러 일어나야 했네. 언덕에는 커다란 모닥불이 타오르면서 교역소 건물의 비뚤어진 구석을 간헐적으로 비추고 있었네. 교역상 중 한 사람이 무장한 흑인 몇 명으로 구성된 파수꾼들과 함께 상아를 지키고 있었고, 숲 속 깊숙한 곳에서는 흔들리는 붉은 불길이, 칠흑같이 검은 기둥 모양의 형체들이 뒤엉켜 있는 가운데 사그라졌다가 높이 타오르곤 하던 불길이 불안하게 밤을 새우는 커츠 씨의 숭배자들 캠프가 어딘지를 정확하게 알려 주고 있었네. 큰북에서 울려 나오는 단조로운 소리가 둔탁한 충격음과 아련한 떨림으로 대기를 가득 채웠네. 벌통에서 들려오는 벌의 웅웅거림처럼 수많은 사람들이 저마다 기괴한 주문을 쉴 새 없이 읊조리는 소리가 평평한 벽처럼 둘러선 검은 숲 밖으로 흘러나왔고, 그 웅얼거림은 잠에서 덜 깬 나의 감각을 마취시키는 기이한 효과를 내고 있었지. 배의 난간에 기대 꾸벅꾸벅 졸고 있었다고 생각되는데, 오랫동안 억눌린 신비한 광란이 불가항력처럼 일어나듯 어떤 외침이 갑자기 터져 나왔고, 나는 그 소리에 잠에서 깨어 어리둥절해하고 있었네. 그 외침은 순간 뚝 멈추었고, 다시 들려온 저음의 지속적인 웅얼거림이 오히려 마음을 진정시키는 침묵의 효과를 내고 있었네. 나는 작은 선실 내부를 슬쩍 들여다보았네. 안에는 불이 밝혀져 있었으나 커츠 씨는 그곳에 없었다네.

만약 나의 눈을 믿었다면 비명을 질렀을 걸세. 그러나 처음에는 내 눈을 믿지 못했는데, 왜냐하면 도무지 불가능해 보이는 일이었기 때문일세. 실은 순전히 실체 없는 두려움 때문에, 구체적인 육체적 위험과는 아무 관련 없는 순수하고 추상적인 공포 때문에 나는 완전히 기력을 상실하고 말았네. 이 감정을 그토록 압도적으로 만든 것은—어떻게 설명해야 하나—마치 생각만 해도 견딜 수 없고 영혼을 역겹게 하는, 몹시도 흉측한 것을 누가 갑자기 내밀었을 때 받게 되는 그런 정신적 충격이었네. 이러한 공포심은 물론 눈 깜짝할 사이에 사라졌지. 예견되는 갑작스러운 도륙이나 학살 혹은 그와 비슷한 일이 발생할 가능성에 대해 곧 생각이 미쳤는데, 일상에서 겪는 이러한 치명적인 위험에 대한 인식은 차라리 환영할 만한 것이었고 마음을 차분히 가라앉히기까지 하더군. 나의 마음이 실제로 얼마나 차분해졌는지 나는 위급을 알리는 소리도 내지 않았네.

나로부터 3피트*도 안 되는 곳에 얼스터 외투*를 걸친 교역상 하나가 단추를 다 채운 채, 갑판 위의 의자에 앉아 졸고 있었네.

갑자기 터져 나온 그 외침도 그를 깨우지는 못했는지 가볍게 코를 골며 자고 있었기에 나는 그가 계속 자도록 내버려 둔 채 강변으로 뛰어내렸네. 나는 커츠 씨를 배반하지는 않았네—그를 배반하지 말라고 운명이 정해 놓은 것이지—내가 선택한 악몽에 끝까지 충실하도록 운명이 정해져 있었던 걸세. 나는 이 환영 같은 존재를 혼자 상대하고 싶었는데—오늘날까지 내가 왜 그때 유난히 어두웠던 경험을 누군가와 나누는 것이 싫었는지 이해하지 못하겠네.

기슭에 올라서자마자 움직이는 물체가 지나간 자국이 풀 사이로 넓게 나 있는 것을 보았어. '그는 걸을 수가 없구나—기어가고 있어—이제 잡았다' 라고 내가 기뻐하며 혼자 중얼거렸던 것이 기억나네. 풀은 이슬로 젖어 있었네. 나는 주먹을 불끈 쥐고 성큼성큼 걸어갔지. 그에게 덤벼들어 몽둥이로 갈길까 하는 생각도 어렴풋이 들었네. 잘 모르겠네. 바보 같은 생각도 했으니까. 문득 이러한 일의 반대쪽 창구를 맡기에는, 고양이와 함께 있던 뜨개질하던 늙은 여자보다 더 부적절한 사람도 없을 거라는 생각이 떠올랐네. 윈체스터 총을 허리에 대고 공중으로 총탄을 쏘아 대던 순례자 무리도 떠올랐어. 다시는 증기선으로 돌아가지 않으리라 생각했고, 늙을 때까지 숲 속에서 무장도 하지 않고 홀로 사는 나의 모습을 상상도 해보았네. 바보 같은 생각을 했던 게지—그렇지 않은가. 나는 둥둥거리는 북소리와 나의 심장 박동을 혼동하게 되었고, 그 북소리의 평온하고 규칙적인 리듬에 기분이 좋아졌다네.

나는 쫓아가던 길에서 벗어나지는 않았지만, 귀를 기울이기 위해 걸음을 멈추기는 했어. 밤하늘은 개어 있었고, 이슬과 별빛으로 빛나는 짙푸른 공간에 검은 형체들이 꼼짝 않고 서 있더군. 앞쪽에서 어떤 움직임이 보인다고 생각했네. 그날 밤에는 왠지 매사에 자신이 있었네. 나는 실제로 쫓아가던 길을 벗어나—내가 정말 무엇인가를 본 것이 사실이라면—앞서 본 어떤 움직임을, 흔들거리는 물체를 앞지르기 위하여 큰 반원을 그리며(혼자서 틀림없이 낄낄거렸다고 생각하네) 뛰어갔다네. 마치 아이들의 놀이처럼 커츠를 앞지르려고 했던 걸세.

그와 마주쳤는데, 만약 내가 다가오는 소리를 그가 못 들었다면 그에게 걸려 넘어졌을 테지만, 그전에 먼저 그가 일어났지. 일어나기는 했지만 그의 후리후리한 몸은 불안정하고 창백한 데다, 대지가 내뿜은 증기처럼 형체가 불분명하였고, 내 앞에서 조금씩 흔들리며 희미하게 말없이 서 있었는데, 나의 뒤편 나무들 사이에서는 불들이 어렴풋이 보였고, 많은 목소리들의 중얼거림이 숲에서 들려오고 있었네. 내가 그를 가로막은 것은 기발하기는 하였으되, 실제로 그를 맞대면하고서야 비로소 정신이 들면서, 내가 처한 위험을 제대로 파악하게 되었네. 위험한 상황이 종료된 것이 아니었단 말일세. 만약 그가 소리라도 지른다면? 비록 그는 제대로 서 있을 수도 없었지만, 그의 목소리에는 여전히 충분한 힘이 있었어. '어서 가—숨어.' 그가 예의 그 심오한 목소리로 말하더군. 끔찍했네. 나는 뒤를 돌아보았네. 가장 가까운 모닥불과는 약 30야드* 정도의 거리가 있었지. 검은 형체 하나가 벌떡 일어나 길고 검은 다리로 성큼성큼 걷더니, 긴 팔을 흔드는 것이 불빛에 비치더군. 그 형체는 머리에 뿔을—영양의 뿔이라고 생각되는 것을—달고 있었네. 마법사나 주술사가 틀림없는 그것은 영락없이 악귀처럼 보였다네. '무슨 짓을 하고 있는지 알기나 합니까?' 내가 속삭였어. '물론.' 이 한마디를 하기 위하여 그가 목소리를 높였는데, 그 말은 내게 아득하면서도 동시에, 확성기를 통해 나오는 외침처럼 우렁차게 들렸네. 그가 소동이라도 부린다면 우리는 모두 끝장이야, 라고 생각했지. 이 그림자 같은 존재에게—고통받고 방황하는 이 존재에게—폭력을 휘두르는 것에 대해 당연히 가졌던 반감도 반감이었지만, 이것은 분명 주먹다짐으로 해결할 일이 아니었지. 내가 말했네. '다시는 돌아오지 못할 겁니다. 두 번 다시는요.' 살다 보면 때로 영감이 번득일 때가 있지 않은가. 나의 그 말은 옳았던 것이었지만, 실은 이미 그때, 그와 나 사이에 끝까지 이어질—죽음을 넘어서도 지속될—친밀한 관계가 뿌리를 내리고 있던 그 시점에 그는 돌아올 수 없는 길을 돌이킬 수 없이 가버렸던 것이었네.

'내게는 거대한 계획이 있었는데…….' 그가 주저하는 목소리로 중얼거리더군. '그럼요' 라면서 내가 말했네. '하지만 소리라도 지르는 날엔 당신의 머리통을 이걸로…….' 그러나 주변에는 나무 작대기 하나, 돌멩이 하나도 없었네. '내가 당신의 목을 졸라 버릴 겁니다' 하고 말을 바꾸었지. '나는 위대한 업적을 막 이루려는 단계에 있는데…….' 나의 피를 얼어붙게 한 아쉬움과 갈망이 뒤섞인 어조로 그가 애원했다네. '그런데 이 멍청한 악당 녀석이…….' '유럽에서 당신의 성공은 어떤 경우든 보장되어 있습니다.' 나는 확신을 갖고 주장했네. 자네들도 이해하겠지만 그의 목을 조르고 싶지는 않았고, 그것은 어떤 실질적인 목적에도 도움이 안 되는 행위였네. 나는 야생이 부리는 강력한 무언(無言)의 마력을, 잊고 있던 잔인한 본능을 일깨우고 극악한 욕정을 충족시켰던 기억을 되살림으로써 그를 자신의 냉혹한 가슴팍으로 끌어당기는 듯한 야생의 마력을 깨뜨리려고 하였네. 바로 그 마력이 숲의 가장자리로, 덤불로, 타오르는 불빛을 향해, 울리는 북소리와 기괴한 주문의 웅얼거림을 향해 달려가게 만들었으며, 법을 무시하는 그의 영혼이 문명이 허락하는 욕망의 한계를 넘어서도록 꾄 것도 바로 그것이었다고 나는 확신했네. 여보게, 내가 처한 상황이 끔찍했던 이유는 머리를 맞고 쓰러질지 몰라서가 아니라—물론 그런 위험도 생생하게 느끼고 있었기는 하지만—바로 이것, 즉 고상하거나 저열하거나 그 어떤 것의 이름으로도 호소할 수 없었던 존재를 내가 상대해야 한다는 사실 때문이었네. 검둥이들처럼 나도 그를, 그 자신을, 그의 대단한 믿을 수 없는 타락을 치켜세워야만 했네. 그의 위에도, 아래에도 아무것이 없었고, 나는 그것을 알고 있었네. 그는 이 세상을 박차고 자유롭게 된 것이야. 망할 위인 같으니라구! 그는 이 세상을 발길질해서 조각조각 내버렸다네. 그는 세속을 떠나 혼자가 되었고, 그의 앞에서는 내가 지상에 발을 딛고 서 있는 건지, 공중에 떠 있는 건지 알 수가 없었네. 나는 우리가 했던 말을 자네들에게 들려주고 있는데—했던 표현을 그대로 반복하면서 말일세—그러나 그게 무슨 소용 있는가. 그 표현들은 평범하고 일상적인 말일 뿐이지—사람들이 깨어 있는 매일매일 서로 나누는 친숙하되 모호한 소리일 뿐이지. 하지만 그래서 어쨌다고? 내가 보기에 그 표현의 이면에는 꿈속에서 들었던 말에 대한 암시가, 악몽 속에서 말했던 표현들에 대한 무서운 암시가 담겨 있네. 영혼! 만약 누군가가 영혼과 싸워 보았다면 내가 바로 그 사람일세. 내가 미치광이와 논쟁한 것은 아니었지. 믿거나 말거나 자유이네만, 그의 지성은 아주 말짱했다네 — 사실, 끔찍할 정도로 자기 자신에게만 집중되어 있을 뿐 그 외는 말짱했네. 내가 살아서 돌아갈 유일한 가능성도 바로 그의 멀쩡한 지성에 달려 있었는데, 물론 — 소리 내는 것을 피할 수 없다는 점에서 그다지 좋은 해결책이라고 할 수도 없었지만 — 그 자리에서 그를 죽이는 것을 제외하고는 말일세. 그러나 그의 영혼은 미쳤더군. 정글에 홀로 남게 되자 그것은 자신의 내면을 들여다보았고, 여보게, 맙소사, 미쳐 버렸던 거야. 나도 — 내가 지은 죄 때문이라고 생각되네만 — 그 영혼을 들여다보는 시련을 겪어야 했네. 어떠한 웅변도 그의 진실된 마지막 외침만큼이나 인류에 대한 믿음을 시들게 하지는 않았네. 그는 자기 자신과도 싸웠네. 나는 그것을 지켜보았지 — 듣기도 했네. 아무런 자제력도, 믿음도, 공포심도 없으면서 맹목적으로 자신과 싸우는 한 영혼의 상상할 수 없는 신비로움을 나는 보았네. 나는 냉정하게 대처하기는 했지만, 마침내 그를 침상 위에 눕히고 이마의 땀을 닦았을 때는 마치 반 톤이나 되는 짐을 지고 언덕길을 내려온 것처럼 다리가 후들거렸지. 그러나 실은 그의 뼈만 남은 팔을 나의 목에 감고 그를 부축해 주었을 뿐이었고, 그는 아이만큼이나 가벼웠다네.

다음 날 정오에 우리가 출발했을 때, 장막처럼 둘러싼 나무들 뒤편에서 줄곧 예민하게 느껴졌던 그 무리가 다시 숲 밖으로 흘러나와 공터를 채우더니, 벌거벗고 숨 쉬며 떨고 있는 청동빛 몸뚱어리들로 언덕의 경사면을 덮더군. 상류로 조금 더 올라간 후 기수를 돌려 하류로 내려가기 시작하자, 무시무시한 꼬리로 물을 치고, 공중으로 검은 연기를 토하는 사나운 강의 귀신이 물을 튀기면서 쿵쿵거리며 움직이는 것을 2천 개의 눈이 뒤쫓았네. 강을 따라 도열한 이들의 첫 열 앞에는 머리에서 발끝까지 선홍색의 흙으로 칠한 세 명의 사나이가 가만히 있지 못하고 활보하고 있었네. 우리가 그들과 다시 평행하게 되자, 그 사나이들은 강을 향하여 발을 구르고, 뿔 달린 머리를 흔들며 주홍색 몸을 좌우로 움직이면서 사나운 강의 귀신을 향하여 한 뭉치의 검은 깃털과—말린 박처럼 생긴 것이었는데—달랑거리는 꼬리가 붙은 더러운 동물 가죽을 흔들어 댔을 뿐만 아니라, 인간의 소리와는 전혀 닮지 않은 놀라운 일련의 말을 함께 규칙적으로 외쳐 댔는데, 그 때문에 갑자기 중단되곤 하는 원주민 무리의 낮은 중얼거림은 그 사나이들에게 악마 같은 긴 기도로 하는 어떤 화답 같았네.

우리는 커츠를 조타실로 옮겼는데, 그곳이 바람이 더 잘 통했기 때문일세. 그는 침상에 누워 열린 덧창을 통해 바깥을 응시하였네. 모여든 인간의 몸뚱어리들 무리에서 소용돌이가 일더니, 투구 같은 머리에 황갈색 뺨을 한 여자가 바로 물가까지 돌진하더군. 그녀가 팔을 뻗으며 무슨 소린가를 외치자 야성적인 군중이 모두 분명하고 재빠르게 그 외침을 받아 우렁차게 노래했네.

'무슨 뜻인지 알겠습니까?' 내가 물었지.

동경과 증오가 뒤섞인 표정을 지으며 그는 나의 존재를 무시한 채 갈망으로 이글거리는 눈으로 바깥을 계속 쳐다보았네. 그는 아무 대답도 하지 않았지만 미소가, 무슨 뜻인지 도저히 알 수 없는 미소가 그의 핏기 없는 입술에 나타났고, 그 입술은 이내 발작적으로 떨렸네. '내가 모르겠나?' 마치 초자연적인 힘이 그 말을 억지로 토해 내게 한 것처럼 그가 헐떡이며 느리게 말하더군.

나는 경적의 손잡이 줄을 당겼는데, 내가 이 행동을 취한 이유는 갑판 위의 순례자들이 한바탕 놀아 볼 양으로 소총을 끄집어내는 것을 보았기 때문일세. 갑자기 경적이 울리자, 빽빽하게 모여 있던 몸뚱어리들 무리에서 비참한 공포의 움직임이 일었네. '안 돼! 겁줘서 도망가게 하면 안 돼요!' 갑판에서 누군가가 실망하여 외쳤지. 나는 손잡이 줄을 계속 당겼네. 그들은 흩어지며 달렸고, 펄쩍 뛰었으며, 웅크렸고, 달리는 방향을 바꾸기도 하면서 날아오는 무시무시한 소리로부터 몸을 피했네. 마치 총에 맞아 죽은 듯, 붉은 칠을 한 세 명의 사내들은 납작 엎드려 있었네. 야만적이고도 화려한 여자만 유일하게 움찔하지도 않았고, 우리를 잡으려는 듯 아무것도 걸치지 않은 두 팔을 번뜩이는 어두운 강 위에 비극적으로 뻗었네.

그러자 갑판의 백치들이 하찮은 놀이를 시작했고, 연기 때문에 더 이상 아무것도 보이지 않게 되었지.

어둠의 심연에서 쏜살같이 달려 나온 갈색의 강물은 상류로 운항할 때의 두 배 속도로 우리를 바다로 실어 날랐네. 커츠의 생명도 빠르게 빠져나가고 있었는데, 그것은 그의 심장에서 가차 없는 시간의 바다로 썰물처럼 빠져나가고 있었던 것이었네. 본부장은 매우 차분한 모습이었고, 심각한 걱정거리도 이제는 없겠다, 포용적이고 만족스러운 시선으로 우리 둘을 바라보았는데, 그 '임무'는 더 이상 바랄 여지 없이 잘 수행된 셈이었지. '불량한 방법'을 사용하는 무리 중에서 혼자 남게 될 시간이 다가온다는 것을 나는 깨달았네. 순례자들은 나를 못마땅하게 보았지. 말하자면, 나를 죽은 목숨으로 쳤던 걸세. 이 야비하고 탐욕스러운 허깨비들이 침략한 어두운 땅에서 나에게 강요된 악몽의 선택을, 이 예기치 못한 파트너 관계를 내가 어떻게 받아들일 수 있었는지 정말 이상하네.

커츠가 웅변을 펼쳤네. 그 목소리! 목소리! 그것은 마지막 순간까지도 깊이 울리더군. 기력은 다했지만, 웅변의 장엄한 주름진 천 아래에 마음속의 황량한 어둠을 감출 수는 있었던 모양이더군. 아, 그는 몸부림을 쳤네. 몸부림을 쳤어. 이제 지쳐서 찌꺼기만 남은 그의 머리에 실체 없는 환영들이 — 그가 가진 불멸의 재능, 우아하고 고결한 표현력 주위를 아첨하며 맴도는 부와 명예의 환영들이 — 출몰하였다네. 나의 약혼녀, 나의 교역소, 나의 일, 나의 사상 — 이것들은 그가 때때로 고양된 감정들을 쏟아 낼 때 이야기한 주제였지. 원시의 땅에 곧 묻히게 될 공허한 가짜의 침상 곁에 애초의 커츠가 환영처럼 나타나곤 한 것이었네. 그러나 그가 빠져 들었던 신비로운 세계에 대한 악마적인 사랑과 섬뜩한 증오가 원시적 감정을 실컷 맛보고 거짓 명예와 가짜 명성을 탐하며 성공과 권력의 과시를 탐하게 된 그의 영혼을 서로 소유하겠다고 싸웠다네.

때로 그는 경멸스러울 정도로 유치했다네. 자신이 위대한 업적을 세우러 간 그 무서운 무명의 땅에서 돌아올 때, 왕들이 기차역까지 나와서 맞이할 것을 그는 소망했네. 그는 말하곤 했네. '그들에게 정말로 득이 되는 바가 당신에게 있음을 보여 주게. 그러면 당신의 능력은 한없이 인정받을 거야. 물론 동기는 제대로 된 것이어야 해 — 제대로 된 동기 말이야 — 항상.' 다른 유역과 구별되지 않는 강의 기나긴 직선 유역이, 아무리 보아도 똑같은 강굽이가 수많은 고목들과 함께 증기선을 스쳐 지나갔고, 그 고목들은 다른 세상에서 온 검댕 묻은 이 쪼가리를, 변화와 정복, 학살과 축복의 선구자를 인내심 있게 지켜보고 있었네. 나는 전방을 보고 있었지 — 배를 조종하며. '덧창을 닫게.' 어느 날 갑자기 커츠가 말하더군. '이것들을 차마 쳐다볼 수가 없구나.' 나는 시키는 대로 했네. 침묵이 흘렀어. '아, 그러나 내가 너의 가슴을 찢어지게 해주마.' 그가 보이지 않는 야생을 향해 소리쳤네.

배가 고장 났고 — 예상했던 바이지만 — 그래서 수리를 위해, 어떤 섬이 시작되는 부분에서 정박해야 했지. 시간이 지체되면서 커츠의 자신감이 처음으로 흔들리게 되었네. 어느 날 아침, 그가 서류 뭉치와 사진 한 장을 — 신발 끈으로 묶은 덩어리야 — 내게 주더군. '날 위해 이것들을 보관해 주게.' 그가 말했네. '이 해로운 멍청이가(본부장을 의미하는 말이야) 내가 안 보는 사이에 나의 상자를 뒤져 볼 수도 있네.' 나는 오후에도 그를 보았지. 눈을 감고 누워 있기에 조용히 선실을 나오는 중이었는데, 중얼거리는 소리가 들렸네. '바르게 살아라. 죽을 때는, 죽을 때는…….' 나는 귀를 기울였다네. 더 이상의 말은 없었어. 잠결에 어떤 연설을 연습하고 있는 것이었을까, 아니면 신문 기사에 나온 구절 일부일까. 그는 과거에 신문에 기고했는데, 그의 표현을 빌리면, '나의 사상을 진척시키기 위해서, 의무이기도 한 그 일을' 계속할 생각이 있었다고 하네.

그는 꿰뚫어 볼 수 없는 어둠이었네. 햇빛이 결코 닿지 않는 협곡 바닥에 누워 있는 사람을 내려다보듯, 나는 그를 보았다네. 그러나 기관사가 새기 시작하는 실린더를 분해하고, 휘어진 연결봉을 바로잡고, 그 외에도 많은 잡다한 일을 하는 것을 도와주느라 그와는 많은 시간을 보낼 수 없었네. 녹, 줄로 갈아 낸 쇠 부스러기, 너트, 볼트, 스패너, 망치, 수동 드릴 — 내가 다룰 줄 몰라 싫어하는 것들 — 의 아수라장에서 살았지. 나는 운 좋게도 배에 설치된 풀무를 맡아, 한심한 쇠붙이 더미 속에서 힘들게 일하고 있었지 — 오한이 너무 심해 서 있을 수가 없지만 않으면 말일세.

어느 날 저녁 초를 들고 들어가던 나는, 그가 약간 떨리는 목소리로 하는 말을 듣고 깜짝 놀랐네. '나는 여기 어둠 속에 누워 죽음을 기다리고 있다.' 불빛이 그의 눈에서 1피트도 안 되는 거리에 있었는데 말일세. '아니, 무슨 말씀을!' 나는 안 나오는 말을 겨우 중얼거리며 그 자리에 못 박힌 듯 서서 그를 지켜보았네.

그의 표정에 나타난 변화를 닮은 그 어떠한 것도 나는 이전에 본 적이 없었고, 앞으로도 다시는 볼 일이 없기를 바라네. 아, 나는 감동받지는 않았지. 매료되었다고나 할까. 눈앞을 가리던 베일이 찢어진 것 같았지. 나는 그의 상앗빛 얼굴에서 음울한 자부심과 냉혹한 권력, 심약한 두려움을, 극심하고 절망적인 좌절을 보았네. 완전한 깨달음을 성취한 지고의 순간에 그는 자신의 삶을, 욕망과 유혹과 굴복의 모든 사건들을 다시 경험하고 있었던가. 어떤 환영을 향해, 어떤 환상을 향해 그가 속삭이듯 외쳤네 — 두 번 외쳤는데, 그것은 숨결같이 약하디약한 외침이었지.

'끔찍하다! 끔찍해!'

나는 촛불을 불어 끄고 선실을 떠났네. 식당에서는 순례자들이 식사 중이었고, 내가 본부장 맞은편에 앉았을 때 그가 눈을 치켜뜨며 어찌 되었는지 묻는 눈길을 주었지만, 나는 짐짓 모른 척해 버렸지. 드러나지는 않지만 깊고 깊은 자신의 야비함을 숨겨서 봉인하는 듯한, 그 특이한 미소를 띠며 그가 차분히 몸을 뒤로 기대더군. 작은 파리 떼가 램프 위로, 식탁보 위로, 우리의 손과 얼굴 위로 쉴 새 없이 날아왔네. 갑자기 본부장의 사환 녀석이 불손한 머리통을 문간에 들이밀고는 냉혹한 조소의 투로 말했네.

'커츠 쉬가 — 그가 죽었다요.'

순례자들이 모두 구경하러 밖으로 나가더군. 나는 자리를 지키고 앉아 식사를 계속했네. 그들의 눈에는 내가 지독하게 인정머리 없는 사람으로 비쳤을 것이라 믿네. 그러나 나는 많이 먹지는 않았어. 식당 안에는 램프가 하나 있었는데 — 빛 말일세 — 그럼에도 불구하고 그곳은 몹시도, 몹시도 어두웠다네. 이 지상에서 자신의 영혼이 겪은 모험에 대하여 판결을 내린 그 범상치 않은 사람에게 나는 더 이상 가까이 가지 않았지. 목소리는 사라졌네. 그 외 무엇이 더 있기라도 했단 말인가? 물론 다음 날, 순례자들이 진흙 구덩이에 무엇인가를 묻었다는 사실을 알고 있기는 했지만 말일세.

그들은 나도 거의 묻어 버릴 뻔했다네.

자네들도 알겠지만 나는 그때 그 자리에서 커츠와 운명을 같이 하지는 않았네. 죽지 않았지. 나는 살아남아서 끝까지 그 악몽을 꾸고, 커츠에 대한 나의 신의를 다시 한 번 보여 주었네. 운명이란. 나의 운명이란! 우스꽝스러운 것이야. 인생은. 그것은 무용한 목적을 위하여 냉혹한 논리를 신비스럽게 배열한 것. 그것으로부터 우리가 기껏 기대할 수 있는 것이라고 해야—때늦게 얻는—자기 자신에 대한 깨달음이자, 잊으려야 잊을 수 없는 끝없는 후회뿐이지. 나는 죽음과도 싸워 보았네. 그것은 상상할 수도 없이 맥 풀리는 싸움일세. 그것은 발아래에도, 주변에도 아무것 없이, 관객도, 환호성도, 영광도 없이, 승리하겠다는 대단한 욕망도, 패배에 대한 큰 두려움도 없이, 미적지근한 회의주의가 판치는 병든 분위기 속에서 자신이 옳다는 믿음도 별로 없이, 상대방이 옳다는 믿음은 더더욱 없이, 불분명한 회색 지대에서 하게 되는 그런 싸움이라네. 만약 궁극적으로 얻게 되는 지혜가 그런 것이라면, 인생은 우리들 중 몇몇이 생각하는 것보다 훨씬 더 큰 수수께끼라네. 나에게도 마지막으로 한마디 할 기회가 아주 가까이 왔었네만, 그 순간 내게는 아무런 할 말이 없다는 것을 치욕스럽게 깨달았다네. 커츠가 비범한 인물이라고 내가 주장하는 것도 이런 이유에서이지. 그에게는 할 말이 있었단 말일세. 그리고 그는 그 말을 했네. 나 자신이 죽음의 가장자리에서 심연을 들여다본 이래로 그의 시선을, 촛불의 불꽃도 볼 수 없었지만 어둠 속에서 박동하는 모든 심장들을 꿰뚫어 본, 우주 전체를 포용할 만큼 광대한 그의 시선을 더 잘 이해하게 되었단 말일세. 그는 요약했네—그는 판결을 내렸다네. '끔찍하다!' 비범한 사나이였지. 그 판결은 결국 어떤 믿음의 표현이었고, 그것에는 정직함이 있었고, 신념이 담겨 있었으며, 그것의 속삭임에는 떨리는 저항의 음조가 있었고, 그것은 언뜻 본 진실의 소름 끼치는—욕망과 증오가 기이하게 뒤섞인—얼굴을 하고 있었지. 내가 가장 생생하게 기억하는 것은 나 자신의 극한 상황이 아니었는데, 그도 그럴 것이 나의 극한 상황이라고 해봤자 육체의 고통으로 가득 찬, 세상사의—심지어는 고통의—덧없음에 대한 조소로 가득 찬, 형체도 없는 회색 환상에 불과할 뿐이지. 아무렴, 아니지. 내가 실제로 경험한 양 느낀 것은 바로 그의 극한 상황이었네. 나의 주저하는 발은 결국 뒤로 물러섰지만, 그는 마지막 발걸음을 성큼 내디뎠고, 그래서 경계선을 넘어 버렸던 것일세. 어쩌면 여기에서 모든 차이가 생겨났을지 모르는데, 어쩌면 우리가 보이지 않는 세계의 문턱을 넘어서는, 감지할 수 없는 바로 그 순간에 모든 지혜와 모든 진실과 모든 진심이 압축되어 있는지도 모르지. 그럴지도 몰라. 만약 내가 요약을 했다면, 그 삶의 요약은 아무렇게나 내뱉는 조소의 말이 아니었을 것이라고 생각하고 싶다네. 그의 외침이 나아—훨씬 낫지. 그것은 하나의 긍정이자 셀 수 없는 패배와 혐오스러운 극악 행위와 가증스러운 만족 행위를 대가로 치러야 했던 정신적 승리이네. 그렇지만 승리가 아니라고 할 수는 없었지. 내가 커츠에게 끝까지 신의를 지켰을 뿐만 아니라, 심지어는 그 끝을 넘어서, 즉 커츠 자신의 목소리는 아니었지만, 그의 장대한 웅변이 수정의 절벽처럼 투명하고 순수한 영혼으로부터 다시 한 번 메아리쳐 들려오게 된 먼 훗날의 순간에서조차 내가 그에 대한 신의를 저버리지 않은 이유가 바로 이것이네.

아니, 그들은 나를 묻지 않았네. 돌이켜 보면 놀라워서, 떨리고, 기억도 어렴풋하지만, 흡사 아무런 희망도, 욕망도 없는, 상상할 수 없는 세계를 지나는 듯싶을 때가 있었기는 하지. 무덤 같은 도시로 돌아온 나는 거리를 설치고 다니면서 서로에게서 몇 푼 안 되는 돈이나 훔치고, 저질스러운 음식을 게걸스럽게 먹어치우며, 유해한 맥주를 들이켜고, 하찮고 어리석은 꿈을 꾸는 사람들의 모습에 분개하는 나 자신을 발견했네. 그들은 나를 심란하게 하더군. 나의 사색을 방해한 이 침입자들이 인생에 대해 가지고 있는 지식이라는 것이 내게는—내가 알고 있는 사실들을 그들이 절대 알 수 없다고 확신하였기에—짜증스러운 가식에 지나지 않아 보였지. 자신의 안전에 대하여 일말의 의구심도 없이 각자의 일에 열중하고 있는, 평범한 개인과 같은 그들의 태도는 눈앞에 있는 위험을 보지 못하고 그 앞에서 뽐내는, 기가 찰 정도의 아둔함처럼 불쾌하기 짝이 없었네. 그들을 계몽시키고자 하는 욕구는 특별히 없었지만, 그래도 스스로를 대단하게 여기는 어리석은 그들의 면전에서 웃음을 참느라 혼이 났었네. 당시 나의 상태가 썩 좋지는 않았지. 해결할 일들이 있었으므로, 이 거리 저

거리를 비틀거리고 다니며 흠잡을 데 없이 점잖은 사람들에게 씁쓸한 웃음을 이죽거렸네. 나의 이러한 행동은 용납될 수 없는 것이라는 걸 인정하지만, 당시 나의 체온은 정상적일 때가 거의 없었네. '나의 기력을 회복시키려는' 고마운 아주머니의 노력은 병세를 완전히 잘못 짚은 것처럼 느껴졌지. 나의 기력이 회복을 필요로 한 것이 아니라, 나의 상상력이 위무를 필요로 한 것이었네. 나는 커츠가 준 서류 뭉치를 어떻게 해야 할지 몰라 계속 지니고 있었다네. 그의 어머니가 최근에 돌아가셨고, 그의 약혼녀가 임종을 지켰다는 말을 전해 들었네. 금테 안경을 쓰고 면도를 깨끗이 한 남자가 어느 날 찾아와서는 공무적인 태도로 스스로 모종의 '문건'이라 이름 붙인 서류에 대해, 처음에는 완곡하였지만 나중에는 점잖게 압박하는 문의를 해왔네. 그 문제에 대해서는 아프리카에서 본부장과 이미 두 번이나 싸웠기 때문에 별로 놀라지 않았지. 그때 나는 서류 뭉치 중에서 사소한 종잇조각 하나도 내놓기를 거부했었는데, 이 안경 쓴 친구에게도 같은 태도를 취하였지. 그는 마침내 은근히 위협조가 되었고, 흥분한 목소리로 회사는 '관할 지역'에 관한 모든 정보를 요구할 권리가 있다고 주장하더군. 그리고 그가 말했네. '미개척지에 대한 커츠 씨의 지식은 — 그의 능력과 그가 처했던 개탄스러운 상황 덕분에 — 틀림없이 방대하고 특수한 것이었습니다. 그러므로…….' 나는 커츠 씨의 지식이 아무리 방대하다 해도 무역이나 행정과는 아무 관련이 없다고 장담했네. 그러자 그가 과학의 이름을 걸고 호소하더군. 그는 '만약에……' 어쩌고저쩌고 하면서 '무한한 손실이 될 것' 이라나. 나는 후기 부분을 찢어 낸 '야만적 습속의 억제' 에 관한 보고서를 건넸지. 그는 그 서류를 의욕적으로 건네받았으나, 결국 멸시하듯 콧방귀를 뀌더군. '이건 우리가 기대했던 것이 아니군요' 라고 그가 말했네. '그 외에는 기대하지도 마시오.' 내가 말했네. '개인적인 서신들뿐이니까요.' 법적 조치에 관한 위협을 남기고 떠나간 후 다시는 그를 보지 못했는데, 스스로를 커츠의 사촌이라고 부르는 또 다른 사람이 이틀 뒤에 나타나서는, 친애하는 친척의 마지막 순간에 대해 상세히 듣고 싶어 했네. 그와의 대화 중에 커츠가 원래 음악가였다는 사실을 우연히 알게 되었지. '굉장한 성공을 거둘 정도의 소질이 있었지요' 라고 그가 말해 주었는데, 내가 보기에는 그 자신이 오르간 연주자인 듯했으며, 기름때가 묻은 코트 깃 위로 백발을 늘어뜨린 모습이었지. 그의 말을 의심할 이유는 없었네만, 오늘날까지 나는 커츠의 직업이 무엇이었는지, 그에게 과연 직업이 있기나 한 것이었는지, 그의 재능 중에 무엇이 제일 훌륭하였는지 말할 수 없다네. 나는 그를 신문에 기고하는 화가로, 혹은 그림을 그릴 줄 아는 언론인으로 생각해 왔지만, 그의 사촌조차도(대화하는 동안 그는 코담배 냄새를 맡았는데) 그가 어떤 사람이었는지는 내게 정확히 말하지 못했네. 그가 만능 천재였다는군 — 그 점에 관해서는 나도 그 노인에게 동의했는데, 그러자 그는 큰 무명 손수건에 코를 심하게 풀었고, 가족 서신과 중요하지 않은 메모를 받아 들고서는 노인 특유의 흥분을 드러내 보이며 떠나갔네. 마지막으로, 그의 '친애하는 동료' 의 운명에 대해 뭔가 알고 싶어 하는 언론인이 모습을 나타냈지. 이 방문객은 커츠에게 어울리는 활동 무대가 '민중의 편에 선' 정치였어야 했다고 말하더군. 그는 숱 많은 일자 눈썹을 하였고, 뻣뻣한 머리털은 짧게 자르고, 폭 넓은 띠가 달린 외눈 안경을 끼고 있었는데, 마음을 터놓기 시작하더니, 커츠의 글이 형편없었다는 의견까지 털어놓았지— '그러나 어쩌면! 그는 어찌나 말을 잘하던지요! 그는 대규모 집회를 흥분의 도가니로 몰아넣을 수 있었습니다. 그에게는 믿음이 있었지요—아시겠습니까—그에게는 믿음의 능력이 있었습니다. 마음만 먹으면 무엇이든, 무엇이든 믿을 수 있었지요. 그는 급진적인 정당을 이끄는 뛰어난 지도자가 될 수도 있었을 것입니다.' '무슨 당을요?' 라고 내가 물었네. '무슨 당이든지요' 라는 것이 대답이었어. '그는 아, 급진주의자였습니다.' 나도 그렇게 생각하지 않냐고? 그렇다고 해주었지. 그러자 갑자기 호기심이 발동한 듯, '커츠를 그곳으로 가게 만든 것이 무엇이었는지' 아느냐고 묻더군. '그렇소' 라고 대답하고 나서 만약 적절하다고 생각되면 출판하라고 일러 주며 즉시 그 유명한 보고서를 건네주었지. 그는 줄곧 중얼거리며, 그것을 황급히 훑어보고 '적절하다' 는 판단을 내리더니, 노획물과 함께 사라졌다네.

그래서 이제 내게 남은 것은 얇은 뭉치의 서신과 여성의 초상화뿐이었지. 그녀는 내게 아름다운 인상을 주었네—이는 표정이 아름다웠다는 뜻이네. 햇빛도 조작하기에 따라 진실을 속일 수 있겠지만, 빛과 자세를 어떻게 조작하더라도 그녀의 용모에 그런 미묘한 진실의 색조가 어리게 할 수는 없을 거라고 느꼈네. 그녀는 의심이나 이기적인 생각 없이, 진심으로 귀 기울일 준비가 되어 있는 사람처럼 보였네. 나는 그녀를 찾아가 초상화와 서신을 직접 주어야겠다고 결정했네. 호기심이었지. 그렇다네. 그리고 다른 감정들도 있었네. 커츠에게 속했던 모든 것이 나의 손을 빠져나갔는데, 그의 영혼도, 그의 육체도, 그의 교역소도, 그의 계획도, 그의 상아도, 그의 일생의 임무도 그랬다네. 남은 것은 이제 그에 대한 기억과 그의 약혼녀뿐이었고, 어쩌면 나는 그것마저도 과거에, 내게 남겨진 그의 모든 것을, 우리 모두가 맞이하게 되는 운명의 종언이라고 할 수 있는 망각에 직접 넘겨주고 싶었던 걸세. 이건 나 자신에 대한 변호가 아닐세. 내가 정말 무엇을 원하였는지는 나도 명확하게 알고 있지는 못했다네. 어쩌면 그것은 무의식적인 신의가 충동질한 것이거나, 아니면 인간 존재의 현실에 잠재해 있는 아이러니한 운명 중 하나가 실현된 것일지도 모르지. 나는 모르겠네. 말할 수가 없다네. 하지만 나는 찾아갔네.

커츠에 대한 기억도 모든 사람의 인생에 쌓이는 망자들에 대한 기억처럼 신속하면서도 다시 돌아올 수 없는 여행길에 나선 그림자들이 사람들의 뇌리에 모습을 한 번 드리우면서 남기는 희미한 흔적이라고 생각했지만, 실은 유지가 잘된 묘지의 소로처럼 고요하고 단정한 거리의 높은 저택들 사이에서, 높고 육중한 문 앞에서, 나는 그의 환영을, 들것에 실려 인류와 온 세상을 삼켜 버릴 듯 게걸스럽게 입을 쩍 벌리고 있는 그의 모습을 보았네. 그때 그는 나의 면전에서 살아 있었고, 과거의 어느 때 못지않게 생생한 모습이었으며, 화려한 외양과 공포스러운 현실을 질릴 줄 모르고 탐닉하였고, 화려한 웅변의 주름진 천을 고상하게 걸쳤지만, 실은 밤의 그림자보다 더 어두운 환영 같은 모습이었지. 그 환상은 나와 함께 집으로 들어서는 듯했네. 들것도, 들것을 멘 유령들도, 순종적인 숭배자들의 야만적인 무리도, 숲의 어둠도, 어둑한 강굽이 사이의 유역에서 보이던 번뜩임도—정복자 어둠의 심장처럼—그 심장의 고동처럼 규칙적이면서도 둔탁한 북소리도 함께 집으로 들어서는 것이었네. 그 순간은 야생에게 승리의 순간이었으며, 또한 한 영혼을 구제하기 위해 나 혼자 물리쳐야 할 것 같았던, 보복적이면서도 침략적인 공세였네. 그 먼 곳에서 그가 했던 말에 대한 기억이, 들렸다 말았다 하던 어구들이, 인내심 있는 숲 깊숙이 피어오르는 모닥불 불빛 속에서 어른거리던 내 뒤편의 뿔 달린 형체와 함께 나의 뇌리에 다시 떠올랐는데, 그 어구들은 다시 들어 봐도 단순하기는 하되 불길하고 섬뜩하였네. 그의 비열한 호소와 협박이, 그의 거대하고도 역겨운 욕망이, 그의 영혼의 야비함이, 그의 고통과 격렬한 고뇌가 떠올랐네. 하루는 그가 이런 말을 한 적이 있었는데, 그의 차분하고 나른한 태도를 다시 보는 듯했지. '이제 이 상아 무더기는 정말 내 것이오. 회사가 값을 치른 적이 없으니까. 극도의 개인적인 위험을 무릅쓰고 내가 수집한 것이지. 그들이 내놓으라고 할까 봐 신경이 쓰이는데. 흠, 어려운 문제야. 내가 어떻게 해야 된다고 생각하시오? 저항? 그래요? 내가 원하는 것은 오로지 정의지.' ……그가 원한 것은 오로지 정의라고 했다네—오로지 정의라니! 내가 2층 마호가니 현관문의 벨을 누르고 기다리는 동안 그가 유리창 바깥에서 나를—우주를 포옹하고, 저주하며, 혐오하는 그 광대한 시선으로―노려보는 것 같았네. 그 속삭임 같은 외침을 듣는 듯했네. '끔찍하다! 끔찍해!'

어둠이 내리고 있었지. 나는 천장이 높은 응접실에서 기다렸는데, 그곳에는 높이가 바닥에서 천장까지 이르러, 마치 빛나는 천을 걸친 기둥 같아 보이는 세 개의 큰 창문이 있었네. 금박을 입힌 휘어진 가구 다리와 등받이 곡선의 자태는 석양을 받아 빛을 발해서 그 형태가 분명하게 보이지는 않았네. 대리석으로 된 높은 벽난로가 기념비의 차가운 백색을 띠고 있었지. 닦아서 윤을 낸 검은색의 석관처럼 평평한 표면에 어두운 광채를 띤 그랜드 피아노가 한쪽 구석에 육중하게 서 있었네. 높은 문이 열리더니 이내 닫혔네. 나는 일어섰네.

창백한 얼굴에 검은 옷을 입은 그녀가 어둠 속에서 떠오듯 나를 향해 걸어왔네. 그녀는 상중(喪中)이었지. 그가 죽은 지 1년이 더 지났고, 그 소식이 온 지 1년이 더 되었지만, 그녀는 영원히 추모하고 애도할 것처럼 보였네. 그녀가 나의 손을 양손으로 쥐면서 나직이 말했네. '오신다는 말씀은 진작 들었습니다.' 나는 그녀가 아주 젊지는 않다는 것을 알아차렸네―소녀 같지는 않았다는 뜻일세. 하지만 충심을 다하고, 믿음을 지키며, 고통을 인내하는 원숙한 능력이 그녀에게는 있었지. 구름 낀 저녁 시간의 애잔한 석양빛이 그녀의 이마로 모두 숨어 버린 듯, 그 방은 점점 어두워지는 것 같았네. 그녀의 금발, 창백한 용모, 순결한 이마가 희뿌연 후광으로 둘러싸인 것 같았고, 검은 두 눈이 후광 속에서 나를 응시했네. 그 시선은 숨김이 없었고, 심오하였으며, 자신감에 차 있었고, 신뢰를 담고 있었네. 그녀는 슬픈 얼굴을 하고 있었지만, 그 슬픔은 자랑스러운 듯했고, 저 — 저만이 그분께 합당한 애도를 드릴 수가 있어요, 라고 말하듯 하였네. 그러나 우리가 악수하고 있는 동안에도 그토록 처절한 슬픈 표정이 그녀의 얼굴에 나타났고, 그래서 나는 그녀가 세월의 노리개가 아님을 알 수 있었다네. 그녀에게 그의 죽음은 어저께 있었던 것과 다름없었으니 말일세. 그리고 그 인상이 어찌나 강렬했던지, 내게도 그가 죽은 지 하루밖에 되지 않은 것처럼 — 아니, 바로 지금 막 죽은 것처럼 — 느껴지는 거야. 나는 그 순간 그녀와 그를 — 그의 죽음과 그녀의 슬픔을 — 동시에 보았고, 그가 죽는 순간에 그녀가 겪었을 슬픔을 보았네. 이해하시겠는가? 나는 그들 둘 다를 보았고, 그들의 목소리 둘 다를 들었단 말일세. 한숨을 크게 쉬며 숨을 돌리더니 '저만 살아남았어요' 라고 그녀가 말했는데 온 신경을 집중한 나의 귀에는 그의 삶을 요약한, 영원한 저주의 속삭임이 그녀의 절망적인 회한의 음조와 섞여 들려오는 듯했네. 인간의 눈이 보아서는 안 될, 잔인하고도 부조리한 신비로 가득 찬 곳으로 잘못 들어선 것처럼, 내심 당황한 나는 도대체 여기서 내가 무엇을 하고 있나 하는 생각을 했지. 그녀가 의자에 앉으라는 시늉을 하였네. 우리는 자리에 앉았네. 나는 작은 테이블에 꾸러미를 살짝 내려놓았고, 그 위로 그녀가 손을 얹었네……. '그분을 잘 알고 계셨겠군요.' 애도하는 슬픔의 한순간이 흐른 후 그녀가 나직이 말하더군.

'그곳에서는 누구라도 금방 친해집니다.' 내가 대답했네. '사람들이 다른 사람에 대해 알 수 있는 만큼은 나도 그를 알았지요.'

'그래서 그분을 존경했군요!' 라고 그녀가 말했어. '그분을 알면서도 존경하지 않는 것은 불가능하잖아요. 그렇죠?'

'그는 비범한 분이었습니다.' 내가 머뭇거리며 말했네. 그녀는 나에게서 눈을 떼지 않았고, 나의 입에서 더 많은 말을 듣기를 간청하는 그녀의 시선을 앞에 두고 나는 말을 이어 갔네. '그를 알게 되면 당연히…….'

'사랑하게 되지요' 라고 그녀가 끝내 못 기다리겠다는 듯 덧붙였고, 나는 대경실색하여 말문이 막혔지. '얼마나 맞는 말인지요! 얼마나 진실된 말인지요! 하물며 어느 누구도 그분을 저만큼 잘 알지는 못한다고 생각해 보시면! 저는 그분의 고결한 믿음을 모두 받고 있었죠. 제가 그분을 제일 잘 알았어요.'

'당신이 그를 제일 잘 알았습니다.' 내가 그 말을 반복했네. 어쩌면 그랬을지도 모르겠네. 그러나 한마디 한마디 할 때마다 방은 더 어두워졌고, 그녀의 반듯하고 하얀 이마만 꺼질 수 없는 믿음과 사랑의 빛을 받아 환하게 빛나고 있었지.

'선생님은 그분의 친구셨죠.' 그녀가 말을 계속하였네. '그분의 친구 말이에요.' 그녀가 조금 더 소리 높여 반복했네. '그분이 선생님에게 이걸 주시고, 제게 보내신 걸 보면 틀림없어요! 선생님과는 이야기할 수 있을 거라고 느껴집니다. 아, 말씀드려야겠어요. 선생님께서, 그분의 마지막 말씀을 들으신 선생님께서 제가 그분께 어울리도록 훌륭하게 처신해 왔음을 알아주셨으면 해요…… 자부심은 아니에요…… 그래요! 실은, 그분께서 직접 말씀하셨지만, 이 세상의 어느 누구보다 그분을 잘 이해하였다는 사실이 제게는 자랑스럽습니다. 그러나 그분의 모친께서 돌아가신 후로 저에게는 아무도 남아 있지 않았어요 — 아무도 — 저에게는……'

나는 귀를 기울였네. 어둠이 깊어졌어. 그가 내게 서류 뭉치를 제대로 준 것인지도 확신할 수 없었네. 그가 전달해 주기를 원했던 것은, 그가 죽은 후 본부장이 불빛 아래에서 살펴보고 있던 다른 서류 뭉치가 아닌가 하는 생각도 들더군. 목마른 자가 물을 들이켜듯, 내가 이해해 줄 것이라는 확신 속에 자신의 고통을 달래며 그녀는 이야기를 했다네. 커츠와의 약혼을 그녀의 가족이 반대했다는 말을 들은 적이 있다네. 그가 가난했거나, 뭐 다른 이유로 그랬다는 것 같네. 그가 평생 가난뱅이였는지 아니었는지 나는 모르네. 그곳으로 가게 된 이유가, 상대적으로 가난한 자신의 처지를 견딜 수 없어서였다고 추측할 만한 암시를 그가 주기는 했었네.

'……그분의 말씀을 듣고, 친구가 안 된 분도 계신가요?' 그녀가 말하고 있었네. '사람들이 가진 최고의 장점에 호소함으로써 그분은 그들을 자기편으로 만들었어요.' 그녀가 강렬하게 나를 응시하더군. '위대한 사람들의 재능이지요' 라고 그녀는 계속해서 말했는데, 그녀의 낮은 목소리와 함께, 내가 전에 들은 바 있는 강의 잔물결 소리, 바람에 흔들리는 나무의 살랑거림, 군중의 웅성거림, 멀리서 내지른 이해할 수 없는 말이 남긴 아련한 울림, 영원한 어둠의 문턱 저편에 선 목소리의 속삭임 등 신비와 고독과 슬픔에 가득 찬 온갖 소리들이 들려오는 것 같았네. '그러나 선생님은 그분의 말씀을 들으셨어요. 선생님은 아시죠!' 그녀가 외쳤네.

'그래요, 나는 알고 있습니다' 라고 나는 마음속으로 절망하며 말했으나, 동시에 나는 그녀의 믿음 앞에서, 그녀를 지킬 수 없었을 뿐만 아니라 심지어는 나 자신도 지켜 낼 수 없었던 그런 기세등등한 어둠 속에서 세속의 빛 같지 않은 빛을 발하는 위대한 구원의 환상 앞에서 머리를 조아렸다네.

'얼마나 큰 상실인지요. 제게는, 아니, 우리에게는요.' 우리에게까지 고운 아량을 베풀며 그녀가 말을 바꾸었네. 그러고는 속삭이며 덧붙였지. '세상 사람들에게는요.' 여명의 마지막 빛 속에서 나는 눈물이 글썽한—떨어지지 않는 눈물로 글썽한—그녀의 눈이 반짝이는 것을 보았네.

'저는 매우 행복했어요—몹시 운이 좋았고—몹시 자랑스러웠고요.' 그녀가 말을 계속하였네. '너무나 운이 좋았어요. 얼마간은 너무나 행복했었고요. 그러나 이제 저는 불행해요—영원히.'

그녀가 일어섰네. 그녀의 금발 머리가 여명의 빛을 받아 황금빛으로 반짝이는 것 같았지. 나도 일어섰네.

'그리고 이 모든 것 중에서…….' 그녀가 애도하며 계속 말했네. '그분의 모든 유망함과 모든 위대함 중에서, 그분의 너그러운 정신과 고결한 마음씨 중에서 남은 것은 더 이상 없습니다. 기억밖에는. 저와 선생님께서…….'

'우리가 항상 그를 기억할 겁니다.' 내가 얼른 말해 주었네.

'안 돼요!' 그녀가 외쳤어. '이 모든 걸 잃어버린다는 것은, 그런 인생이 아무것도 남기지 못한 채—슬픔만 남긴 채—희생되어야 하는 것은 있을 수 없는 일이에요. 그분께서 어떤 원대한 계획을 가지고 계셨는지는 선생님께서 아시잖아요. 저도 알고 있습니다—어쩌면 이해는 못해도요—그러나 그 계획을 알고 있는 분들도 계세요. 무엇인가는 남을 거예요. 적어도 그분의 말씀은 죽지 않았어요.'

'그의 말은 남을 겁니다.' 내가 말했네.

'그분이 보여 준 본보기도요.' 그녀가 혼잣말로 속삭였지. '사람들은 그분을 존경했습니다—그분의 일거수일투족에서 선한 인품이 빛을 뿜었지요. 그분의 본보기…….'

'사실입니다' 라고 내가 말했네. '그의 본보기도 있었군요. 그래요, 그가 보인 모범. 그걸 깜박했군요.'

'그러나 저는 그러지 않았어요. 저는 그럴 수가—저는 믿을 수가 없어요—아직은요. 그분을 다시는 못 보게 될 거라는 사실을 저는 믿을 수가 없어요. 어느 누구도 그분을 다시는 볼 수 없으리라는 것을, 다시는, 다시는, 다시는!'

마치 떠나가는 형체를 붙잡으려는 듯 창문을 통해 들어오는 점점 희미해지는 좁다란 빛 속으로, 그녀가 검은 천으로 감싼 팔을, 맞잡은 파리한 양손을 뻗었네. 그를 다시는 못 본다니! 그 순간에도 나는 그의 모습을 똑똑히 보고 있었는데 말일세. 살아 있는 동안 나는 웅변이 뛰어난 그 유령을 볼 것이고, 또한 효험 없는 부적으로 몸을 장식하고 어둠의 번뜩이는 흐름 위로, 지옥 같은 강의 번뜩임 위로 아무것도 걸치지 않은 갈색 팔을 뻗던 또 다른 비극적인 존재와 동작이 닮은 이 여성도, 이 비극적이고도 낯익은 환영도 볼 것이었네. 갑자기 그녀가 나지막하게 말했네. '그분의 죽

음도 삶처럼 고결한 것이었습니다.'

'그의 최후는…….' 희미하게 분노가 꿈틀거리는 것을 느끼며 내가 말했네. '모든 면에서 그의 삶에 값하는 것이었지요.'

'저는 그분과 함께 있지 않았습니다.' 그녀가 속삭였네. 무한한 연민의 감정 앞에서 나의 분노는 사그라졌지.

'할 수 있는 모든 것을…….' 내가 중얼거렸네.

'아, 그러나 저는 이 세상의 누구보다도 — 그의 어머니보다도, 그분 자신보다도 — 더 그분을 믿었어요. 그분은 저를 필요로 하셨어요. 저를요! 제가 곁에 있었다면 그분의 모든 한숨을, 모든 말씀을, 모든 몸짓을, 모든 시선을 마음속에 새길 수 있었을 텐데.'

간담이 서늘해지는 것을 느꼈네. '그만!' 내가 나직하게 말했네.

'용서하세요. 저는, 저는 너무 오랫동안 침묵 속에 슬퍼해 왔어요. 침묵 속에서요……. 선생님께서는 마지막까지 그분과 함께 계셨죠? 저는 그분의 고독을 생각한답니다. 가까이 있는 어느 분도 저만큼 잘 이해해 줄 수 없었을 테니 말이에요. 어쩌면 아무도 그분의 말씀을 들을 수…….'

'최후의 순간까지…….' 내가 떨면서 말했네. '그의 마지막 말을 내가 들었습니다…….' 깜짝 놀라서 나는 말을 끝맺지 못했네.

'다시 들려주세요.' 그녀가 상심한 어조로 속삭였네. '제게는 필요하답니다 — 필요해요 — 어떤 것 — 어떤 것이 — 의지하고 살아갈 그 어떤 것이 말이에요.'

나는 그녀에게 소리 지르기 직전이었네. '당신에겐 이 말이 들리지 않소?' 하고 말이네. 마치 바람이 일렁일 때의 첫 속삭임처럼, 처음에는 나지막하였으나 점점 위협적으로 커지는 듯한 그런 속삭임으로 사방에서 어둠이 그 말을 계속 되풀이하고 있었네. '끔찍하다! 끔찍해!'

'그분의 마지막 말씀을요 — 제가 의지하고 살아갈 말씀을요.' 그녀는 계속 고집했지. '이해 못하시겠어요? 저는 그분을 사랑했습니다 — 그분을 사랑했어요 — 저는 그분을 사랑했답니다.'

나는 힘을 내서 마음을 다잡고 천천히 말했네. '그가 한 마지막 말은 — 당신의 이름이었습니다.'

나는 가벼운 탄식 소리를 들었고, 나의 심장은 멈춰 버렸네. 흥분된 무시무시한 외침에, 상상할 수 없는 승리와 형언할 수 없는 고통의 외침 소리에 갑자기 멈추어 버렸네. '그럴 줄 알았어요 — 확신하고 있었어요…….' 그녀는 알고 있었다고 하더군. 확신하고 있었다는 걸세. 나는 그녀가 흐느끼는 소리를 들었고, 그녀는 두 손으로 얼굴을 감쌌네. 내가 도망가기 전에 그 집이 무너질 것 같았고, 하늘이 나의 머리 위로 무너져 내릴 것 같았네. 그러나 아무 일도 일어나지 않았지. 그런 사소한 일로 하늘이 무너져 내리지는 않나 보이. 만약에 내가 정말 공정하게, 커츠에 대해 사실대로 말했다면 하늘이 무너져 내렸을까? 오로지 정의를 원한다고 그가 그러지 않았는가? 하지만 나는 그럴 수가 없었네. 나는 그녀에게 말할 수 없었지. 그랬더라면 너무 어두웠을 거야 — 너무나 절망적으로 어두웠을 거야……."

말로는 이야기를 멈추었고, 형체는 뚜렷하지 않았지만 조용히, 명상에 잠긴 부처의 모습으로 따로 떨어져 앉아 있었다. 한동안 아무도 움직이지 않았다. "첫 번째 썰물을 놓쳐 버렸네." 이사 직을 맡은 이가 갑자기 말했다. 나는 머리를 들었다. 검은 구름의 둑이 앞바다를 막고 있었고, 지구의 끝까지 뻗은 고요한 수로가 어두운 하늘 아래 음산하게 흐르다가, 거대한 어둠의 깊은 속으로 빨려 들어가고 있는 것 같았다.

진보의 전초 기지

1

두 명의 백인이 교역소를 책임지고 있었다. 소장 케예르는 키가 작고 통통한 데 비해, 보좌 역의 카를리에*는 길고 홀쭉한 다리에 딱 벌어진 몸통과 큼지막한 머리통을 얹은 키가 큰 사나이였다. 그 아래 직원으로는 시에라리온* 출신의 검둥이가 있었는데, 자신의 이름이 헨리 프라이스라고 주장하였다. 이유야 어쨌든 간에, 강 하류의 원주민들은 그를 마콜라라 불렀고, 그가 그 나라를 방랑하는 동안 마콜라는 그의 이름이 되어 버렸다. 그는 요들송을 부르는 듯한 목소리로 영어와 프랑스어를 말했고, 글씨체가 좋았고, 회계를 볼 줄 알았으며, 마음속 깊이 악령을 열렬히 숭배하고 있었다. 그의 아내는 루안다* 출신으로, 몸집이 크고 수다스러운 흑인 여자였다. 헛간 같은 나지막한 그의 거처 앞에서는 세 아이들이 햇볕 속에서 뒹굴고 있었다. 과묵하고 속내를 알 수 없는 마콜라는 두 백인 상관을 경멸했다. 그는 진흙으로 짓고 초가지붕을 얹은 조그마한 창고를 책임지고 있었는데, 창고에 보관 중인 구슬, 무명천, 붉은색 손수건, 황동 선(黃銅線), 그리고 다른 교역품에 대해 장부 정리를 정확히 하는 시늉을 하였다. 교역소의 개간된 터에는 창고와 마콜라의 오두막 외에 단 하나의 큰 건물이 있었다. 그것은 갈대로 말쑥하게 지은 건물로서 사면에 베란다가 달려 있었다. 건물 내부에는 세 개의 방이 있었다. 중간에 있는 방이 거실이었는데, 그곳에는 조악하게 만든 두 개의 테이블과 몇 개의 의자가 있었다. 나머지 두 방은 백인들을 위한 침실이었다. 각각의 침실에는 가구라고 해봐야 침대 하나와 모기장 하나가 전부였다. 널빤지를 깐 마루에는 백인들의 소지품이, 내용물이 절반가량 남아 있는 개봉된 박스들, 찢어진 옷가지, 낡은 구두, 꾀죄죄한 남성들 주위에 어느새 쌓이는 더럽고 부서진 온갖 것들이 널려 있었다. 이 건물로부터 어느 정도 거리가 떨어진 곳에는 또 다른 거처가 하나 있었다. 그곳에는 몹시 비뚤하게 세워진 십자가 아래에서 교역소의 모든 것을 시작할 때부터 보아 왔고, 이 진보의 전초 기지의 건축을 계획하고 실행을 감독한 사나이가 누워 있었다. 고향에서 화가로 성공하지 못한 그는 굶주린 배를 움켜잡고 명성을 좇는 일에 지친 나머지, 고위층의 도움을 받아 이곳으로 나왔다. 그는 교역소의 첫 소장을 지냈다. 막 지은 건물에서 이 정력적인 화가가 열병에 걸려 "그러게, 내 뭐랬어"라는 식의 무심한 태도로 죽어 가는 것을 마콜라는 지켜보았다. 그 후 한동안 마콜라는 적도 아래의 땅을 지배하는 악령과 자신의 회계 장부 그리고 가족들하고만 살았다. 그는 자신의 신과 원만한 관계를 유지하고 있었다. 어쩌면 그는 조만간 백인들을 노리갯감으로 더 바치겠다는 약속으로 신의 비위를 맞추고 있었는지도 몰랐다. 어쨌거나 대무역 회사의 전무이사가 선실이랍시고 평평한 지붕의 오두막을 얹어 놓은, 거대한 정어리 통조림을 닮은 증기선을 타고 올라왔을 때, 그가 본 교역소는 잘 운영되고 있었고, 마콜라도 이전과 다름없이 묵묵히 열심히 일하고 있었다. 전무이사는 첫 교역상의 무덤에 십자가를 세우게 한 뒤 케예르를 그 자리에 임명하였다. 그리고 카를리에는 부책임자 자격으로 파견되었다. 전무이사는 때때로 다른 사람은 눈치를 거의 못 챌 정도로 냉혹한 유머를 즐기는 자로서, 인정머리 없고 효율성을 따지는 인물이었다. 그는 케예르와 카를리에에게 교역소의 장래성을 지적하며 일장 연설을 하였다. 가장 가까운 교역소라고 해야 3백 마일이나 떨어져 있지 않나 말이야. 자네들에게는 두각을 드러내고 거래에 비례하는 수수료를 벌 수 있는 절호의 기회야. 이 자리는 초보자에게 베푼 호의이지. 전무이사의 자상함에 감동한 케예르는 눈물을 흘릴 뻔했다. 그리고 최선을 다함으로써 송구스러운 신임에 보답하는 등등의 말을 했다. 케예르는 전신 회사의 관리직에 몸담은 적이 있어서, 이런 때에 무슨 말을 해야 할지를 알고 있었다. 유럽의 열강들이 안전을 보장해 준 육군 기병대의 전직 부사관이었던 카를리에는 그다지 큰 감동을 받지 않았다. 수수료를 벌 수만 있으면 좋기는 하겠지. 교역소를 세상과 단절시키는 듯한 강과 숲 위로, 도저히 지나갈 수 없는 빽빽한 덤불 위로 뚱한 시선을 천천히 움직이며 그가 목소리를 낮춰 중얼거렸다. "두고 보면 곧 알게 되겠지."

다음 날 정어리 통조림 같은 증기선은 면제품 몇 꾸러미와 보급품 몇 박스를 강변에 던져 놓고, 6개월 후를 약속하며 출발했다. 갑판에 선 전무이사는 강변에 서서 모자를 흔들며 환송하는 두 직원을 향해 치하의 표시로 모자에 손을 올리고 나서 본부로 향하는 여행길이었던 한 나이 든 직원에게 몸을 돌리며 말했다. "저 두 천치들을 좀 보게나. 저런 별종들을 보내다니, 본국의 직원들도 제정신이 아니지. 채소밭을 가꾸고, 새 창고와 울타리를 짓고, 부잔교*를 세우라는 지시를 저자들에게 해두었네. 하지만 그중 어느 한 가지도 이행되지 않을 거야. 저들은 일을 어떻게 시작해야 할지를 모르네. 나는 항상 이 강의 교역소가 쓸모없다고 생각했는데, 저자들이 이 교역소에 어쩌면 그렇게 잘 어울리는지!"

나이 든 직원이 조용히 미소 지으며 말했다. "저곳에서 사람이 되겠지요."

전무이사가 대답했다. "어쨌거나 6개월 동안은 저 꼴을 안 봐도 되지 않겠나."

두 사나이는 증기선이 강굽이를 돌아가는 것을 지켜본 후, 팔짱을 끼고 강기슭을 올라, 교역소로 돌아갔다. 그들은 이 광대하고 어두운 나라에 온 지 얼마 되지 않았을 뿐만 아니라, 그 짧은 기간 중에도 항상 다른 백인들 틈에 끼여 상급자의 감시와 지도 아래 생활했다. 그리고 비록 주위 환경의 미묘한 영향력에는 둔감했지만, 야생(野生)을 갑자기 홀로 대면하게 되자 그들은 아주 고독하다고 느끼게 되었는데, 그들이 대면한 야생은 내면에서 강력한 생명이 신비한 모습을 살짝 드러냄으로써 더욱더 괴이하고 불가사의하게 여겨지는 것이었다. 이 백인들은 정말 보잘것없고 무능했는데, 이들의 존재는 고도로 조직된 문명화된 군중이 있기 때문에 가능한 것이었다. 자신의 삶이, 자신의 인품의 본질이, 자신의 능력과 대담함이, 실은 주위 환경이 안전하다는 믿음이 표현된 것일 뿐이라는 사실을 아는 사람은 거의 없다. 용기, 침착, 자신감, 감정과 원칙들, 모든 중대한 생각들과 하찮은 생각들은 개인 본인이 아니라 군중에서 비롯되는데, 즉 제도와 도덕의 거역할 수 없는 힘을, 경찰과 여론의 힘을 맹목적으로 믿는 군중이 있기에 가능한 것이다. 그러나 오염되지 않은 순수한 야만과 접촉할 때, 원시 자연과 원시 인간과 접촉할 때, 심각한 문제가 개인의 마음속에서 갑자기 생겨나게 된다. 동류 집단에서 홀로 떨어져 있다고 느끼고, 자신의 생각과 감정을 누구와도 나눌 수 없음을 분명히 깨달으며, 안전하다는 생각을 갖게 해주는 친숙함도 부정될 뿐만 아니라, 낯선 것의 위협이 새삼스러우며, 더더욱 모호하고 통제할 수 없으며 혐오스러운 것들에 대한 암시까지, 생각만 해도 불쾌해서 아둔하든 현명하든, 모든 문명인의 상상력을 자극하고 그의 정신을 몹시도 힘들게 하는 것들에 대한 암시까지 더해지는 상황인 것이다.

케예르와 카를리에는 팔짱을 끼고 어둠 속의 어린아이들처럼 서로 가까이 붙어서 걸어갔다. 사람들이 순전히 상상의 날개가 만들어 낸 것이 아닌가 하고 반신반의하게 되는 그런 위험에 대하여, 두 사나이는 — 전적으로 불쾌하지만은 않은 — 동일한 인식을 공유하고 있었다. 그들은 친밀한 어조로 끊임없이 잡담을 나누었다. 그중 한 사람이 말했다. "우리 교역소는 입지가 좋군요." 수다스러운 어조로 주위의 아름다움에 대해 긴 이야기를 늘어놓으며 상대방이 열렬히 동의했다. 그러다가 그들은 무덤을 지나게 되었다. 케예르가 말했다. "불쌍한 사람!" 갑자기 걸음을 멈추고 카를리에가 물었다. "열병으로 죽었다지요, 그렇죠?" "글쎄." 분노를 나타내며 케예르가 반박했다. "분별없이 햇볕을 쬐었다는 말을 들었어. 사람들 말로는, 햇볕만 잘 피하면 이곳의 기후도 고향 땅보다 더 나쁘지 않다고 하네. 카를리에, 듣고 있나? 나는 이곳의 소장이고, 소장으로서, 햇볕을 피하라는 지시를 내리겠네." 농담조로 자신의 우월한 지위를 확인했지만, 그의 의도는 진지한 것이었다. 어쩌면 자신이 카를리에를 묻고 혼자 남게 될지도 모른다는 생각에 그는 내심 떨었다. 이곳 아프리카의 오지에 있는 자신에게는 카를리에가 다른 어느 곳에서의 형제보다 더 소중한 존재임을 그는 문득 깨달았다. 맞장구치는 기분이 된 카를리에는 군대식 경례를 떠억 하고는 활기차게 대답하였다. "지시대로 하겠습니다, 소장님!" 그러고 나서 그는 웃음을 터뜨렸고, 케예르의 등을 철썩 치며 외쳤다. "우리 이곳에서 느긋하게 살아가죠! 가만히 앉아서 야만인들이 가져다주는 상아나 모으는 거예요. 이 지역에도 사실 좋은 점은 있어요!" 둘 다 크게 웃었지만, 그때 카를리에에게는 이런 생각이 들었다. '가련한 케예르, 그는 너무 뚱뚱한 데다 건강하지 못해. 만약 내가 이 사람을 이곳에 묻어야 한다면 끔찍할 거야. 나는 이 사람을 존경하는데.' ……처소의 베란다에 도착하기도 전에 그들은 서로를 '여보게, 친구'라 부르고 있었다.

첫날, 그들은 커튼도 달고, 자신의 집을 살 만하고 깔끔하게 만들기 위해 망치와 못과 붉은색 무명천을 들고 왔다 갔다 하는 등 매우 적극적이었으며, 새로운 삶을 안락하게 시작하려는 결의에 차 있었다. 하지만 이것은 그들에게는 실현이 불가능한 임무였다. 순수하게 물질적인 문제만 하더라도, 그것에 효율적으로 대처하기 위해서는 사람들이 일반적으로 상상하는 이상의 평정심과 고결한 용기가 필요하다. 그러한 노력을 기울이기에 이 둘보다 더 부적합한 자들도 없었다. 사회는 조금이라도 자상해서가 아니라, 자체의 특이한 필요 때문에 두 사람을 돌보아 주는 대신 그들에게 독자적인 사유와 창의력을 금하였고, 판에 박은 일과로부터의 어떠한 종류의 일탈도 금하였고, 이를 어길 경우 죽임을 당한다는 조건을 걸었다. 단지 기계처럼 지내겠다는 조건하에 그들에게 삶이 허락되었던 것이다. 펜대를 귀에 꽂은 자들의 돌보아 주는 손길로부터, 소맷부리에 금박 장식을 댄 제복을 입은 자들의 손길로부터 해방된 두 사람은 오랜 감옥 생활을 한 까닭에 자유를 가지고 어떻게 해야 할지를 모르는 종신범과도 같았다. 독립된 사유를 해본 적이 없고, 따라서 할 능력도 잃어버린 두 사람은 자신들의 정신으로 무얼 해야 할지를 몰랐던 것이다.

두 달이 다 되어 갈 무렵 케예르가 종종 말하곤 했다. "멜리만 아니라면 나를 이곳에서 볼 수 없을 걸세." 멜리는 그의 딸이었다. 17년이나 만족스럽게 다녔던 전신 회사를 그가 때려치운 이유는 딸의 결혼 지참금을 벌기 위해서였다. 아내와는 사별했고, 아이는 누나들의 손에 자랐다. 그는 정든 거리, 포장도로, 카페, 오랜 지기들을 그리워했고, 그가 매일 보았던 것들이, 친숙한 것들이 암시하는 모든 생각들이 — 관청 서기가 곧잘 하는 힘들지 않고 단조로우면서 마음을 편하게 해주는 그런 생각들이 — 그리웠고, 관공서 사무실에서 하는 뒷공론, 사소한 불화와 대단찮은 원한, 그리고 하찮은 장난이 그리웠다. "만약 내게 괜찮은 자형만 있었다면……." 카를리에도 말하곤 했다. "따뜻한 마음씨를 지닌 자형만 있었다면, 이곳에 있지는 않을 텐데." 군대를 떠난 그는 게으름과 오만불손함으로 가족들의 미움을 받았는데, 이에 격노한 자형이 사방팔방으로 노력하여 그를 무역 회사의 2급 직원 자리에 앉혔던 것이다. 친척들로부터 더 이상 뜯어낼 돈이 없다는 것이 확실해지자, 무일푼이었던 그로서는 이 생계 수단을 받아들이지 않을 수 없었다. 케예르처럼 그도 이전의 삶을 그리워했다. 화창한 오후 박차와 기병도의 쩔그렁거림이, 막사에서 들려오는 재담이, 수비대가 주둔하는 도시의 아가씨들이 그리웠지만, 이외에도 그에게는 불만이 있었다. 명백히 그는 냉대받은 자였다. 이것이 그를 때로 침울하게 만들었다. 그러나 두 사람은 아둔함과 게으름으로 맺어진 동료애 속에서 사이좋게 지냈다. 그들은 함께 아무것도 하지 않았고, 절대로 아무것도 하지 않으면서 급여를 받고 무위도식한다는 기분을 즐겼다. 얼마 되지 않아 그들은 서로에게 애정이라고 할 만한 감정을 갖게 되었다.

자신들에게 생기는 일에 대해서만, 그나마 그것도 불완전하게 파악하고 있을 뿐 주변의 일반적인 정세는 알 수 없었던 그들은 장님처럼 큰 방에서만 살았다. 강과 숲 그리고 생명이 고동치는 광대한 대지는 거대한 공허와도 같았다. 찬란한 햇빛마저도, 알아볼 만한 아무것도 드러내 주질 않았다. 그들의 눈앞에서 온갖 일들이 생겨나고 또 사라졌지만, 그것들은 아무런 연관이나 목표도 없었다. 강은 어디로부터도 흘러나오는 것 같지 않았고, 어디로도 흘러가는 것 같지 않았다. 그것은 무의 공간을 관통하면서 흘렀다. 그 무의 공간으로부터 때때로 카누들이 나왔고, 창을 든 사나이들이 교역소 앞마당을 갑자기 채우곤 했다. 벌거벗은 그들은 번질거리는 검은 피부에, 눈처럼 하얀 조개와 번뜩이는 황동 선으로 장식하였으며, 이상적인 팔다리를 가지고 있었다. 그들은 말할 때 재잘거리는 소리를 거칠게 냈고, 당당하게 거동했으며, 휘둥그레한 눈을 쉬지 않고 움직이며 민첩하고도 야만적인 시선을 여기저기에 던졌다. 그들의 추장이 상아를 하나 두고 마콜라와 몇 시간이고 흥정하는 동안, 그 전사들은 네 명이나 그 이상이 짝을 지어 베란다 앞에서 긴 횡대를 이루고 앉아 있었다. 아무것도 이해하지 못하는 케예르는 의자에 앉아 흥정을 지켜볼 뿐이었다. 둥글고 파란 눈으로 그들을 노려보던 그가 카를리에에게 외쳤다. "여기 좀 보게! 저기 저 녀석 좀 봐. 그리고 왼쪽의 저 녀석도. 저런 얼굴을 본 적이라도 있는가? 아, 저 우스꽝스러운 짐승 같은 놈!"

짤막한 나무 파이프로, 현지에서 재배된 담배를 피우던 카를리에는 콧수염을 비비 꼬면서 으스대고 걷고 있었는데, 오만방자하게 전사들을 바라보면서 말하곤 했다.

"괜찮은 짐승들이지요. 상아라도 가져왔나? 그래요? 이젠 가지고 올 때도 되었죠. 저놈 — 끝에서 세 번째 놈 — 의 근육 좀 봐요. 저놈에게서 코를 한 방 맞고 싶지는 않아요. 팔은 멋진데, 무릎 아래는 못 쓰겠네. 저놈들로는 기병대를 만들 수 없을 겁니다.” 그는 늘 자신의 정강이를 만족스럽게 내려다본 후 결론을 내렸다. “흥! 저놈들 냄새가 나지 않나! 여보게, 마콜라! 저 무리를 사당으로 데리고 가도록. (모든 교역소에 있는 창고는 사당이라 불렸는데, 아마도 그것에 깃든 문명이라는 귀신 때문이리라.) 그리고 저것들에게 창고의 쓰레기를 던져 주게. 창고에는 넝마보다 상아로 가득 차 있는 것이 낫지.”

케예르가 동의했다.

“그래! 그래! 마콜라, 저곳으로 가서 흥정을 끝내도록. 준비되면 내가 갈 테니까 그때 상아 무게를 재도록 하지. 조심해서 다루어야 해.” 그러고는 동료에게 몸을 돌려 말했다. “이자들은 강의 하류에 사는 부족인데, 냄새가 괜찮은 편이지. 기억나는데, 전에도 이곳에 한 번 온 적이 있어. 저 요란한 소리가 들리는감? 이 망할 놈의 나라에선 참아야 할 것이 얼마나 많은지! 머리가 쪼개지는 듯하는군.”

이처럼 수지맞는 방문은 드물었다. 무역과 진보의 두 선구자는, 떨리며 수직으로 내리꽂히는 눈부신 뙤약볕 아래의 텅 빈 마당을 며칠이고 바라보곤 했다. 높은 기슭 아래에서는 조용한 강이 번뜩이며 한결같이 흘러갔다. 강 한복판의 모래톱에서는 하마와 악어들이 나란히 햇볕을 쬐고 있었다. 교역소의 하찮은 개간지를 둘러싼 거대한 숲은 사방으로 퍼져 나가며 환상과도 같은 생명의 숙명적인 뒤얽힘을 숨기면서, 고요하고 광대한 세상이 토해 내는 웅변 같은 정적 속에 잠겨 있었다. 두 사람은 아무것도 이해하지 못했고, 빨리 시간이 지나 증기선이 방문하는 날이 오는 것 외에는 어떤 것도 개의치 않았다. 그들의 전임자는 찢어진 책을 몇 권 남겼다. 그들은 폐품이 되다시피 한 책들을 읽으면서, 이전에는 그 같은 종류를 결코 읽어 본 적이 없었기에, 놀라고 재미있어 했다. 그래서 긴 나날 동안 플롯과 등장인물에 대한 실없는 토론이 끝없이 이어졌다. 아프리카의 오지에서 그들은 리슐리외와 달타냥과 호크아이, 고리오 영감* 그 외 많은 다른 사람들을 알게 되었다. 이 상상적인 인물들은 마치 살아 있는 친구라도 된 것처럼 그들에게 험담의 대상이 되었다. 그들은 이들의 미덕을 깎아내렸고, 동기를 의심했으며, 이들의 성공을 헐뜯었고, 또 이들의 이중성에 경악하거나, 이들의 용기에 의구심을 품었다. 범죄의 묘사는 그들을 분노감으로 채웠고, 애정 어린 대목이나 슬픈 대목은 그들을 깊이 감동시켰다. 목이 멘 카를리에는 헛기침을 컹컹 하고는 군인다운 목소리로 말했다, "헛소리야!" 둥근 두 눈이 눈물로 가득한 케예르는 살찐 두 뺨을 떨면서, 대머리를 쓱쓱 문지르며 외쳤다. "이건 놀라운 책이야. 이렇게 똑똑한 친구들이 이 세상에 있다는 것을 전연 몰랐어." 그들은 고향에서 온 오래된 신문도 몇 부 찾아냈다. 신문은 '우리의 식민주의적 팽창'이라고 이름을 붙인 주제에 대해 과장된 언어로 논했다. 문명의 권리와 의무, 개화 사업의 신성함에 대해 신문은 많은 이야기를 늘어놓았고, 지구의 어두운 구석에 빛과 믿음과 교역을 가져다주는 자들의 훌륭함을 칭송했다. 카를리에와 케예르는 그것을 읽고 의아해하다가, 이윽고 스스로를 대단한 존재로 평가하기 시작했다. 하루 저녁은 카를리에가 손을 휘두르며 말했다. "백 년 후에는 아마 이곳에도 마을이 생길 겁니다. 부두와 창고와 막사 그리고, 그리고 당구장들도. 이봐요, 문명과 미덕 — 그리고 모든 것이 말이에요. 그리고 사람들은 읽게 될 겁니다. 훌륭한 두 사람, 케예르와 카를리에가 바로 이곳에 살았던 최초의 문명인이라는 사실을!" 케예르가 고개를 끄덕이며 말했다. "그래, 그렇게 생각하니 위안이 되는데." 그들은 죽은 전임자에 대해서는 잊어버린 듯했으나, 하루는 아침 일찍 카를리에가 밖으로 나가더니 십자가를 새로 단단히 땅에 박았다. "그쪽으로 지나갈 때마다 눈길이 가요." 모닝커피를 마시며 그가 설명했다. "너무 기울어 있어 자꾸 눈길이 가요. 그래서 새로 바르게 세웠지요. 장담하건대, 이젠 단단해요. 양손으로 십자가에 매달려 봤다니까. 꼼짝도 않았지. 오호, 이번에는 제대로 했어요."

때때로 고빌라가 그들을 보러 왔다. 고빌라는 이웃 마을의 추장이었다. 백발의 그는 호리호리한 몸에 검은 피부를 하고 있었으며, 하얀 천을 허리에 두르고, 더러운 표범 가죽을 등에 걸치고 있었다. 그는 자신의 키만큼이나 큰 장대를 흔들며 앙상한 다리로 성큼성큼 걸어와서는 교역소 거실 문간 왼편에 쪼그려 앉곤 했다. 그곳에 앉아 케예르를 지켜보며, 때때로 상대가 이해하지도 못하는 말을 하곤 했다. 케예르도 하던 일을 멈추지는 않았지만, 때로 친근하게 말을 건네곤 했다. "어떻게 지내는가, 늙은 허깨비 양반?" 그러고는 둘은 서로를 보며 빙긋이 웃곤 했다. 두 백인은 이해할 수 없는 이 늙은이를 좋아하게 되었고, 그를 고빌라 영감이라 불렀다. 아버지다운 데가 있는 고빌라는 백인을 진정으로 사랑하는 것 같았다. 그는 백인들이 모두 젊고, 구분할 수 없을 정도로 (키만 빼고는) 똑같이 생긴 데다, 이들 모두는 서로 형제이며 불멸의 존재라고 여겼다. 그가 잘 알고 지내던 첫 백인 화가의 죽음도 이러한 믿음을 흔들어 놓지는 못했는데, 왜냐하면 캐물어 봤자 소용없는 어떤 신비한 목적을 위해 그 낯선 백인이 죽은 체하는 바람에 묻히게 된 것이라고, 확신하고 있었기 때문이었다. 어쩌면 그렇게 해서 고향으로, 고국으로 돌아간 것이 아니었을까? 어쨌건 그의 형제들이 여기 와 있으므로 그는 자신의 그 터무니없는 애정을 이들에게 옮기게 되었던 것이다. 그들도 어떤 점에서는 이에 화답하였다. 카를리에가 그의 등을 철썩 쳤고, 그를 즐겁게 하기 위해 성냥을 마구 그어 댔다. 또 케예르는 케예르대로, 고빌라가 암모니아 병 냄새를 맡기를 원할 때는 언제든지 그것을 허락해 줄 용의가 있었다. 요약하자면, 이들은 땅속의 구멍에 숨어 버린 이전의 백인과 똑같이 행동했던 것이다. 고빌라는 이들에 대해 곰곰이 조심스럽게 생각해 보았다. 어쩌면 이들은 그전의 백인과 같은 존재일지도, 아니면 이 둘 중 한 명이 그와 같은 존재일지도 모르지. 그로서는 판단을 내릴 수 없었고, 그 신비를 풀 수 없었지만, 항상 우호적이었다. 그러한 우정의 결과로, 고빌라가 다스리는 마을의 여자들이 매일 아침 갈대 같은 풀을 가로질러 일렬로 걸어와서는, 교역소에 닭과 고구마와 야자주를, 때로는 염소를 날라 왔다. 회사가 교역소에 보급품을 충분히 제공하지 않은 까닭에 직원들은 현지의 물품을 필요로 했다. 그들은 고빌라의 호의로 식량을 얻을 수 있었고, 그래서 잘 지낼 수 있었다. 때때로 둘 중 한 명이 열병에 걸리면, 남은 하나가 헌신적으로 간호했다. 그들은 그 병을 대단치 않게 생각했다. 하지만 그 병은 둘을 약하게 만들었고, 그들의 외모를 형편없게 만들었다. 카를리에는 눈이 움푹해졌고 성격이 짜증스럽게 변했다. 케예르는 불룩한 배에다가 그 위로 축 늘어져 처진 얼굴을 하고 있어서 기괴한 인상을 주었다. 그러나 항상 같이 있었기에 그들은 자신들의 외모와 성격에 서서히 나타난 변화를 깨닫지 못하였다.

그런 식으로 5개월이 지나갔다.

어느 날 아침, 케예르와 카를리에가 베란다 아래 의자에 앉아서 다가올 증기선의 방문에 대해 빈둥거리며 이야기를 나누고 있을 때, 무장한 사나이들의 한 무리가 숲에서 나와 교역소 쪽으로 전진해 왔다. 그 나라의 그 지역에서는 처음 보는 자들이었다. 그들은 키가 크고 말랐으며, 흔히 그러듯 목에서 발끝까지 파란색의 술 달린 천을 둘렀고, 아무것도 걸치지 않은 오른쪽 어깨 위에는 격발식 소총을 메고 있었다. 마콜라는 흥분한 모습으로 이 방문객들을 맞이하기 위하여 (매일매일 시간을 보내는) 창고에서 뛰어나왔다. 마당으로 들어온 그들은 자신들의 주변을 한결같이 경멸적인 시선으로 둘러보았다. 강하고 결연해 보이는 그들의 두목이 핏발 선 눈으로 베란다 앞에 서서 일장 연설을 하였다. 손짓을 많이 섞어서 말하던 그가 갑자기 말을 중단했다.

그의 억양에는, 그가 사용하는 긴 문장의 어감에는, 두 백인을 놀라게 하는 무엇인가가 있었다. 그것은 엄밀히 말해 친숙하지는 않지만 그래도 문명인의 언어를 닮은 무언가를 떠올리게 하는 것이었다. 그것은 때로 꿈에서 우리가 듣는, 있을 수 없는 언어들 중 하나처럼 들렸다.

"무슨 말이 저렇죠?" 놀란 카를리에가 말했다. "나는 처음에 저자가 프랑스어를 한다고 생각했어요. 어쨌거나 우리가 여태껏 들었던 언어와는 성격이 다른 헛소리네."

"그래요." 케예르가 대답했다. "여봐, 마콜라, 저자가 뭐라는 건가? 그들은 어디서 온 건가? 또, 그들은 누군가?"

뜨거운 벽돌 위에 선 것처럼 안절부절못하던 마콜라가 지체 없이 대답했다. "모르겠습니다요. 아주 멀리서 왔습니다요. 어쩌면 프라이스의 부인이 알 겁니다요. 혹 나쁜 자들일지도 모르겠습니다요."

잠시 후, 두목이 마콜라에게 뭐라고 신랄하게 말했고, 마콜라는 고개를 저었다. 그때 주위를 돌아보던 두목이 마콜라의 오두막을 보더니 그쪽으로 걸어갔다. 다음 순간, 마콜라의 아내가 수다를 떨며 말하는 소리가 들려왔다. 나머지 이방인들은—모두 여섯 명이었는데—느긋하게 어슬렁거리며 창고 문을 열어 머리를 들이밀거나 무덤 주위에 모여 무언지 안다는 듯 십자가를 가리키며 제멋대로 굴었다.

"나는 이자들을 좋아하지 않아요. 그리고, 이봐요 케예르, 이들은 틀림없이 해안 쪽에서 왔을 거예요. 무기를 갖고 있는 걸 보세요." 머리가 잘 돌아가는 카를리에가 말했다.

케예르도 이자들을 좋아하지 않았다. 두 사람은 처음으로, 낯선 것이 위험할 수도 있는 환경에 자신들이 살고 있으며, 자신들 외에는, 그들과 낯선 것들 사이를 막아서 줄 어떤 힘도 지상에는 없다는 것을 깨달았다. 불안한 마음에 그들은 실내로 들어가 연발 권총을 장전했다. 케예르가 말했다. "이들에게 어두워지기 전에 떠나라는 말을 하라고 마콜라에게 지시해야겠어."

이방인들은 마콜라의 아내가 요리해 준 음식을 먹은 뒤, 오후에 출발했다. 그 커다란 덩치의 여자는 흥분한 상태에서 방문객들과 많은 이야기를 나누었다. 그녀는 숲과 강을 여기저기 가리키며 날카로운 목소리로 빠르게 지껄였다. 마콜라는 그들과 떨어져 앉아서 지켜보고 있었다. 가끔씩 그는 일어나서 아내에게 무어라 속삭였다. 그는 이들과 동행하여 교역소 터 뒤편의 협곡을 가로질러 갔는데, 돌아올 때는 깊은 생각에 잠겨 천천히 걸어왔다. 백인들이 질문해 왔을 때 그는 매우 이상하게 행동했는데, 무슨 말인지 이해하지 못하는 듯했고, 프랑스어를 잊어버렸을 뿐만 아니라, 말하는 법 자체를 잊어버린 듯했다. 케예르와 카를리에는 이 검둥이가 야자주를 너무 많이 마셨기 때문이라고 의견 일치를 보았다.

교대로 불침번을 서자는 논의가 있었지만, 저녁때가 되자 세상이 너무 고요하고 평화롭게 느껴져서 그들은 평상시처럼 잠자리에 들었다. 하지만 그들은 밤새도록 마을에서 들려오는 요란한 북소리 때문에 편히 잘 수가 없었다. 굵고 빠르게 이어지는 북소리가 가까이서 들리고, 이어 멀리서도 들리더니 모두 멈추었다. 그리고 이내 호소하는 듯한 짧은 북소리가 여기저기서 들려왔는데, 이 소리들은 모두 합치고, 커지고, 맹렬하게 이어지더니, 숲 전체로 퍼져 나가며 밤새 쉬지 않고 가까이서도 멀리서도 울려 마치 대지 전체가 하늘을 향해 지속적으로 호소하는 소리를 울려 대는 하나의 거대한 북인 듯했다. 그리고 정신 병원에서 단편적으로 들려오는 노랫소리를 닮은 돌발적인 외침이 굵고 커다란 북소리 속에서 날카롭게 고음으로 날아왔다. 불협화음을 이룬 그 외침은 지상 위로 높이 솟아올라 별 아래 모든 평화를 몰아내는 것 같았다.

카를리에와 케예르는 몹시 잠을 설쳤다. 그들 둘 다 밤사이에 총 쏘는 소리를 들었다고 생각했으나, 어느 방향인지에 대해서는 의견이 서로 달랐다. 아침에 마콜라는 어딘가로 가버리고 없었다. 그는 정오경에 어저께 본 이방인들 중 한 명과 함께 돌아왔고, 그에게 다가가려는 케예르를 번번이 피했는데, 귀가 멀어 버린 것이 분명했다. 케예르는 의아해했다. 강기슭에서 낚시하던 카를리에가 돌아와서 잡은 고기를 보여 주며 말했다. “검둥이들이 굉장히 동요하고 있어. 무슨 일이 생겼는지 궁금하네. 내가 그곳에서 낚시하고 있는 두 시간 동안 열다섯 척의 카누가 강을 건너가는 걸 보았어.” 케예르가 걱정하며 말했다. “마콜라가 오늘 이상하지 않은가?” 카를리에가 의견을 냈다. “문제가 생길 경우에 대비해 일꾼들을 한데 모으죠.”

2

교역소에는 전무이사가 남겨 둔 일꾼이 열 명 있었다. 6개월 계약으로 고용된 이자들은—1개월이라는 특정한 기간에 대해서는 아무런 개념이 없으며, 시간 일반에 대해서는 아주 희미한 개념만 갖고 있었는데—2년 넘게 진보의 사업에 봉사해 오고 있었다. 어둠과 슬픔의 대륙에서도 아주 먼 부족 출신인 이들은, 떠도는 이방인은 그 나라의 원주민들 손에 죽을 것이라고 생각하였기에 도망가지 않았고, 그들의 그런 생각은 틀리지 않은 것이었다. 그들은 교역소 건물의 바로 뒤편, 갈대 같은 풀이 길게 자란 협곡 경사면에 짚으로 지은 오두막에서 거주했다. 그들도 고향 땅에 부모 형제와 누이, 숭배받는 추장과 존경받는 주술사, 사랑하는 친구들, 그리고 일반적으로 인간적이라 여겨지는 유대 관계를 남겨 두고 왔었기에, 또 고향 땅에서 벌어지는 축제의 주문, 마법과 인신 제물을 그리워하였기에, 그들은 행복하지 않았다. 그 외에도 회사에서 주는 쌀은 그들의 땅에서는 자라지 않는 곡식인 데다가 도저히 익숙해질 수 없는 음식이어서 체질에 맞지 않았다. 결과적으로 그들은 건강을 잃고 비참해졌다. 만약 그들이 다른 부족에 속했더라면, 그들은 죽을 결심을 했을 것이고 — 어떤 야만인들에게는 자살보다 쉬운 것이 없다 — 그래서 존재의 당혹스러운 곤경으로부터 자유로워졌을 것이다. 그러나 사실은 줄로 이빨을 가는 전투적인 부족에 속했기에, 그들에게는 남다른 근성이 있었고 그래서 질병과 슬픔을 우둔하게 버텨 나갔다. 그들은 일을 거의 하지 않았고, 놀랍도록 건장한 체격을 잃어버렸다. 카를리에와 케예르가 그들을 열심히 치료하였으나 원 상태로 회복시킬 수는 없었다. 매일 아침 그들은 소집되었고, 각기 다른 작업 — 풀베기, 울타리 세우기, 나무 자르기 등 세상의 어떠한 힘도 그들이 효율적으로 실행하게 할 수는 없었던 작업 — 을 하도록 임무가 주어졌다. 두 백인은 실질적으로 이들에 대해 아무런 통제력이 없었다.

오후에 마콜라가 교역소 본부로 건너왔을 때, 케예르는 숲 위로 올라가는 세 개의 굵은 연기 기둥을 지켜보고 있었다. "저게 무언가?" 케예르가 물었다. "몇 군데 마을들이 타나 봅니다." 이제야 정신을 차린 듯한 마콜라가 대답했다. 그러고 나선 난데없이 말했다. "상아가 거의 없습니다요. 지난 6개월간 교역이 좋지 않았습죠. 상아를 좀 더 얻고 싶은가요?"

"그럼." 케예르가 간절히 말했다. 그는 얼마 되지 않는 수수료를 떠올렸다.

"어저께 온 자들은 루안다 출신의 교역상들인데, 고향으로 다 가져갈 수 없을 만큼 많은 양의 상아를 가지고 있답니다. 그걸 살

깝쇼? 그들의 야영지를 제가 알고 있습죠."

"물론이지." 케예르가 말했다. "그 교역상들은 어떤 자들인가?"

"악한 자들입죠." 마콜라가 대수롭지 않게 말했다. "그들은 사람들과 싸우고 여성들과 아이들을 잡아갑니다요. 나쁜 놈들이고 총을 가졌습니다요. 이 나라에는 대단한 혼란이 있습죠. 상아를 원하십니까요?"

"그래." 케예르가 말했다. 마콜라는 한동안 아무 말도 하지 않았다. 그러다가 주위를 둘러보며 중얼거렸다. "우리 일꾼들은 쓸모가 없습죠. 교역소는 운영 상태가 아주 나쁩니다요, 소장님. 전무이사님께서 호통 치실 겁니다요. 그러나 질 좋은 상아를 구해 놓으면, 아무 말씀 안 하실 겁니다요."

"나도 어쩔 수가 없네. 그자들이 일하려고 들지 않는걸" 하고 케예르가 말했다. "언제 상아를 구할 수 있겠나?"

"금방입니다요." 마콜라가 대답했다. "어쩌면 오늘 밤에요. 그 일은 제게 맡겨 두시고 밖으로 나오지 마십쇼, 소장님. 오늘 저녁에 춤추며 놀라고 일꾼들에게 야자주를 주시지요. 즐기라고 그러죠. 그러면 내일은 일을 더 잘할 겁니다요. 야자주도 충분하겠다 — 약간 시어졌습니다요."

케예르가 "그러지" 하고 말하자, 마콜라가 직접 자신의 오두막 문간까지 큰 호리병박들을 날랐다. 호리병박들은 저녁때까지 그곳에 있었고, 마콜라의 처가 하나하나 조사했다. 일꾼들은 해 질 녘에 그것들을 받았다. 케예르와 카를리에가 잠자리에 들었을 때, 일꾼들의 오두막 앞에서는 커다란 모닥불이 너울거리며 타오르고 있었다. 일꾼들의 외침과 북 치는 소리가 들려왔다. 고빌라의 마을에서 온 몇몇 사나이들이 교역소 일꾼들과 합세했고, 잔치는 대성공이었다.

한밤중에 갑자기 잠에서 깬 카를리에는 한 남자가 요란하게 소리치는 것을 들었는데, 그러더니 총소리가 났다. 단 한 번이었다. 카를리에가 뛰쳐나갔고 베란다에서 케예르와 마주쳤다. 그들 둘 다 놀란 듯했다. 마콜라를 부르기 위해 마당을 건너갔을 때, 그들은 어두운 형체들이 밤중에 움직이는 것을 보았다. 그 형체들 중 하나가 외쳤다. "쏘지 마십쇼. 접니다요. 프라이스입니다요." 그러더니 마콜라가 그들 가까이서 모습을 드러내며, "들어가십쇼. 제발 들어가십쇼" 하고 재촉했다. "일을 다 망쳐 놓겠습니다요." "낯선 자들이 부근에 있네"라고 카를리에가 말했다. "신경 쓰지 마십쇼. 저도 압니다요." 마콜라가 대답했다. 그러고는 그가 속삭였다. "괜찮습니다요. 상아를 가져옵니다요. 아무 말씀도 마십쇼. 제 일은 제가 알아서 합니다요." 두 백인은 어쩔 수 없이 거처로 돌아갔지만 잠들지는 않았다. 그들은 발소리를, 속삭임을, 신음 소리를 들었다. 많은 사나이들이 교역소에 도착해서 무거운 것을 땅에 내려놓고, 오랫동안 말다툼을 벌인 후 떠나간 것 같았다. 침상에 누워서 그들은 생각했다. '마콜라는 값으로 따질 수 없는 보배야.' 아침이 되자 카를리에는 몹시 졸렸지만 밖으로 나와서 큰 종의 손잡이 줄을 당겼다. 매일 아침 종소리로 교역소 일꾼들을 소집했던 것이다. 한데 그날 아침에는 아무도 나타나지 않았다. 이윽고 하품을 하며 케예르가 나타났다. 그들은 마당 건너편에서 마콜라가 한 손에 비눗물이 든 양철 대야를 들고 오두막에서 나오는 것을 보았다. 개화된 검둥이 마콜라는 몸단장이 깔끔했다. 그는 그 비눗물을 기르고 있던 불쌍한 작은 누렁이에게 능숙하게 뿌리고는, 백인의 거처를 향해 멀리서 외쳤다. "일꾼들이 어젯밤에 모두 사라져 버렸습니다요."

그들은 그의 말을 똑똑히 들었지만 놀라서 함께 소리쳤다. "뭐라고!" 그러곤 서로를 쳐다보았다. "야단났어." 카를리에가 분개하여 말했다. "믿을 수가 없어!" 케예르가 투덜거렸다. "오두막으로 가서 알아봐야겠네." 카를리에가 말하고는 성큼성큼 걸어갔다. 두 상관을 찾아온 마콜라는 케예르만 홀로 서 있는 것을 발견했다.

"믿을 수가 없어." 케예르가 눈물 어린 목소리로 말했다. "우리는 그들을 친자식처럼 돌보았는데."

"그들은 해안 사람들과 가버렸습죠." 한순간 주저하더니 마콜라가 말했다.

"그들이 누구랑 가든 나와 무슨 상관이람, 배은망덕한 짐승들!" 케예르가 외쳤다. 그러더니 갑자기 의심이 든 그는 마콜라를 노려보며 덧붙였다. "자네 아는 바가 있나?"

고개를 숙이며 마콜라가 어깨를 움찔했다. "제가 무얼 아냐구요? 그냥 제 생각입니다요. 와서 저쪽에 있는 상아를 한번 보시겠습니까요? 전부 품질이 뛰어납니다요. 그런 것을 본 적이 없으실 겁니다요."

그가 창고 쪽으로 향했다. 일꾼들의 믿을 수 없는 도주를 생각하며, 케예르는 기계적으로 그의 뒤를 따라갔다. 사당 문 앞마당에는 여섯 개의 훌륭한 상아가 놓여 있었다.

"상아를 받고 무엇을 내주었는가?" 상아 무더기를 만족스럽게 살펴본 다음 케예르가 물었다.

"정상적인 거래는 아니었습죠." 마콜라가 말했다. "그들이 이 상아들을 가져와서 제게 주었습니다요. 교역소에서 제일 마음에 드는 것을 가져가라고 말했습죠. 아름다운 상아 무더기지요. 어떤 교역소도 그런 상아를 보여 주진 못할 겁니다요. 그 교역상들은 짐꾼을 몹시 필요로 했고, 우리의 일꾼들은 여기서는 아무 쓸모가 없습죠. 거래는 없었고, 따라서 장부에 기입할 것도 없습니다요. 문제 될 것이 전혀 없습죠."

케예르의 분노가 폭발했다. "뭐라고!" 그가 외쳤다. "이 상아를 받고 우리의 일꾼을 팔아 버렸구나!" 마콜라는 태연하게 아무 말 없이 서 있었다. "네 — 네가 — 네가!" 케예르가 말을 더듬었다. "너 이 마귀 같은 놈!" 그가 소리 질렀다.

"저는 소장님과 회사를 위해 최선을 다했을 뿐입니다요." 마콜라가 동요하지 않고 말했다. "왜 그렇게 소리를 지르십니까요? 이 상아를 좀 보십시오."

"너는 파면이야! 이 일을 보고하겠어 — 상아는 쳐다보지도 않겠어. 그것들에 손대는 것도 금지하겠어. 그것들을 강에 던져 버릴 것을 명령한다. 너 — 네놈이!"

"케예르 씨, 얼굴이 매우 붉어졌습니다요. 이런 태양 아래에서 흥분하시면 열병에 걸려 돌아가십니다요. 지난번 소장님처럼요!"

마콜라가 당당하게 말했다.

마치 광대한 거리 저편의 상대방을 보려고 기를 쓰듯, 그들은 서로를 노려보며 조용히 서 있었다. 케예르의 몸이 떨렸다. 마콜라는 별 뜻 없이 한 말이었지만, 그 말은 케예르에게 불길한 협박으로 가득 차 있는 듯했다! 그가 돌연 돌아서더니 처소를 향해 가 버렸다. 마콜라도 가족의 품으로 돌아갔고, 창고 앞에 버려 둔 상아는 뙤약볕 아래에서 아주 크고 귀중해 보였다.

그때 카를리에가 베란다로 돌아왔다. "그들이 모두 사라졌어, 그렇지?" 케예르의 목소리가 거실 반대편 끝에서 둔탁하게 들렸다. "한 사람도 찾지 못했는가?"

"아, 찾았지요." 카를리에가 말했다. "고빌라의 부족민 하나가 오두막 앞에 쓰러져 죽어 있는 것을 발견했어요—총알이 몸을 관통했어요. 어젯밤 총소리를 듣지 않았습니까."

케예르가 얼른 밖으로 나왔다. 마당을 가로질러 멀리 창고 옆에 있는 상아를 냉정한 시선으로 바라보는 동료를 그는 발견했다. 둘 다 침묵 속에 잠시 앉아 있었다. 그리고 잠시 후 케예르가 마콜라와의 대화를 들려주었다. 카를리에는 아무 말도 하지 않았다. 점심 식사 때 그들은 거의 먹지 않았다. 그날 그들은 거의 한마디의 말도 나누지 않았다. 거대한 침묵이 교역소와 그들의 입술을 짓누르고 있는 것 같았다. 마콜라는 창고를 열지 않았고, 아이들과 놀며 하루를 보냈다. 문밖에 깔아 놓은 자리에 그는 길게 누워 있었는데, 꼬마들이 그의 가슴 위에도 앉고, 그의 온몸 위를 기어올랐다. 코끝이 찡해 오는 장면이었다. 마콜라의 아내는 평상시처럼 하루 종일 음식 준비에 바빴다. 백인들은 그날 저녁에는 좀 나은 음식을 만들었다. 식사 후 카를리에가 파이프 담배를 피우며 창고로 어슬렁어슬렁 걸어가더니, 한동안 상아를 내려보며 서 있다가 발로 한두 개를 건드려 보기도 하고, 심지어는 귀퉁이 부분을 잡고 그중 가장 큰 놈을 들어 보려고도 하였다. 그동안 베란다에서 꼼짝도 하지 않고 있던 소장에게 돌아와, 의자에 몸을 던지며 그가 말했다.

"알았어요! 마콜라에게 일꾼들 주라고 당신이 허락한 야자주를 그들이 전부 마신 후, 곯아떨어진 동안에 덮친 것이지요. 함정이었어요! 알겠습니까? 가장 곤란한 것은, 고빌라 휘하의 부족민 중 몇 명이 그곳에 있었고, 그래서 같이 끌려가 버렸다는 겁니다. 의심할 여지가 없어요. 술기운이 가장 적게 오른 녀석 하나가 잠에서 깼다가, 술 깬 죄로 총을 맞은 거지요. 희한한 나라야. 이제 어떻게 하지요?"

"당연히, 그것에 손을 대서는 안 되네"라고 케예르가 말했다.

"물론이지요" 하고 카를리에가 동의했다.

"노예 제도는 끔찍한 거야." 케예르가 동요하는 목소리로 더듬거리며 말했다.

"무시무시한 거죠 — 그 고통이란." 확신에 찬 카를리에가 투덜거렸다.

그들은 자신들이 한 말을 믿었다. 모든 사람이 자신과 그의 동료가 낼 수 있는 특정한 소리에 경의를 표한다. 그러나 감정에 대해서는 정말 아무것도 알지 못한다. 우리는 분노하거나 열정적으로 말을 하고, 억압, 잔인함, 범죄, 헌신, 자기희생, 미덕에 대해 이야기하지만, 말을 넘어서 실재하는 그 어떤 것도 알지 못한다. 어느 누구도 고통이나 희생이 무엇을 의미하는지 알지 못한다. 어쩌면 그러한 환상의 신비로운 목적에 희생당한 자들을 제외하고 말이다.

다음 날 아침, 그들은 마콜라가 상아의 무게를 재는 데 쓰는 커다란 저울을 마당에 설치하느라 분주한 것을 보았다. 이윽고 카를리에가 말했다. "저 더러운 악당이 뭘 하는 걸까?" 그러고는 마당으로 어슬렁어슬렁 걸어 나갔다. 케예르가 그 뒤를 따랐다. 그들은 그 모습을 지켜보며 서 있었다. 마콜라는 알은체하지도 않았다. 저울이 평행을 이루었을 때, 그는 상아 하나를 저울 위에 올려놓으려고 애썼다. 하지만 그것은 너무 무거웠다. 그는 난감한 표정으로 말없이 그들을 올려다보았고, 그들은 잠시 세 개의 조각상처럼 저울 주위에 꼼짝 않고 말없이 서 있었다. 갑자기 카를리에가 말했다. "반대쪽 끝을 잡아, 마콜라 — 이 짐승아!" 그리고 그들은 함께 상아를 흔들거리며 들었다. 케예르가 사지를 떨었다. 그가 중얼거렸다. "이런! 오! 이런!" 그는 손을 호주머니에 넣었다가, 더러운 종잇조각과 연필 토막을 발견했다. 무언가 교활한 음모를 꾸미려는 듯 그는 다른 사람들에게 등을 돌렸고, 카를리에가 필요 이상으로 큰 목소리로 불러 주는 무게를 몰래 기록했다. 일이 끝나자 마콜라가 나직이 혼잣말을 했다. "이곳의 햇빛은 상아에 너무 강해." 카를리에가 케예르에게 아무렇지도 않은 듯한 어조로 말했다. "이봐요, 소장, 이 무더기를 창고로 옮기도록 내가 저놈을 도와주죠."

거처로 돌아가면서 케예르가 한숨을 쉬며 말했다. "어쩔 수 없었어." 그러자 카를리에가 말했다. "통탄할 일이지만, 그들은 회사에 소속된 자들이니, 상아는 회사의 것입니다. 우리가 관리해야죠." "전무이사에게 보고는 해야지, 물론"이라고 케예르가 말했다. "물론이지요. 전무이사님께서 결정하시도록 해야지요." 카를리에가 찬성했다.

정오에 그들은 맛있는 음식을 만들었다. 케예르는 때때로 한숨을 쉬었다. 마콜라의 이름이 거명될 때마다 그들은 항상 욕설을 이름 앞에 붙였다. 그렇게 함으로써 조금이나마 죄책감을 덜 수 있었다. 마콜라는 오후를 쉬었고, 아이들을 강에서 목욕시켰다. 그날 고빌라의 마을에서는 어느 누구도 교역소 가까이 오지 않았다. 다음 날도, 그다음 날도, 일주일이 다 지나도록 아무도 오지 않았다. 살아 움직이는 기색만으로 판단할 때 고빌라의 부족민들은 죽어서 묻혀 버린 거나 다름없었다. 그러나 그들은 자신들의 나라로 사악한 무리를 데리고 온 백인들의 마법 때문에 잃게 된 부족민들을 애도하고 있었다. 사악한 무리는 떠나가고 없었지만 공포심은 남아 있었다. 공포심은 항상 남는다. 사람은 자신의 내면에 있는 모든 것을—사랑도, 증오도, 믿음도, 심지어는 의심도—없앨 수 있지만, 생명이 붙어 있는 한 공포심을, 그의 존재 전체에 퍼져 사유를 물들이고 마음속에 숨는 공포심을, 끝까지 남아 그의 입술 위 마지막 숨의 고투까지도 지켜보는, 미묘하고 파괴할 수 없으며 끔찍한 공포심을 없앨 수는 없다. 공포에 질린, 온

순한, 늙은 고빌라도, 백인 친구들을 사로잡은 악령들 모두에게 평상시보다 많은 인신 제물을 바쳤다. 그의 마음은 무거웠다. 어떤 전사들은 불태우고 죽일 것을 주장했지만, 조심성 있는 늙은 야만인들이 이를 만류했다. 분노가 폭발했을 때 저 신비로운 존재들이 어떤 재앙을 가져다줄지 누가 알 수 있겠는가. 내버려 두어야 해. 어쩌면 첫 번째 백인처럼 이들도 조만간 땅속으로 사라질지 몰랐다. 그의 부족은 백인들을 멀리하고, 희망을 잃지 않기로 했다.

그러나 케예르와 카를리에는 사라지지 않았고, 더 커지고 텅 비었다고 여겨지는 그 땅 위에 계속 머물렀다. 그들에게 그토록 강렬한 인상을 안겨 준 것은 교역소의 말없는 절대 고독이라기보다는 그들의 안전을 위해 애써 왔던 무언가가, 야생이 그들의 마음을 침해하는 것을 막아 온 무언가가 그들의 내면에서 사라지고 말았다는 막연한 느낌이었다. 마음속에 떠오르는 고향의 모습이, 자신과 같은 무리의 사람들에 대한 기억이, 자신처럼 생각하고 느끼는 사람들에 대한 기억이, 구름 한 점 없이 내리쬐는 태양의 빛으로 인해 불분명해진 원경 속으로 희미하게 사라졌다. 주위의 야생에 감도는 거대한 정적 속에서 절망과 야만이 그들에게 점점 더 가까이 다가와 그들을 부드럽게 잡아당겼고, 그들을 지켜보았으며, 저항할 수 없을 만큼 친숙하고 혐오스러운 수작을 부리며 그들을 에워쌌다.

며칠이 몇 주가 되었고, 또 몇 달이 되었다. 고빌라의 부족민들은 옛날에 그랬던 것처럼, 초승달이 뜨면 북을 치고 소리를 질렀으나, 교역소 가까이로 오지는 않았다. 마콜라와 카를리에가 카누를 타고 가서 대화를 시도해 보려 했지만, 화살 세례를 받고 교역소로 황급히 돌아와야 했다. 그러한 시도는 그 나라의 강 상류와 하류를 발칵 뒤집어 놓았고, 그 소란은 며칠이고 똑똑히 들려왔다. 증기선은 날이 차도 오지 않았다. 증기선의 지체에 대해 이야기할 때, 그들의 말투는 처음에는 쾌활하였으나 이내 걱정스러운 투로 바뀌었고, 그러다가 침울해졌다. 문제가 심각해지고 있었다. 식량이 동나고 있었다. 카를리에는 강기슭에서 낚시를 하였지만, 강물이 줄어드는 바람에 물고기가 깊은 물로 가버리고 없었다. 그들은 사냥하러 교역소 밖으로 멀리 나갈 수도 없었다. 게다가 지나갈 수도 없을 정도로 빽빽한 덤불에는 사냥감이 없었다. 한번은 카를리에가 강에서 하마를 한 마리 쏘아 죽였다. 그러나 하마를 건질 만한 보트가 없어 하마는 가라앉고 말았다. 다시 떠오른 하마는 떠내려갔고, 고빌라의 부족민들이 그 시체를 건져 냈다. 그들에게 그 사건은 국경일을 선포해야 할 일이었지만, 카를리에는 그 때문에 발작적인 분노에 사로잡혔고, 그 나라를 사람이 거주하기 적당한 곳으로 만들기 위해서는 가장 먼저 검둥이들을 몰살시켜야 한다고 떠들어 댔다. 케에르는 침묵 속에 하릴없이 돌아다녔고, 몇 시간이고 멜리의 초상화를 바라보았다. 엷은 색으로 탈색된* 길게 땋은 머리를 하고, 다소 심술궂은 얼굴을 한 어린 소녀의 초상화였다. 다리가 몹시 부어올라 그는 거의 걸을 수가 없을 정도였다. 열병으로 건강을 해친 카를리에는 더 이상 뽐내고 다니지 않았고 한때 자신이 속한 일류 연대를 기억하는 사내답게, 될 대로 되라는 듯한 태도로 비틀거리며 돌아다녔다. 그는 쉰 목소리로 빈정거렸고, 불쾌한 소리를 곧잘 했다. 그는 이러한 태도를 '까놓고 말하는 것' 이라 불렀다. 그들은 오래전에, '그 파렴치한 마콜라' 의 마지막 거래까지 포함해서, 전체 교역 수수료가 얼마인지를 계산해 놓았다. 그들은 또한 그 사건에 대해 아무 말도 하지 않기로 결론을 내렸다. 케예르는 처음에는 머뭇거렸다 — 전무이사가 뭐라고 할지 두려웠던 것이다.

"그자는 그보다 더 나쁜 은밀한 짓거리도 보았어요." 쉰 목소리로 웃으며 카를리에가 주장했다. "그를 믿다니! 당신이 비밀을 털어놓아도 그는 고마워하지 않을걸요. 그는 당신이나 나보다 더 나은 사람도 아니오. 우리가 입을 다물면 누가 말하겠소? 여기에는 아무도 없어요."

그것이 문제의 근원이었다! 그곳에는 아무도 없었고, 약점을 그대로 안고 그곳에 남겨진 그들은 헌신적인 친구라기보다는 매일매일 공모자처럼 되었다. 그들은 본국으로부터 8개월간이나 아무런 소식도 듣지 못했다. 매일 저녁 그들은 말했다. "내일 증기선을 보게 될 거야." 그러나 회사의 증기선 중 하나가 난파당하는 바람에 전무이사는 다른 성한 배를 타고, 멀리 강의 본류에 있는 중요한 교역소들에 먼저 보급품을 실어 나르느라 바빴다. 쓸모없는 교역소의 쓸모없는 인간들은 기다려도 된다고 생각했던 것이다. 그러는 사이 케예르와 카를리에는 소금도 넣지 않고 끓인 쌀로 연명하며 회사와 아프리카와 자신이 태어난 날을 저주했다. 그런 음식을 먹고 살아 봐야만 한 끼의 음식을 목구멍에 넘기는 일이 얼마나 소름 끼치는 문제가 될 수 있는지를 알 수 있는 법이다. 교역소에는 쌀과 커피 외에는 아무것도 없어, 그들은 설탕을 타지 않은 커피를 마셨다. 케예르는 '병이 날 경우에 대비하여' 마지막 남은 각설탕 열다섯 조각을 코냑 반병과 함께, 엄숙하게 자신의 상자에 넣고 자물쇠를 채웠다. 카를리에가 찬성했다. "병이라도 난다면 그처럼 대단치 않은 것도 힘이 되지요."

그들은 기다렸다. 마당 여기저기서 풀이 무성하게 돋아나기 시작했다. 이제 소집을 알리는 종은 울리지 않았다. 하루하루가 조용히, 그러나 분노를 키우면서 천천히 지나갔다. 이야기를 나눌 때면 두 사람은 서로 으르렁거렸으며, 그들의 침묵도 마치 그들의 생각이 품고 있는 적의에 물든 양 적의를 품었다.

어느 날 쌀을 끓여 만든 점심을 먹고 나서 카를리에가 컵을 들었다가 그냥 내려놓으며 말했다. "제기랄! 한 번만이라도 제대로 된 커피 맛 좀 봅시다. 그 설탕 좀 내와요, 케예르!"

"환자용이잖은가." 고개도 들지 않고 케예르가 중얼거렸다.

"환자용이잖은가." 카를리에가 흉내를 냈다. "허튼소리! ……그래! 나도 환자란 말이오."

"자넨 나처럼 건강하네. 나도 참으며 지내고 있고." 케예르가 평온한 어조로 말했다.

"어서! 설탕 내놔! 이 쩨쩨한, 늙은 노예 상인아."

케예르가 얼른 고개를 들었다. 카를리에는 명백히 오만불손한 웃음을 짓고 있었다. 이전에는 그 사내를 결코 본 적이 없다는 생각이 갑자기 들었다. 그는 누구인가? 그에 대해 아는 바가 없었다. 그가 무슨 짓을 할 수 있지? 꿈에서도 보지 못한 위험하고 종말적인 어떤 것을 대하게 된 듯, 그의 내면에서 난폭한 감정이 확 일었다. 그러나 그는 가까스로 침착하게 말할 수 있었다.

"그 농담은 질이 좋지 않네. 다시는 하지 말게."

"농담이라!" 의자에 앉은 채 몸을 앞으로 와락 당기며 카를리에가 말했다. "나는 배가 고파 — 게다가 병들었다구 — 농담이 아니야! 나는 위선자를 증오해. 당신은 위선자야. 당신은 노예 상인이야. 나도 노예 상인이라구. 이 저주받은 나라에는 노예 상인 외에는 아무도 없다구. 그리고 나는 오늘 커피에 설탕을 넣어야겠어, 무슨 일이 있어도!"

"자네가 내게 그런 식으로 말하는 것을 금하겠네." 결연한 면을 적당히 보이며 케예르가 말했다.

"당신이! — 뭐라고?" 벌떡 일어서며 카를리에가 외쳤다.

케예르도 일어섰다. 목소리가 떨리는 것을 제어하려고 노력하며 그가 말을 시작했다. "나는 당신의 소장이야."

"뭐라구?" 상대방이 소리 질렀다. "누가 소장이라구? 여기에 소장은 없어. 여기엔 아무것도 없어. 당신과 나밖에는 아무것도 없단 말이야. 설탕이나 가져와 — 이 배불뚝이야."

"입 닥쳐. 이 방에서 나가." 케예르가 소리질렀다. "너는 파면이다 — 이 악당아!"

카를리에가 의자를 휘둘렀다. 갑자기 그가 정말 위험해 보였다. 그가 악을 썼다. "너, 축 늘어진 아무짝에도 쓸모없는 민간인 자식 — 이거나 먹어라!"

케에르는 테이블 아래로 납작 엎드렸고, 의자는 갈대로 만든 내벽을 쳤다. 그러자 카를리에가 테이블을 뒤집으려 했고, 자포자기한 케에르는 궁지에 몰린 돼지처럼 머리를 낮추고 맹목적으로 돌진하여 친구를 쓰러뜨린 뒤 다시 베란다를 따라 내달아, 자기 방으로 뛰어 들어갔다. 그는 문을 잠그고 나서 연발 권총을 움켜쥐고 헐떡거리며 서 있었다. 1분도 안 되어 카를리에가 악을 쓰며 방문에 대고 발길질을 맹렬히 하고 있었다. "그 설탕을 내오지 않았다간, 보이는 즉시 개처럼 쏘아 죽일 거야. 자, 이제―하나―둘―셋. 그래도 안 가지고 나와? 누가 주인인지 보여 주지."

케에르는 문이 부서질 거라 생각해, 창문 대신 만들어 놓은 네모난 구멍을 통해 기어 나갔다. 그래서 이제 두 사람은 집을 사이에 두고 있었다. 하지만 분명 그의 상대는 문을 부수고 들어올 만큼 힘이 세지 못했고, 케에르는 그가 집을 돌아 달려오는 것을 들었다. 때문에 그도 퉁퉁 부은 다리로 힘들게 뛰기 시작했다. 자신에게 무슨 일이 생기고 있는지 이해하지도 못한 채, 그는 연발 권총을 손에 쥐고 가능한 한 빨리 뛰었다. 달리면서 그는 마콜라의 집을, 창고를, 강을, 협곡을, 그리고 나지막한 덤불을 차례로 보았으며, 집 주위를 다시 한 번 돌 때 이것들 전부를 또 보았다. 그리고 또다시 그것들은 그를 스쳐 지나갔다. 그날 아침만 해도 그는, 신음 소리를 내지 않고는 1야드도 걸을 수 없는 상태였다.

그런데 지금은 달리고 있었다. 뒤쫓는 상대가 보이지 않을 만큼 그는 빨리 달리고 있었다.

마침내 힘도 빠지고 절망적이 된 그가 '한 번만 더 돌면 다 돌기도 전에 난 죽을 거야' 라고 생각하고 있을 때, 상대가 육중하게 휘청휘청 걷다가 이윽고 걸음을 멈추는 소리가 들렸다. 그도 멈췄다. 달리기가 시작되기 전과 마찬가지로, 그는 집 뒤편에, 카를리에는 집의 앞쪽에 있었다. 상대가 욕을 하며 의자에 주저앉는 소리를 들으면서 케예르는 자신의 다리에서도 갑자기 힘이 빠져, 벽에 기댄 채 미끄러지듯 쪼그려 앉았다. 그의 입은 타고 남은 재처럼 말라 있었고, 얼굴은 땀으로, 눈물로 젖어 있었다. 이 모든 일이 무엇 때문에 일어났지? 이 모두가 끔찍한 환상이라고, 자신이 꿈을 꾸고 있다고, 또 자신이 미쳐 가고 있다고 그는 생각했다! 잠시 후 그는 정신을 차렸다. 우리가 무엇 때문에 다투었지? 설탕! 얼마나 터무니없는 일인가! 그에게 줘버려야겠다, 내게는 필요하지도 않은 것인데. 그래서 갑자기 안전하다는 생각이 든 그는 비틀거리며 일어섰다. 그러나 그가 완전히 몸을 일으켜 세우기도 전에 상식적인 생각 하나가 떠오르면서, 그 생각이 그를 절망에 빠뜨렸다. 그는 생각했다. '만약 내가 지금 저 짐승 같은 군인 놈에게 굴복한다면, 이놈은 이 끔찍한 짓을, 내일 또다시, 그다음 날도 매일매일 벌일 거고, 또 다른 억지를 부려 나를 짓밟고, 괴롭히고, 결국엔 자신의 노예로 삼을 것이다. 그렇게 되면 나는 끝이야! 끝장이라고! 증기선은 며칠 동안 오지 않을 거고. 어쩌면 아주 안 올지도 모르지.' 그는 너무 떨려서 마루에 다시 주저앉아야만 했다. 그가 불쌍하게 몸을 떨었다. 자신은 더 이상 움직일 수 없다고, 움직이지 않을 거라고 생각했다. 자신이 처한 상황에는 선택권이 없다는 사실을, 삶과 죽음이 똑같이 어렵고 끔찍해졌다는 사실을 갑자기 인식한 그는 정신이 너무나 혼란스러워졌다.

그러다 상대방이 의자를 뒤로 미는 소리를 들었고, 그는 날아가듯 가볍게 일어섰다. 그리고 귀를 기울였지만 혼란스러웠다. 다시 달려야 해! 오른쪽으로, 왼쪽으로? 발소리가 들렸다. 그는 권총을 쥔 채 왼쪽으로 튀었고, 바로 그 순간 둘이 격렬하게 충돌했다고 느꼈다. 둘 다 놀라서 소리를 질렀다. 큰 폭발이 둘 사이에 있었고, 붉은 불꽃이 튀는 요란한 소리와 짙은 연기 때문에 귀가 먹먹해지고 눈이 보이지 않게 된 케예르는 황급히 물러서며 생각했다. '나는 총을 맞은 거야. 다 끝났어.' 그는 상대가 다가와서 자신의 고통을 흐뭇하게 내려다볼 것이라고 예상했다. 그는 지붕 한쪽 기둥을 붙잡았다. '다 끝났어!' 그때, 마치 누군가가 의자에 걸려 그 위로 곤두박이치는 것처럼 집 반대편에서 요란하게 넘어지는 소리를 들었다—그러곤 잠잠했다. 더 이상 아무 일도 일어나지 않았다. 그는 죽지 않았던 것이다. 그의 한쪽 어깨만 심하게 비틀린 것처럼 느껴졌고, 권총을 잃어버렸다. 이젠 총도 없어 당하는 수밖에 없구나! 그는 자신의 운명을 기다렸다. 상대방에게선 어떤 움직이는 소리도 들리지 않았다. 이건 계략이야. 그가 나에게 지금 살그머니 접근해 오고 있는 거야! 어느 쪽이지? 어쩌면 바로 이 순간 총을 겨누고 있을 거야!

무시무시하고 어처구니없는 고통의 시간이 잠시 흐른 후, 그는 자신의 운명을 맞이해야겠다고 결심했다. 어떤 식의 항복이든 할 준비가 되어 있었다. 그는 쓰러지지 않게 한 손으로 벽을 짚으면서 모퉁이를 돌았고, 몇 발짝 걷다가 거의 졸도할 뻔했다. 마루에서 그는 저편 모퉁이에서 삐죽 나온, 발부리가 하늘을 향한 두 발을 보았던 것이다. 붉은 슬리퍼를 신은 하얀 맨발. 그는 심한 메스꺼움과 함께 이 세상의 빛이란 빛은 모두 사라진 듯한 느낌이 들었다. 그때 그의 앞에 마콜라가 나타나 조용히 말했다. "케예르 씨, 그는 죽었어요." 그는 감사의 눈물을, 큰 소리로 흐느끼는 울음을 왈칵 터뜨렸다. 얼마 후 그는 자신이 의자에 앉아, 반듯이 누워 있는 카를리에를 보고 있음을 알았다. 마콜라가 무릎을 꿇고 시신 위로 몸을 구부렸다.

"이것이 소장님의 권총입니까요?" 마콜라가 몸을 일으키며 물었다.

"그렇네." 케예르가 대답하고는 즉시 덧붙였다. "나를 쏘려고 쫓아왔었어. 자네도 봤잖은가!"

"네, 봤습죠." 마콜라가 대답했다. "권총은 한 자루뿐입니다요. 다른 한 자루는 어디 있습죠?"

"난 모르겠네." 갑자기 가냘픈 목소리로 케예르가 속삭였다.

"제가 가서 찾아보겠습니다요." 상대방이 조용히 말했다. 케예르가 여전히 의자에 앉아 시신을 보고 있는 동안, 마콜라는 베란다를 따라 주위를 뒤졌다. 그러나 빈손으로 돌아왔고, 깊은 생각에 잠기더니 죽은 백인의 방으로 조용히 들어갔다. 그리고 이내 총 한 자루를 가지고 나와 케예르 앞에 내밀었다. 케예르는 눈을 감았다. 세상이 빙글빙글 돌았다. 삶이 죽음보다 더 무섭고 힘들었다. 무장하지 않은 사람을 쏜 것이었다.

얼마간 생각에 잠겨 있던 마콜라가 오른쪽 눈에 총을 맞고 누워 있는 시신을 가리키며 나직이 말했다.

"그는 열병으로 죽었습니다요." 망연자실한 표정으로 케예르가 그를 바라보았다. "그래요." 시신 위를 지나가며 마콜라가 신중하게 같은 말을 되풀이했다. "그가 열병으로 죽었다고 생각됩니다요. 내일 묻어 버립시다요."

두 백인을 베란다에 남겨 둔 채 그는 천천히 걸어, 안달하며 기다리는 아내에게 돌아갔다.

밤이 왔지만, 케예르는 의자에 꼼짝 않고 앉아 있었다. 마치 아편이라도 한 것처럼 조용히 앉아 있었다. 그가 겪었던 격렬한 감정이 모두 지나가고, 이제는 기진맥진한 가운데 평온한 감정이 생겨난 것이다. 몇 시간 되지 않은 오후의 짧은 기간에 그는 공포와 절망의 심연으로 곤두박질쳤었고, 이제는 자신이 모르는 삶의 비밀이 없다는 확신에서—아니, 그가 모르는 죽음의 비밀도 없었다!—오히려 평정을 찾았다. 그는 시신 옆에 앉아 생각하고, 또 생각했는데, 그것들은 새로운 생각들이었다. 그는 자기 자신으로부터도 완전히 해방된 듯했다. 이전의 생각들, 확신들, 호불호(好不好), 그가 존경했던 것들, 그가 혐오했던 것들이 마침내 그 실체를 드러냈던 것이다! 그것들은 경멸스럽고 유치하며, 거짓되고 우스꽝스럽게 여겨졌다. 자신이 살해한 사나이의 옆에 앉아 그는 새롭게 얻은 지혜에 골몰했다. 미치광이에게서나 발견될 법한 명료하지만 뒤틀린 시각으로, 그는 하늘 아래 세상사에 대해 홀로 이러쿵저러쿵 논쟁을 벌였다. 우연히 그에게 이런 생각이, 그의 옆에 죽어 있는 것은 어차피 해로운 짐승이었다는 생각이, 어쩌면 수천의 — 누가 알리오? — 수십만의 사람들이 매일 죽어 가고 있는 것에 비하면 이 하나의 죽음으로 달라지는 것이 없을 뿐만 아니라, 적어도 사유하는 인간에게는 이 하나의 죽음이 전혀 중요하지 않다는 생각이 떠올랐던 것이다. 나 케에르는 사유하는 인간이야. 나는, 평생 동안, 바로 지금 이 순간까지도 세상 사람들처럼, 바보처럼, 숱한 헛소리를 믿어 왔지만, 이제 나는 생각하게 되었어! 나는 이제 알게 되었어! 나는 평화를 얻었고, 최고의 지혜를 알게 되었어! 그러고는 자신이 죽고, 카를리에가 의자에 앉아 죽은 자신을 지켜보고 있다고 상상해 보려 애썼는데, 이 시도는 예상 밖의 성공을 거두어 그는 잠깐 동안에 누가 죽어 있고, 누가 살아 있는지도 확신할 수 없게 되었다. 자신의 상상력이 거둔 이 놀라운 성취에 그는 깜짝 놀랐지만 제때에 마음을 현명하게 다잡은 결과, 자신이 카를리에가 되는 것을 가까스로 막을 수 있었다. 그의 심장이 두근두근 뛰었다. 자신에게 닥쳤던 위험을 생각하자 온몸에 열이 뻗쳤다. 카를리에! 이 짐승 같은 놈! 다시 어지러워진 마음의 평정을 찾기 위해 — 누구라도 그랬겠지만! — 그는 휘파람을 불어 보려고 했다. 그때 갑자기 졸음이 몰려왔고, 혹은 졸았다고 생각했는데, 어쨌든 안개가 끼어 있었고, 누군가가 안개 속에서 휘파람을 불었다.

그가 일어섰다. 동이 트면서 짙은 안개가 대지에 내려앉았는데, 안개는 말없이 만물에 스며들며 만물을 에워쌌다. 그것은 열대의 땅에 피어오르는 아침 안개, 들러붙어서 숨통을 막아 버리는 안개, 백색의 치명적인, 티 하나 없는, 독기 어린 안개였다. 그는 일어나 시신을 보고는 두 팔을 머리 위로 쳐들고 소리 질렀다. 몽환의 상태에서 깨어나, 자신이 무덤에 영원히 갇히게 된 것을 알아차린 자처럼 소리 질렀다. "사람 살려! ……맙소사!"

사람에게서 나온 성싶지 않은 소리가 떨리며 날카롭게 터져 나와 슬픔 어린 그 땅을 백색의 수의처럼 뒤덮은 안개를 예리한 창처럼 찔렀다. 세 번 연이어 삐익 하는 짧은 소리가 있었고, 한동안 안개 소용돌이가 무서운 침묵 속을 방해받는 일 없이 흘렀다. 그리고 마치 냉혹한 생명체가 격분하여 악을 쓰듯, 긴박하고 날카로운 더 많은 소리들이 허공을 갈랐다. 진보가 강에서 케예르를 부르고 있었다. 진보와 문명과 모든 미덕이 부르고 있었다. 사회가 어서 오라고, 보살핌과 가르침을 받으라고, 재판을 받으라고, 유죄를 선고받으라며 대단한 성취를 이룬 자기 자식을 부르고 있었고, 또한 정의를 실행하기 위하여 길을 잃고 벗어났던 쓰레기 더미로 다시 돌아오라고, 그를 부르고 있었다.

케예르는 그 부름을 들었고, 이해했다. 그는 휘청거리며 베란다에서 걸어 나왔고, 둘이 함께 있게 된 후 처음으로 상대방을 완전히 홀로 버려 두었다. 무지해서 하는 소리였겠지만, 하늘에 이 불행을 거두어 주십사 청하면서 그는 안개 속을 더듬으며 나아갔다. 안개 속을 마콜라가 휙 지나가면서 외쳤다.

"증기선입니다요! 증기선이에요! 그들은 볼 수 없습니다요. 교역소 위치를 알려 달라고 경적을 울리고 있습니다요. 제가 가서 종을 치겠습니다요. 선창으로 내려가십시오, 소장님. 제가 종을 치겠습니다요."

그가 사라졌다. 케에르는 가만히 서 있었다. 그가 하늘을 올려다보았을 때 안개가 그의 머리 위를 낮게 흐르고 있었다. 그는 길을 잃어버린 것처럼 주위를 두리번거리다가 안개의 순결한 흐름 속에서 시커먼 얼룩을, 십자가 모양의 얼룩을 발견했다. 그가 그쪽을 향해 비틀거리며 다가가고 있을 때, 교역소의 종소리가 증기선의 조급한 외침에 화답하듯 요란하게 울렸다.

위대한 문명 회사 — 문명은 무역을 쫓아다니지 않는가 — 의 전무이사가 먼저 상륙했는데, 그는 증기선의 모습을 잃어버리고 당황해했다. 아래쪽, 강기슭의 안개는 굉장히 짙었고, 위쪽 교역소에서는 종소리가 끊이지 않고 시끄럽게 울렸다. 전무이사가 증기선을 향해 우렁차게 외쳤다.

"우리를 마중 나온 사람이 하나도 없어. 종소리는 나지만 무언가가 잘못된 것 같네. 자네들도 이리 오게."

그러고는 가파른 강기슭을 끙끙거리며 올라가기 시작했다. 선장과 기관사가 그 뒤를 따랐다. 그들이 올라가고 있는 사이에 안개가 옅어졌고, 그들은 한참이나 앞서 가고 있는 전무이사를 볼 수 있었다. 그러다가 그가 갑자기 튀어 나가면서 어깨 너머로 외치는 소리를 들었다.

"뛰어! 교역소로 뛰어가! 한 녀석이 여기 있어. 뛰어가서 다른 녀석을 찾게!"

그가 그들 중 한 명을 발견했던 것이다! 그리고 심지어는 다양하고 놀라운 경험을 많이 쌓은 그조차도 이번에 발견한 광경에 대해서는 마음이 그리 편치 않았다. 십자가에 가죽 끈으로 목이 매여 있는 케예르와 마주 선 그는 (칼을 찾아) 호주머니를 뒤졌다. 필시, 그는 높고 좁다란 무덤을 기어 올라가서 수평으로 뻗어 있는 십자가의 막대기에 끈의 한쪽 끝을 묶은 후, 자신을 매달아 버린 것이었다. 그의 발끝은 지면에서 불과 몇 인치 떨어져 있었고, 그의 팔은 아래로 향한 채 뻣뻣하게 매달려 있었는데, 푸르죽죽한 뺨 한쪽을 장난스럽게 어깨에 붙인 것만 제외하면, 그는 꼼짝 않고 부동자세를 취하고 있는 듯했다. 그리고 불경스럽게도 전무이사를 향해 부풀어 오른 혀를 쑥 내밀고 있었다.

『청춘과 다른 두 이야기』 작가 노트

이 책에 실린 세 편의 이야기*는, 서로 간에 예술적인 통일성이 있다는 어떤 주장도 하지 않습니다. 이 이야기들 사이의 유일한 관계는 그것들이 쓰인 시기일 뿐입니다. 이 이야기들은 『나르시서스호의 검둥이』가 출판된 직후이자 『노스트로모』가 구상되기 직전의 시기*에 속하는데, 이 두 권의 책은 나의 저서 중 다른 것들과는 뚜렷이 구분될 뿐 아니라 독자적이라고 할 수 있습니다. 이는 또한 내가 『매거』*에 기고했던 시기이며, 『로드 짐』으로 바빴던 시기이자, 감사하는 마음으로 기억하는 바에 따르면, 고(故) 윌리엄 블랙우드 씨의 격려와 친절한 도움이 있었던 시기이기도 합니다.

「청춘」은 『매거』에 보낸 나의 첫 기고는 아니었습니다. 그것은 두 번째였습니다. 그러나 시간이 지나면서 나와 가까워진 말로라는 사나이가 이 이야기에서 처음으로 세상에 모습을 드러내게 됩니다. 그 신사의 출신은(내가 아는 한 어느 누구도 그가 신사가 아니라는 암시조차 하지 않았습니다) — 나로선 기쁘게 말할 수 있는데 — 우정 어린 문학적 사유의 주제가 되었습니다.

내가 그러한 문제를 조명하기에 적절하다고 생각할 사람이 있을지 모르겠습니다만, 사실 그 일이 그렇게 쉽지는 않습니다. 어느 누구도 말로에게 부정한 목적을 가졌다고 비난하지 않았으며, 또 사기꾼이라고 경멸하지 않았다는 사실은 기분 좋은 일입니다. 이외에도 그는 온갖 종류의 인물로 여겨졌는데, 이를테면 교묘한 차단 막, 단순한 도구, '사칭자', 친숙한 정신, 속삭이는 '악마' 등으로 불렸습니다. 나 자신도 그의 존재를 그런 식으로 만들기 위해 사전에 계획하지 않았나 하는 의심을 받았습니다.

그러나 사실은 그렇지 않습니다. 나는 아무런 사전 계획도 세운 바 없었습니다. 말로와 나는 때로 우정 어린 관계로 여물기도 하는 휴양지에서의 가벼운 만남으로 관계를 시작했습니다. 이 관계 역시 그런 식으로 여물게 된 경우이죠. 의견을 적극 개진하는 면이 있음에도 불구하고, 그는 참견하는 유형이 아닙니다. 그는 고독한 순간에 나의 기억 속에 출몰하여, 우리는 침묵 속에서 매우 편안하고 사이좋게 머리를 맞댑니다만, 이야기 결미에서 그와 헤어질 때, 나는 그것이 마지막 만남이 아니라는 확신을 결코 하지 못합니다. 그러나 우리 둘 중 어느 누구도 상대방보다 더 오래 살기를 원한다고는 생각지 않습니다. 어쨌거나 그의 경우, 할 일은 사라지게 될 것이고, 그러한 단절 때문에 그는 고통을 받을 터인데, 왜냐하면 그에게는 다소 허영심이 있다고 생각하기 때문입니다. 솔로몬 왕이 말한 의미에서의 허영심이 아닙니다. 나의 세계에 속한 사람들 중에서는 그가 나의 정신을 성가시게 하지 않은 유일한 인물입니다. 가장 정중하고 이해심 많은 사람…….

책의 형태로 출간되기 전에도 「청춘」은 꽤 좋은 평가를 받았습니다. 내가 한평생—두 평생이라고 해야 더 정확하겠지만—영국의, 아니 대영 제국의 응석받이 양자*였다는 사실을 마침내 여기서, 다른 지면보다 못할 것이 없는 여기에서 고백하겠습니다. 두 평생이라고 말한 것은 나에게 첫 선장 직을 제공한 것이 오스트레일리아였기 때문입니다. 내가 갑자기 이런 선언을 하는 것은 내게 과대망상적인 성향이 잠재해 있어서가 아니라, 그와는 반대로 자신에 대해 어떤 뚜렷한 환상도 없기 때문입니다. 나는 모든 인류에게 자연스러울 정도의 허영과 겸손의 본능을 따를 뿐입니다. 우리에게 가장 자랑스러운 것은 자신의 공적이 아니라 경이적인 행운과 같은 요행이라는 점을, 속을 헤아릴 길 없는 신들의 제단에 감사와 희생을 바쳐야만 할 그런 행운이라는 점을 부정할 수 없기 때문입니다.

『어둠의 심연』도 처음부터 어느 정도 세간의 주목을 받았는데, 이 소설의 기원에 대해서는 이 정도로 말할 수 있을 겁니다. 호기심 많은 사람들이 (자신들과 아무 관련도 없는) 온갖 곳을 헤집고 다녀서 다양한 종류의 노획품을 가지고 돌아온다는 것은 잘 알려진 사실입니다. 이 이야기는 다른 책에 실린 또 다른 이야기*와 함께, 정말 나와는 아무 상관 없는 곳인 아프리카의 중심부에서 가지고 온 노획물의 전부입니다. 규모에 있어 보다 야심적이고, 서술이 좀 더 긴 『어둠의 심연』은 「청춘」만큼이나 근본이 진정한 것입니다. 후자와는 다른 분위기에서 서술되었다는 것은 분명하지만 말입니다. 그 분위기에 대해서는 정확하게 설명하지 않겠지만, 누구라도 그 분위기가 동경 어린 회한이나 회고적 애정이 어린 것은 아니라는 사실을 알 수 있을 것입니다.

한마디를 더 할 수 있겠습니다. 「청춘」은 기억으로 이루어 낸 업적입니다. 그것은 경험의 기록이며, 그 경험은 경험을 구성하는 사실에 있어서나 경험의 내향성과 외향적인 채색에 있어 나 자신에서 시작해 나 자신으로 끝납니다. 『어둠의 심연』도 경험의 기록입니다만, 그 경험은 독자들의 정신과 가슴에 절실히 와 닿게 하려는, 내가 믿기로는 나무랄 데 없이 정당한 목표를 위해, 실제로 있었던 사실들로부터는 약간(아주 약간) 벗어나 있습니다. 그 점에 있어 이것은 진실된 채색이냐 아니냐의 문제가 아닙니다. 전혀 다른 예술의 문제입니다. 불길한 반향을, 자신만의 톤을, 희망컨대 마지막 음조가 울리고 나서 허공에 아련히 걸리고 귀에도 남는 그런 계속되는 떨림을 음산한 주제에 부여해야만 했기 때문입니다.

이렇게 많은 이야기를 한 후에도, 이 책의 마지막 이야기는 아직 건드리지도 못하고 있습니다. 「밧줄의 끝」은 다소 특별한 방식의 바다 생활에 대한 이야기이며, 이 이야기에 대해 내가 할 수 있는 가장 내밀한 말은 다음과 같습니다. 뱃사람들 틈에 끼여 바다에서 생각하고 느끼며 살아 본 나로서는 조금의 의혹도 없이, 마음에서 우러나는 성심으로, 양심의 거리낌 없이 웨일리 선장이라는 인물의 존재를 착상하고, 그가 최후를 맞이하게 된 경위에 대해 이야기할 수 있겠다고 생각했습니다. 그 이야기를 담은 이 지면—이 책의 절반은 되는데—역시 경험의 기록이라는 정황이 이 진술에 힘을 실어 줍니다. 그 경험은(「청춘」과 마찬가지로) 내가 항상 글로 옮길 것을 생각했던 시기에 속합니다. 그것의 '사실성'에 대해서는 독자가 판단할 몫입니다. 우리는 여기저기서 사실의 단편들을 주워야만 합니다. 기술이 좀 더 있었다면, 사실을 좀 더 실감 나게 만들고, 전체적인 글을 좀 더 흥미롭게 만들었을 것입니다. 하지만 그 지점은 예술적 가치라는 베일에 가려진 영역이고, 나로서는 이 영역에 들어서는 것이 부적절할 뿐만 아니라 위험하기도 합니다. 나는 교정쇄들을 읽으며 한두 건의 오류를 바로잡았고, 한두 마디를 바꾸기도 하였습니다—그것이 전부입니다. 「밧줄의 끝」을 내가 다시 읽을 것 같지는 않습니다. 더 이상의 말이 필요치 않습니다. 웨일리 선장과는 애정 어린 침묵 속에서 이쯤에서 헤어지는 것이 좋겠다는 생각이 듭니다.

J. C.
1917년

『나르시서스호의 검둥이』 서문

아무리 미천하게라도 예술의 조건을 갖추기를 열망하는 작품이라면, 그것은 매 줄마다 정당화되어야 합니다. 그리고 예술 자체는 우주의 온갖 양상에 깃들어 있는, 하나이자 여러 형태인 진실을 드러냄으로써 실제 우주를 가장 공정하게 나타내려는 단 하나의 목적을 지닌 시도라고 정의할 수 있습니다. 그것은 우주의 형태와 색상, 빛과 어둠, 물질의 양상과 삶의 사실들 각각에 있어, 근원적이고 항구적이며 본질적인 것을, 그것 모두의 존재의 진실을 발견하려는 시도입니다. 때문에 사상가와 과학자처럼 예술가도 진실을 찾으며 나름의 호소를 합니다. 세상의 면면에 깊은 감동을 받았을 때, 사상가는 관념의 세계 속으로 뛰어들고, 과학자는 사실의 세계 속으로 뛰어듭니다. 그리고 그러한 세계에서 즉시 돌아온 그들은 우리로 하여금 인생의 가장 위험한 일도 해내게 하는, 우리 존재의 특질에 호소합니다. 그들은 권위로써 우리의 상식과 지성에 호소하며, 평화나 불안정에 대한 우리의 욕망에 호소하기도 하며, 우리의 편견에도 호소하지 않는다고는 할 수 없으며, 때로는 우리의 공포심에, 우리의 이기심에 호소하기도 합니다만, 그들이 항상 호소하는 곳은 무엇보다 쉽게 믿고 받아들이는 우리의 마음입니다. 그리고 그들의 말에 우리는 경외심을 갖고 귀 기울이는데, 그 이유는 그들의 관심사가 중대한 문제를, 이를테면 우리의 정신에 대한 교육, 우리의 신체에 대한 적절한 관리, 우리의 야망이 이루어 낸 성취, 우리의 귀중한 목표를 찬양하고 성취할 수단을 완성하는 것과 같은 문제를 다루기 때문입니다.

예술가에게 있어서는 상황이 다릅니다.

똑같은 수수께끼의 광경을 접했을 때 예술가는 내면의 세계로 침잠하는데, 만약 그에게 그럴 자격이 있고 또 운이 좋으면, 시련과 투쟁의 외로운 지대에서 그는 나름대로 호소의 요건을 발견하게 됩니다. 그의 호소는 우리의 능력 중에서 잘 드러나지 않는 곳을 향하는데, 즉 전쟁 같은 인간 존재의 상황 때문에 철갑 옷에 감추어진 약한 신체처럼 더 강하고 단단한 특질들 속에 필연적으로 감추어져 있는 우리 본성의 어떤 부분을 향합니다. 그의 호소는 덜 요란하나 더 심오하며, 덜 분명하나 더 감동적이며, 또한 더 빨리 잊히기도 하는 것입니다. 그러나 그 효과는 영원히 계속됩니다. 세대가 바뀌면서 지혜도 바뀌어, 사상이 버림을 받고, 사실이 질문을 받으며, 이론도 뒤집힙니다. 그러나 예술가가 호소하는 대상은 지혜에 의존하지 않는 우리 존재의 한 부분이며, 획득한 것이 아니라 타고난 것이기에 더욱더 항구적인 재능입니다. 예술가는 즐거움과 경이를 느끼는 우리의 정신에, 우리의 삶을 에워싸고 있는 신비로움을 느끼는 감각에, 연민과 아름다움과 고통을 느끼는 우리의 감각에, 모든 존재와 동료 관계라는 잠재적인 감정에, 무엇보다도 수많은 외로운 마음들을 함께 엮어 주는 연대 의식이 존재한다는 미묘한 불굴의 확신에, 즉 꿈, 기쁨, 슬픔, 동경, 환상, 희망, 공포 속에서 사람들을 서로 묶어 주고, 모든 인류를 한데 묶어 주며, 죽은 자와 산 자 그리고 태어날 자들도 묶어 주는 연대 의식에 호소합니다. 이러한 일련의 생각만이, 혹은 이 일련의 감정들만이 다음에 들려줄 이야기가 보여 주는 대로 이름 없는— 당혹한 사람들, 단순한 사람들, 목소리가 없는 사람들로 이루어진 여태껏 무시당해 온 집단에 속하는— 한 개인에게 일어난 심란한 일화들을 제시하려는 이 시도의 목표를 조금이나마 설명해 줄 수 있습니다. 위에서 고백한 신념에 조금이라도 진실이 있다면, 이 세상에 경이와 연민의 짧은 시선이라도 받을 자격이 없는 어두운 구석이나 장려한 곳은 없다는 것이 명백해집니다. 이러한 동기가 작품의 소재를 정당화해 줄 수 있겠지만, 그러한 노력을 기울이겠다는 선언에 지나지 않은 이 서문은 여기서 끝날 수가 없는데, 그 이유는 그 선언이 아직 완성되지 않았기 때문입니다.

소설은— 만약 그것이 예술이 되기를 조금이라도 갈망한다면— 본성에 호소합니다. 진실로 그것은 그림이나 음악처럼, 혹은 모든 종류의 예술처럼 하나의 본성이 다른 모든 본성에게 던지는 호소인데, 그 호소의 미묘하고도 저항하기 어려운 힘은 일상사에 진정한 의미를 부여할 뿐만 아니라, 정신적이고도 감정적인 시공간의 분위기를 창조합니다. 효과적이 되기 위해 그런 호소는 감각을 통해 전달되는 인상을 주어야 하며, 사실 호소는 그 외의 다른 방식으로는 이루어질 수가 없습니다. 그 이유는 개인적이든 집단적이든, 감수성은 설득의 말을 잘 듣지 않기 때문입니다. 그러므로 모든 예술이 일차적으로 감각에 호소하는데, 만약 화답하는 감정을 낳는 비밀스러운 원천에 도달하기를 진정으로 소망한다면, 예술적인 목표는 글로써 스스로를 표현할 때도 감각을 통해 호소해야 합니다. 그것은 조소의 가소성과 그림의 색채와 — 예술 중의 예술인 — 음악의 마법적 암시성에 도달하기 위해 열심히 노력해야 합니다. 그런 가소성과 색채에 다가가는 것은 형태와 내용을 완벽하게 혼합하려는 완전하고도 확고한 헌신적 노력을 통해서만, 문장의 형태와 울림을 추구하며 결코 낙담하지 않는 중단 없는 노력을 통해서만 가능하며, 또한 그런 노력을 통해서만 마법적 암시의 빛이 평범한 말 — 수 세기를 아무렇게나 쓰다 보니 흉하게 변하고 너덜너덜해진 오랜, 오래된, 오랜 말들 — 의 표면 위에서 덧없는 순간이나마 뛰놀도록 하는 일이 가능해집니다.

그런 창조적인 임무를 수행하며 기력이 허락하는 한 그 길을 좀 더 멀리 가고자 하는 성실한 노력이, 머뭇거림과 피로나 비난에 꺾이지 않고 옹골차게 가려는 노력이 산문 작업자가 스스로를 정당화할 수 있는 유일한 근거입니다. 그리고 만약 양심이 깨끗한 산문 작업자라면 즉각적인 이득을 바라는 마음에서 구체적으로 교화나 위로나 여흥을 요구하는 자들에게, 혹은 개선이나 용기를, 공포나 충격을, 또는 매료되기를 즉각 요구하는 자들에게 다음과 같은 대답을 들려주어야 합니다 — 제가 지금 성취하려는 작업은

글의 힘에 의거해서, 당신들이 들을 수 있도록, 느낄 수 있도록—무엇보다도 '볼 수 있도록'—해주는 것입니다. 그것이, 그것만이 중요한 것입니다. 만약 제가 성공한다면, 당신은 자신의 공과에 따라 그곳에서 격려, 위로, 공포, 매력 등 당신이 요구하는 모든 것을 얻을 수 있을뿐더러, 어쩌면 당신이 깜박 잊고 요구하지 못한 진실도 살짝 볼 수 있을 것입니다.

순간 용기를 내어 냉혹한 시간의 세찬 흐름에서 인생의 덧없는 한 면을 낚아채는 것은 그러한 작업의 시작일 뿐입니다. 조심스럽게 신념을 가지고 수행하는 작업은 그렇게 얻은 삶의 조각을 주저하지 않고, 가리지 않고, 공포심 없이 진지한 빛에 비추어 만인의 눈앞에 보여 주는 것입니다. 그 작업은 삶의 조각의 울림을, 색채를, 형태를 보여 주는 것이며, 움직임과 형태와 색채를 통해 그 조각이 지닌 진실의 실체를 드러내고, 그것의 영감이 던져 주는 비밀을—저마다 확신에 찬 순간의 핵심에 놓여 있는 분투와 열정을—드러냅니다. 이러한 단일한 목적을 지닌 시도에서, 만약 그럴 만한 자격이 있고 운이 좋다면, 예술가는 진실의 명료함을 고도로 갖추게 되어 마침내 회한이나 연민, 공포나 환희에 대하여 그가 제시하는 비전이 보는 이들의 마음속에서 피할 수 없는 연대의식을, 즉 노고와 기쁨과 희망 그리고 불확실한 운명 가운데 사람들을 서로 묶어 주고, 온 인류를 실재하는 세계와 묶어 주는, 그 기원이 신비한 연대 의식을 일깨우게 될 것입니다.

옳건 그르건, 위에서 말한 신념을 고수하는 사람은 분명 판에 박은 일시적인 직업의 공식에 충실할 수 없을 것입니다. 그 공식들 가운데 항구적인 부분이면서 각각의 공식이 다 가리지 못하는 진실은 예술가의 가장 소중한 자산으로서 그와 함께 응당 끝까지 남아야 할 것이나, 실은 이 모든 공식들과의 교제는, 신처럼 떠받드는 것들 모두 — 사실주의, 낭만주의, 자연주의, 심지어는 (거렁뱅이처럼 제거하기가 무척 힘든) 비공식적인 감상주의도 포함하는 모두 — 와의 교제는 오래가지 못하고 맙니다. 그 이유는 이 신들이 예술가와 얼마간 사귀다 말고, 그를 신전의 문간에 내팽개쳐 버려 예술가는 양심의 더듬거리는 소리와 자기 작품의 어려움에 대한 솔직한 의식을 혼자 부여안고 가게 되기 때문입니다. 이런 불안한 고독 속에서 예술을 위한 예술이라는 지고한 외침은 명백히 비도덕적인 자극성의 울림을 잃고 맙니다. 아득히 먼 곳에서 들려오는 소리에 지나지 않게 되는 것입니다. 그것은 하나의 외침도 되지 못할 뿐 아니라, 종종 이해할 수도 없으되, 때로 희미하게 유인하는 속삭임으로만 들릴 뿐입니다.

길가 나무 그늘 아래 편하게 몸을 뻗고, 먼 들판에서 일하는 일꾼의 움직임을 보다가, 얼마 후 그가 무슨 일을 하고 있는지 노곤한 상태에서 의아해하는 경우가 때로 있습니다. 우리는 그의 신체 움직임을, 팔의 휘두름을, 그가 몸을 구부리고, 일어서고, 머뭇거리고, 또다시 움직이기 시작하는 것을 보게 됩니다. 만약 그 움직임의 목표가 무엇인지 설명을 듣는다면, 한가로운 시간의 매력은 더 커질 것입니다. 만약 그가 돌을 들어 올리고 도랑을 파고 줄기를 뽑으려 한다는 사실을 우리가 안다면, 더욱더 진정한 관심으로 그의 노력을 관찰하게 될 것이며, 그곳 풍광의 평온함을 어지럽히는 그의 거슬리는 행위를 묵과해 줄 마음이 생길 것이며, 심지어는 형제와도 같은 마음으로 그의 실패조차도 용서해 줄 마음을 갖게 될지 모릅니다. 그것이 우리가 그의 목표를 제대로 이해하는 것입니다. 그리고 무엇보다도, 그 사람은 시도를 해본 것이며, 어쩌면 힘이 모자란 것일지도 — 어쩌면 적절한 지식을 갖추지 못했을지도 — 모릅니다. 그러곤 우리는 용서하고 우리 갈 길을 가게 되며 — 그리고 잊어버립니다.

장인에게 있어서도 상황은 다르지 않습니다. 예술은 길고, 인생은 짧으며, 성공은 요원합니다. 따라서 멀리까지 여행할 수 있는 자신의 힘에 대해 의구심을 갖고 있기에 우리는 안개에 가려 보이지 않는 목표에 대해 — 인생이 그렇듯, 어렵고 영감을 주는 예술의 목표에 대해 — 이야기를 조금이나마 들려주는 것입니다. 그 목적은 성공적인 결론에 대한 명료한 논리를 추구하는 데 있지 않으며, 자연의 법이라 불리는 냉혹한 비밀 중 하나를 드러내는 것도 아닙니다. 그렇다고 그것이 덜 위대한 것은 아니며, 오히려 더 어려운 것입니다.

세상사로 바쁜 손길을, 한 번의 호흡을 하는 순간이나마 멈추게 하고, 요원한 목적의 광경에 정신을 빼앗긴 사람들로 하여금 주위를 둘러싸고 있는 형태와 색채, 햇빛과 그림자의 비전을 잠시 보게 하는 것, 하던 일을 멈추고 한 번 보게 하며, 한숨을 한 번 쉬게 하고, 미소를 한 번 짓게 하는 것, 이것이 어렵고도 덧없는 예술의 목표인데, 이는 극히 소수의 사람들만 성취할 수 있도록 예정된 것입니다. 그러나 때로 자격이 있거나 운 좋은 사람들에 의해 이 목표가 이루어지는 경우가 있습니다. 그리고 그 목표가 성취될 때 — 보십시오! — 삶의 모든 진실이 그곳에 나타납니다. 비전의 순간이, 한숨과 미소가 — 그리고 영원한 안식으로의 회귀가 말입니다.

주

9 “니스 칠한 스프릿”: 스프릿(sprit)은 돛대 아래쪽에서 대각선으로 돛의 위쪽까지 뻗쳐 돛을 팽팽하게 펴주는 길고 둥근 막대를 지칭한다. 사형(斜桁)으로 번역되기도 한다.

“그레이브젠드”: 런던에서 동쪽으로 26마일 떨어져 있는 템스 강 남단의 도시.

10 “이미 말한 적이 있듯”: 화자인 말로는 이 소설보다 앞서 쓰인 자전적 단편 소설 「청춘」에 등장한 바 있다. 이 단편은 1898년에 쓰였으나 1902년에 『어둠의 심연』 및 「밧줄의 끝」과 함께 묶여 세상의 빛을 보게 된다.

“도미노 상자를 벌써 꺼내 골패”: 당시에 사용된 도미노 패는 주로 고래 뼈나 ‘상아’로 만든 패, 즉 골패였다. 상아는 향료, 노예와 더불어 유럽 제국이 아프리카에 눈독을 들인 이유 중 하나였다.

12 “프랜시스 드레이크 경에서부터 존 프랭클린 경”: 프랜시스 드레이크 경(1549~1596)은 해적이자 탐험가이다. 신세계에서의 노략질을 인정받아 엘리자베스 여왕으로부터 기사 작위를 받았으며, 영국인으로서는 최초로 골든 하인드호를 타고 세계 일주에 성공했다. 존 프랭클린 경(1786~1847)은 영국 해군 장성이자 북극 탐험가이다.

유럽에서 태평양과 아시아에 도달하는 북서 항로를 찾아 에레부스 호와 테러호를 이끌고 1845년 5월 19일 출항했으나 모두 사망했다.
"이리스": 런던과 그레이브젠드 사이에 있는 항구 도시.
"장군들": 대개 서너 척으로 구성된 동인도 회사 소속의 선단을 이끌었던 단장을 일컫는다. 이들은 '장군'이라 불렸지만 군인은 아니었다. 왕과 동인도 회사로부터 각각 통솔권과 교역 권한을 부여받아 선단의 항해를 지휘하며 무역에 종사했다.

14 "갈리아": 이탈리아, 프랑스, 벨기에 그리고 스위스, 네덜란드, 독일의 일부 지역으로 구성된 고대의 서유럽 지역을 일컫는다.

15 "콘서티나(concertina)": 육각형 모양의 소형 아코디언. 풀무를 양손으로 조정해 소리를 낸다.
"팔레르누스산 포도주": 이탈리아 캄파니아 지방 부근 팔레르누스산에서 재배된 포도로 만든 고대 로마인이 애용한 백포도주.
"라벤나": 아드리아 해 북부 해역을 감시하던 고대 로마의 해군 기지.

19 "플리트 가": 런던의 상업 중심가 중 하나.

22 "어떤 도시": 벨기에의 브뤼셀을 지칭한다. 콘래드가 이 소설을 쓰던 당시 콩고는 레오폴드 국왕 2세의 개인 소유였다.
"회칠한 무덤": 성경에서 유래하는 은유로, 위선을 의미한다.

23 "노란색으로 표시된 지역": 식민 통치하의 아프리카 지도에서 붉은색은 영국령을, 파란색은 프랑스령을, 초록색은 이탈리아령을, 오렌지색은 포르투갈령을, 보라색은 독일령을 의미하며, 주인공 말로가 방문하게 되는 노란색 지역은 벨기에령을 의미한다.

24 "5피트 6인치": 168센티미터.

25 "온열기(footwarmer)": 족온기로 번역되기도 하는데, 주로 둥글고 길쭉한 도자기 제품으로, 그 안에 뜨거운 물을 넣어 발을 따뜻하게 하는 데 사용하였다.
"인사 드리옵니다": 고대 로마의 검투사들이 시합을 벌이기 직전 황제에게 올린 인사말.

26 "크라바트": 17세기 이래 유럽 남성들이 정장과 함께 즐긴, 목에 두르는 천이나 스카프의 일종. 스카프나 띠처럼 단순히 목을 감싸기도 하지만, 셔츠의 가슴판 아랫부분까지 넓고 길게 드리우기도 하였다.
"베르무트(vermouth)": 약초의 향미를 가미한 백포도주의 일종.
"머리 치수를 재더군": 19세기 유럽에서 유행한 학문으로, 두개골 각 부위의 크기에 따라 인간의 정신적 특징을 알 수 있다고 주장하였다.

28 "받을 자격이 있다": 「누가의 복음서」 10장 7절에서 인용된 구절.

30 "리틀포포": 코트디부아르와 토고에 있는 아프리카 서안의 항구 도시들.

32 "죽음과 교역의 즐거운 무도": 원래 중세 예술에서 죽음의 신이 춤을 추며 인간을 무덤으로 인도하는 모습을 묘사한 그림을 일컫는다. 유럽 통치하의 아프리카에서 교역이라는 명목으로 수많은 아프리카인들이 착취당하고 죽어 갔던 사실을 풍자한 표현이다.

33 "함교": 배의 양쪽 뱃전 위에 가로질러 놓아 지휘소로 쓰이는 갑판.

35 "6인치": 약 15센티미터.

37 "수입된": 노턴판 『어둠의 심연』은 '중요한 배수 파이프(important drainage pipes)'로, 『포터블 콘래드』와 버클리 대학 디지털 도서관의 텍스트 그리고 『노턴 영문학 앤솔러지』에 의하면 '수입된 배수 파이프(imported drainage pipes)'로 되어 있다. 여기서는 후자를 따르기로 한다.

39 "어디서 그것을 얻었을까?": 노턴판 『어둠의 심연』에는 물음표가 빠져 있으나 『포터블 콘래드』에는 물음표가 있다. 여기서는 후자를 따르기로 한다.

44 "딜": 영국 해협에 면한 영국 켄트 주 남단에 있는 도시.
"60파운드": 약 27킬로그램.

45 "잔지바르족": 잔지바르는 한때 영국의 보호령이었으나 지금은 탄자니아에 속해 있는 동아프리카 앞바다의 두 섬을 일컫는다. 이 섬 출신의 흑인들이 아프리카에서 용병으로 이용되었다.

"16스톤": 약 101킬로그램.

52 "1쿼트": 약 1리터.

55 "운모(mica)": 광물의 일종으로, 단단하고 유리 광택이 있다.

58 "메피스토펠레스": 르네상스 시대 유럽에서 시작된 이야기 파우스트에 등장하는 악마의 이름.

62 "대갈못": 머리를 납작하게 두들겨 폄으로써 고정시키는 못의 일종.

64 "헌틀리 앤드 파머": 1822년에 설립된 영국의 비스킷 회사 이름. 사각형 모양의 깡통에 비스킷을 담아 판매했다.

65 "지그": 8분의 3박자 또는 8분의 6박자로 이루어진 3박자의 빠르고 경쾌한 춤곡.

66 "어룡": 쥐라기에 번성했던 물고기 모양의 대형 파충류.

76 "크라운": 옛날 영국에서 사용한 5실링 상당의 은화.

81 "백연(white-lead)": 탄산납이라고도 하는 백색의 결정체로 페인트의 일종이다. 부착성이 뛰어나 배관 이음매를 결합할 때나 천 조각과 같이 틈새를 막는 데 사용된다.

83 "항해 사관": 영어로는 '사관(master)'으로 표기되어 있으나, 이 말은 영국 해군에서 '항해 사관(sailing master)'의 줄임말로 사용되었다. 이후 상선에서는 선장을 뜻하는 말로 사용되었다.

88 "사이드 스프링 부츠(side-spring boots)": 구두 목의 양옆을 신축성 있는 삼각형 천으로 마감한 목이 길지 않은 부츠를 지칭한다. 19세기 후반 이후 유럽에서 유행하였다.

"2피트": 약 60센티미터.

98 "10피트": 약 3미터.

114 "네덜란드 천": 커튼 등으로 쓰기 위하여 기름이나 풀을 먹여 불투명하게 만든 면이나 마로 짠 천.

116 "장사제": 러시아의 그리스 정교에서 결혼한 성직자가 올라갈 수 있는 최고의 지위.

"탐보프": 모스크바에서 동남쪽으로 4백 킬로미터 떨어진 러시아

중남부의 도시.

130 “7피트”: 약 2미터 13센티미터.

131 “유피테르”: 로마 신화에 등장하는 최고의 신으로서 우주의 정의를 관장하며 천둥, 벼락, 비바람을 만들기도 한다. 그리스 신화의 제우스에 해당한다.

140 “3피트”: 약 90센티미터.

“얼스터 외투”: 보통 허리띠가 달려 있는 거칠고 두꺼운 모직으로 된 방한용 외투.

142 “30야드”: 약 27미터.

171 “케예르 …… 카를리에”: 두 명의 백인 등장인물은 프랑스어를 사용하는 벨기에인으로 추정된다. 이들의 이름 중 Carlier는 프랑스명이 분명하나 Kayerts는 확실하지 않다. Kayerts를 프랑스어로 음역하면 케예르가 된다. 참고로, 벨기에는 프랑스어와 플라망어를 사용한다.

“시에라리온”: 서아프리카 연안 국가로서 18세기에 유럽의 노예 무역 중심지였다. 18세기 말 영국에서 일어난 노예제 반대 운동의 영향을 받아 1792년에 설립된 프리타운은 해방된 노예의 정착지가 되었다. 1808년에 영국의 직할 식민지가 되었다가 1896년에는 내륙 지역과 더불어 영국의 보호령이 되었다. 시에라리온 출신의 자유 흑인들은 아프리카의 다른 지역보다 먼저 문명화된 흑인들이었다.

“루안다”: 아프리카 남서부에 위치한 앙골라의 수도.

174 “부잔교”: 여객의 승·하선이나 화물 하역을 위해 부두 대신 설치한 다리를 일컫는다.

181 “리슐리외 …… 고리오 영감”: 리슐리외(1585~1642)는 루이 13세 때 재상을 지내면서 프랑스의 왕권을 크게 강화시킨 추기경이자 정치가이다. 달타냥은 프랑스 작가 알렉상드르 뒤마(1802~1870)의 장편 모험 소설 『삼총사』(1844)에 나오는 주인공 이름이다. 텍스트에는 ‘호크스 아이(Hawk’s Eye)’로 표기되어 있으나 콘래드가 즐겨 읽은 제임스 페니모어 쿠퍼(1789~1851)의 소설 『개척자들』

(1823)에 등장하는 호크아이(Hawkeye)가 아닌가 추정된다. 고리오 영감은 프랑스 소설가 발자크(1799~1850)의 장편 소설 『고리오 영감』(1835)에 등장하는 주인공 이름이다.

199 "탈색된": 머리카락을 흰색이나 블론드같이 옅은 색으로 탈색하는 것이 19세기 말경 유럽 여성들 사이에 유행하였다.

215 "세 편의 이야기": 1902년에 출판된 『청춘과 다른 두 이야기』에 한데 묶여 출간된 세 편의 이야기를 일컫는다. 여기에는 「청춘」 외에 『어둠의 심연』, 「밧줄의 끝」이 있다.

"직전의 시기": 『나르시서스호의 검둥이』는 1897년에 출판되었고, 『노스트로모』는 1904년에, 『청춘과 다른 두 이야기』는 1902년에 출판되었다. 따라서 여기서 콘래드가 말하는 시기는 대략 1897~1902년 정도로 추정된다.

"매거": 『블랙우드 매거진(*Blackwood's Magazine*)』의 약자임.

217 "응석받이 양자": 폴란드 출신의 콘래드가 1886년에 영국인으로 귀화한 사실을 일컫는다.

"또 다른 이야기": 「진보의 전초 기지」를 일컫는다.

해설

콘래드의 소설과 타자의 재현

이석구(연세대 영문과 교수)

조지프 콘래드의 유년 시절은 불운했다. 그의 조국 폴란드는 주변 강대국들에 의해 끊임없는 침략을 받았다. 폴란드가 내분으로 인해 세력이 약해 있던 1772년에 러시아와 프로이센 그리고 오스트리아가 폴란드를 침공하여 분할 통치함으로써 소수 민족으로 전락한 폴란드의 운명은 콘래드의 생에도 지대한 영향을 미쳤다. 콘래드의 출생지이자 당시 폴란드에 속해 있던 우크라이나는 러시아의 지배를 받고 있었는데, 그의 아버지 아폴로 코제뇹스키가 반정부 활동을 하다 러시아 경찰에 체포되어 바르샤바 감옥에 구금되었던 것이다. 아폴로는 1862년 5월 9일, 아내와 함께 유죄 판결을 받고 러시아의 북부 볼로그다로 유배를 당한다. 유배 생활을 하던 중 콘래드가 일곱 살이 되던 해에 어머니가 폐결핵으로 사망한다. 어머니의 죽음은 그렇지 않아도 허약한 콘래드의 정신과 몸을 더욱 악화시킨다. 그는 여러 차례 폐렴을 앓고 간질 발작도 일으키는데, 이러한 병력 때문에 어른이 되어서도 신경과민 증세를 앓았다. 1868년, 아폴로는 유형에서 풀려나 아들과 함께 크라쿠프에 정착하게 되지만 그 이듬해인 1869년 5월에 폐결핵으로 아내의 뒤를 따른다. 아폴로가 죽은 후 외삼촌 타데우슈 보브롭스키가 콘래드의 후견인이 된다. 콘래드는 아버지와 단둘이 지낼 때에도 가정에서 교육을 받았는데, 아버지 사후에도 건강이 나빠 학교는 불규칙적으로 다니면서 개인 지도를 많이 받았다. 그는 광범위한 독서를 했고, 특히 항해와 탐험에 관한 책을 즐겨 읽었다. 콘래드는 정치범의 아들이었으므로 일정한 나이가 되면 러시아 군대에서 25년을 복무해야 했다. 그는 1874년 10월, 폴란드를 떠나 프랑스 마르세유로 간다. 러시아의 전제 정치 아래에서는 희망이 없다고 판단한 것이다.

마르세유에 도착한 콘래드는 본격적으로 선원 생활을 시작한다. 마르세유에서 체류하는 동안 방탕한 생활을 하게 되고 그의 낭비벽은 재정적인 파탄을 불러온다. 1878년 3월, 콘래드는 급기야 자살을 시도하기도 한다. 이 사건으로 인해 외삼촌 타데우슈가 프랑스로 와서 그의 경제적 곤란을 해결해 준다. 러시아에서의 군 복무를 피하기 위해 국적을 바꾸고 싶어 하던 콘래드에게는 일찍이 오스트리아 시민권을 신청했다가 거절당한 경험이 있었다. 그는 영국 시민이 되려는 마음을 갖게 되었고, 이러한 결심으로 프랑스 상선을 떠나 영국 상선으로 일자리를 옮긴다. 영국 상선 및 영국과의 인연은 콘래드가 영어로 작품을 쓰게 되는 계기를 제공하였다. 제프리 마이어스의 『조지프 콘래드 전기』에 의하면, 콘래드는 어른이 되어서야 셰익스피어와 바이런을 읽고

문학적 영어를 익혔으며 로스토프트의 선원들과 어부로부터 구어체 영어를 배웠다고 한다. "영국에 왔을 때 영어라고는 전혀 몰랐으며, 그가 항해 사이에 묵었던, 선원들이 자주 들락거리는 로스토프트의 작은 여인숙에서—그곳의 유일한 읽을거리였던—『스탠더드』지의 기사를 더듬더듬 읽은 것이 영어 학습의 첫걸음이었다." 콘래드는 런던에 머무르면서 최초의 영국인 친구 G. F. W. 호프를 만난다. 호프는 전직 뱃사람으로 몇몇 상사의 중역이었는데, 그의 요트 넬리는 『어둠의 심연』에 등장하기도 한다. 1890년 초반, 콘래드는 외삼촌을 만나기 위해 우크라이나를 10주간 방문한다. 방문을 마치고 브뤼셀로 돌아온 그는 콩고 강을 운항하는 기선의 선장 직에 관한 고용 계약 건이 구체화되어 있음을 알게 된다. 문제의 기선 선장인 요하네스 프라이슬레벤이 부족민과 다투다가 살해당하여 그 후임으로 가게 된 것이다. 그를 고용한 회사는 벨기에 왕 레오폴드 2세의 조직인 '콩고 상부 교역을 위한 무명 벨기에회(Société Anonyme Belge pour le Commerce du Haut-Congo)'로서 콩고 상류에 통신과 행정 조직 그리고 상업의 독점을 확립하는 일을 담당하였다. 1890년 5월 10일에 콘래드는 보르도를 출발하여 6월 12일에 당시 콩고 자유국의 수도 보마에 도착한다. 그는 그곳에서 23일을 쉰 후 짐꾼을 대동하고 킨샤사를 향해 도보로 출발한다. 8월 2일에 킨샤사에 도착하지만 기선 플로리다호가 부서져 있음을 발견한 그는 덴마크인 선장이 지휘하는 루아 데 벨주(Roi des Belges)호를 타고 콩고 상류로 향한다. 최종 목적지인 스탠리 폭포에 도착한 후 선장이 병에 걸리자 콘래드는 돌아오는 길에 병든 교역상 조르주 앙투안 클라인을 태우고 열흘간 선장 노릇을 한다. 이후 선장은 회복되어 9월 15일에 다시 배를 지휘하게 되지만 클라인은 도중에 사망한다. 9월 24일, 킨샤사로 돌아왔을 때 콘래드도 말라리아와 이질에 걸려 고생하고 있었다. 그는 중도에 계약을 파기하고 결국 6개월 만에 유럽으로 돌아오고 만다. 콘래드가 중도에 계약을 파기한 데에는 건강상의 이유도 있었지만, 교역소장 카뮈 델코뮌뿐만 아니라 회사 부이사의 관계도 나빠져 자신에게 선장직이 돌아오지 않을 것이라는 예측도 한몫을 한 것으로 여겨진다. 어쨌거나 이때의 경험을 바탕으로 한 편의 단편 소설과 또 한 편의 중편 소설을 쓰게 되는데, 이 두 편의 소설이 본 역서에서 다루는 「진보의 전초 기지」(1896)와 『어둠의 심연』(1899)이다.

『어둠의 심연』에 관해 흥미로운 사실 중 하나는, 실제로 있었던 콩고 강의 운항을 근거로 쓰였음에도 불구하고 이 소설에서 콩고에 대한 구체적인 언급은 어디에도 보이지 않는다는 점이다. 콩고라는 말은 한 번도 언급되지 않을뿐더러 콩고 강도 '그 강' 이나 '그 거대한 강' 으로만 지칭된다. 또한 콘래드가 선장 직을 청탁한 아주머니 마르그리트 포라돕스카는 '친애하는 아주머니' 로만 나오고, 그와 불편한 관계에 있으면서 스탠리 폭포로 배를 함께 타고 간 델코뮌은 본부장으로만 불린다. 콘래드의 전임자 프라이슬레벤은 프레슬레벤으로 변형되어 지칭되며, 필사본에서 계속 언급되던 클라인은 출판되면서 커츠라는 이름으로 대체된다. 이와 관련하여 콘래드는 지명이나 인명의 직접적인 언급은 "환상을 파괴하고 암시성을 제거함으로써 모든 예술 작품의 매력에 치명적인 것"이라고 말한 바 있다. 이러한 의도적인 모호성이 『어둠의 심연』을 고도의 상징적인 소설로 만드는 데 기여했음은 부인할 수 없는 사실이라 여겨진다.

이 소설이 갖고 있는 의미의 모호성과 복합성은 심리 비평, 신화 비평, 페미니스트 비평, 탈식민주의 비평, 해체주의적 비평 등 다양한 해석을 가능하게 하였다. 여기서는 이 중에서 심리 비평, 페미니스트 비평 그리고 탈식민주의 비평을 간략하게 소개함으로써 어쩌면 난해하게만 여겨질지 모를 이 작품에 대한 독자들의 이해의 지평을 넓히고자 한다. 여기서 소개되는 세 가지 비평은 모두 콘래드의 모험 소설에서 발견되는 '타자에 대한 재현'에 초점을 맞추고 있다. 예컨대 심리 비평에서 타자는 개인의 정신세계 깊숙이 숨어 있는 억압된 또 다른 자아라는 모습을 취하며, 페미니스트 비평에서 타자는 남성들의 모험과 성취를 그려 내는 남성적 장르로서의 모험 소설이 이러저러한 정치적 이유로 주변화하거나 혹은 악마화하는 여성의 모습을 취하며, 탈식민주의 비평에서 타자는 대조 효과를 통해 유럽인의 영웅적 위상과 인간적 면모를 더욱 빛나게 하는 야만적인 흑인의 모습을 취한다. 이를 자세히 살펴보면 다음과 같다.

심리 비평은 자아 내면의 발견이나 탐구라는 관점에서 이 소설에서 전개되는 공간적 여행에 주목한다. 앨버트 J. 제라드의 표현처럼 이 소설이 다루는 여행은 심층적 수준에서는 자기 내면의 실체와 대면하게 되는 '무의식으로의 여행'으로 이해된다. 프레드

릭 R. 칼이 주장하듯, 콘래드와 프로이트는 동시대인으로서 두 사람 모두 전통적인 인간관과는 대치되는 인간 행위의 불합리한 요소를 강조하였다. 콩고 강의 여행이 말로에게는 그의 내부의 숨길 수 없는 심연을 인식하는 일종의 '악몽'이라는 점에 착안한 칼은 "콘래드에게 있어 정글의 어둠은 프로이트에게는 잠들어 있는 의식의 어둠과 같다"고 주장한 바 있다. 말로 역시 내륙의 교역소를 찾아가는 여행이 자신의 "정신 깊은 곳도 드러내는 듯하였다"고 토로하였다. 내륙으로 들어갈수록 말로는 자신이 문명 세계와 점점 멀어질 뿐만 아니라 이러한 공간 여행이 실은 시간 여행과 크게 다르지 않다고 여기게 된다. 말로의 표현을 빌리자면, "그 강의 상류를 향한 여행은 무성한 식생(植生)이 지상에서 제멋대로 자라고, 커다란 나무들이 제왕같이 군림하는 세상의 태초를 향한 여행과도 같았네". 즉 오지로 깊이 들어가면 갈수록 역사 이전의 세계, 문명 이전의 인류 상태에 가까워진다고 느끼는 것이다. 그러나 이러한 원시성이 말로 주변의 아프리카에서만 발견되는 것은 아니다. 말로는 강변에서 목격한 야만인들의 광란이 자신과 "아무 관련 없진 않다는 생각"을 할 뿐만 아니라 야만적 습속에 자신도 점차 동화된다고 느낀다. 도망 간 커츠를 잡으러 나갔다가 자신의 심장 박동 소리와 "야만인들"의 북소리를 동일시하는 순간이라든가, 정글 속에서 늙을 때까지 살아야겠다는 생각을 하는 순간, 말로는 유럽이 가르치고 주입시켰던 문명적 사유와 도덕적 가치를 버린다. 그의 정신세계를 장악한 것은 바로 문명이 그토록 오랫동안 억압하려고 애써 온 야성적 본능이다. 말로가 콩고에서 만나는 다른 유럽인들도 예외는 아니다. 아프리카에서는 무엇이든 가능하므로 사업에 방해되는 자는 목을 매달아 버릴 것을 주장하는 본부장의 숙부도 야만적인 본성이 모습을 드러내는 경우이지만, 무엇보다도 내륙의 교역소를 운영하는 커츠에게서 이러한 '문화적 변절'이 가장 잘 드러난다. 교역소 주변의 말뚝을 장식하고 있는 해골들과 그가 주재한 "입에 담을 수도 없는 의식으로 끝나는 한밤의 무도"는 도덕적 사고로 무장한 지성인조차 내면의 악이 발호할 때는 속수무책으로 당할 수밖에 없음을 보여 준다.

이 소설에 따르면, 개인이 악을 제압하고 — 적어도 제압한 듯 — 살아갈 수 있는 것은 악에 대항할 수 있는 어떤 저항력이 그의 내부에 있어서가 아니다. 말로는 원칙이나 도덕이란 한번 세게 흔들면 날아가 버리고 말 "누더기"나 바람에 날리는 가벼운 "왕겨" 정도에 지나지 않는다고 생각한다. 말로가 보기에 문명 세계의 개인은 바다에 떠 있는 "노후한 배"와 같다. 어느 순간 악의 세계로 침몰할지 모르는 것이다. 이 노후한 배가 당장 침몰하지 않고 버틸 수 있는 것은 쌍닻이 있기 때문이다. 그 쌍닻을 말로는 "경찰관"과 "푸주한"이라 부르고 있다. 이 두 존재의 공통점은 개인의 생존을 보장해 줄 뿐만 아니라 그의 손에 피 묻히는 것을 제도적으로 막아 준다는 데 있다. 이외에도 우리의 일거수일투족을 지켜보며 수군대는 이웃들의 시선도 중요하다고 말로는 말한다.

> 지켜보는 경찰이 없는 절대 고독의 순간에, 정적의 순간에, 다른 사람들이 어떻게 생각하는지를 속삭여 줄 친절한 이웃의 경고 목소

리가 없는 절대 정적의 순간에, 아무런 속박도 받지 않는 발길이 태고의 어떤 지역으로 사람을 인도할 것인지 자네들이 어떻게 상상할 수 있겠는가? 그러니 정작 중요한 것은 이런 사소한 것들이라네.(106~107쪽)

개인이 문명인으로 살아갈 수 있는 것은 그가 오랫동안 받은 교육이나 종교적인 믿음이나 신념 혹은 타고난 도덕성 덕분이 아니라 단지 지켜보는 경찰과 이웃의 존재가 있기 때문이라는 말로의 주장은 문명인의 존재가 실은 얼마나 위태한 것인지를 지적하는 것이다. "회칠한 무덤 같은 도시"로 불리는 브뤼셀로 돌아온 말로가 일상사로 바쁜 개인들을 보면서 불쾌감과 경멸감을 느끼는 것도 내면에 있는 악의 존재를 깨달은 사람으로서 "눈앞에 있는 위험을 보지 못하고 그 앞에서 뽐내는 아둔함"에 기가 찼기 때문이다. 이러한 시각에서 보았을 때 콩고에서 말로가 발견하게 되는 것은 문명인의 어두운 내면세계이다. 이 어두운 세계를 두고 말로는 동료들에게 이렇게 말한 바 있다. "인간의 마음은 무엇이든 가능하지 않은가 — 모든 것이, 모든 미래와 모든 과거가 다 거기에 있네." 카를 융의 집단 무의식을 연상케 하는 이 "모든 과거"는 인류가 셀 수 없이 많은 세대를 거치면서 축적한 집합적 기억과 다르지 않다. 그래서 이러한 기억에는 태고의 원인들이나 원시인들을 지배했던 살인 충동과 본능이 포함된다. 그러한 시각에서 보았을 때 말로의 콩고 여행은 문명 세계의 이성과 법이 억압하여 온 개인이나 집단의 무의식으로의 여행과 유사하다.

말로가 아프리카에서 하게 되는 여행의 결론은 아무리 고도로 문명화된 존재라도 내면의 악이 발호할 때는 속수무책일 수밖에 없다는 것이다. 콩고 지역에 도착한 말로가 커츠에게 남다른 관심을 갖는 연유도 그의 출생과 교육에 전 유럽이 기여한 커츠처럼 뛰어난 인물이 악의 발호에 어떻게 대처할 것인지 궁금했기 때문이다. 그러나 콩고 강 상류에 위치한 내륙의 교역소에서 말로가 발견하는 커츠는 입에 담을 수 없을 정도로 끔찍한 의식을 즐기는 악귀 같은 존재로 변모해 있었다. 커츠의 '문화적 변절' 혹은 그가 겪은 '원시성으로의 회귀'는 이미 상당히 진행된 상태여서 그는 심지어 백인들에 의해 구출되어 증기선으로 옮겨진 후에도 다시 정글로 도망친다. 야만적인 습속을 탐닉하고 싶은 욕구가 이 유럽의 지성인을 놓아주지 않는 것이다. 커츠 같은 존재도 그러할진대, 「진보의 전초 기지」에 등장하는 백인 주인공 케예르와 카를리에 같은 인물이 문명의 보호로부터 떨어져 홀로 있게 될 때 어떠한 변화를 겪을 것인지는 너무나 뻔한 것이다. 그러나 콘래드의 인간관이 이처럼 전적으로 어둡기만 한 것은 아니다. 그의 작품에서는 인간 본성 깊숙이 숨어 있는 악에 대한 냉소적인 통찰력이 번득이는가 하면 인간에 대한 한없는 연민 또한 발견된다. 콘래드의 눈에 비친 인간은 근본적으로 적대적인 우주 공간에 던져진 외로운 존재이다. 힘든 인생을 부여잡고 나아가기 위해 콘래드는 외로운 존재들끼리 서로 의지가 되는 관계를 맺을 것을 촉구한다. 이러한 관계에 대해 작가는 『어둠의 심연』에서 "연대 의식"이라고 부른 바 있으며, 이는 『나르시서스호의 검둥이』에 부친 서문에

서 더욱 명료하게 드러나 있다. 이 서문에서 콘래드는 예술을 궁극적으로 "모든 존재와 동료 관계라는 잠재적인 감정"에 호소하는 것이라 보았으며, 이 감정을 "수많은 외로운 마음들을 함께 엮어 주는 연대 의식"이라고 불렀다.

아프리카와 아프리카의 어둠에 대한 콘래드의 묘사에는 단순히 이국적인 환경의 재현을 넘어서는 부분이 분명 있다. 심리주의 비평이 프로이트적인 혹은 융적인 무의식의 모티프를 찾는다면, 페미니스트 비평은 말로의 탐험기에서 여성이 어떠한 식으로 재현되고 있는지에 주목한다. 이 소설에 모습을 드러내는 여성들은 크게 두 부류로 나뉜다. 그중 첫째는 백인 여성으로서 말로에게 직장을 알선해 준 브뤼셀의 아주머니, 브뤼셀의 회사에서 근무하는 두 여성 사무원, 그리고 커츠의 약혼녀가 있으며, 두 번째 부류에는 아프리카의 내륙에서 만나는 전투적인 차림의 흑인 여성이 있다. 이 중 첫째 부류에 대한 말로의 평가는 "친애하는" 아주머니에 대한 다음의 논평에서 단적으로 드러난다.

> 여성들이 진실에서 얼마나 멀어져 있는지. 참 기이하지. 그들은 자신들만의 세상에서 따로 살고 있으며, 그 세상에 견줄 만한 것은 과거에도 없었고, 앞으로도 결코 있을 수 없다네. 그 세상은 너무나 아름다워서, 만약 여성들이 세상을 세우면, 첫째 날 해가 저물기도 전에 무너지고 말 걸세. 창조 이래로 줄곧 우리 남성들이 불평 없이 받아들인, 어떤 황당한 사실이 만약 그들에게 알려지면, 그 세상을 뒤집어 놓고 말 것일세.(28~29쪽)

여성을 고상한 존재로 떠받드는 것처럼 해석될 수도 있는 이 구절은, 19세기 영국 사회가 여성들을 정치적 · 경제적 영역으로부터 배제하고 가정의 영역에 가두기 위하여 사용한 이데올로기를 그대로 담지하고 있다는 데 문제가 있다. 세상사를 감당해 낼 수 있는 정신적 능력이 여성에게는 애초에 결여되어 있으므로 여성들에게는 바깥세상에 참여할 의무가 면제되어야 한다는 논리이다. 아프리카의 오지에서 브뤼셀의 사무실을 지키고 있는 두 여성 사무원을 문득 떠올린 말로가 그들이 콩고에서 벌이는 사업의 유럽 쪽 창구를 맡기기에 부적절하다고 평가하는 것도 같은 논리이며, 작품의 결미에서 말로가 커츠의 약혼녀에게 커츠의 마지막 말에 대해 거짓말하는 것도 같은 맥락에서 이해될 수 있다. 커츠의 약혼녀는 인간에 대한 어두운 "진실"을 감당해 낼 수 없다고 판단해 거짓말로써 그녀가 자신의 "아름다운 세상"에 계속 살 수 있도록 "배려"해 주는 것이다. 콘래드의 소설은 이러한 점에서, 19세기 후반기에 유행하였던 다른 모험 소설들과 함께, 남성은 거친 세상의 모험가이며, 여성은 남성의 안전한 귀향을 기다리는 가정의 조력자라는 엄격한 성 역할을 재생산하는 데 기여한다.

물론 콘래드의 소설에서 여성이 보호되어야 할 연약한 존재로만 등장하는 것은 아니다. 정반대의 사악하고 강력한 이미지도 이 텍스트에 등장하나 이런 경우, 인종적 타자나 지리적 타자에 대한 묘사에만 제한적으로 사용된다. 예컨대 아프리카를 향해 출발한 말로에게 이 이방의 대륙은 호객 행위를 하는 거리의 여성으로 다가온다. "눈앞에 그것이 있었네 — 미소 짓고, 찌푸리고, 유혹하며, 장엄하고, 야비하게, 밋밋하거나 야만적인 모습으로 '한번 와서 알아내 봐요' 하고 속삭이듯 항상 말없이." 말로는 아프리카의 이러한 유혹적 손짓이 단순히 관능적이지만 않다는 것을 곧 발견하게 된다. 말로가 아프리카 내륙으로 깊이 침투하면 할수록, 여성으로 의인화된 아프리카는 점점 더 야수적이며 악마적인 형상을 띤다. 백인 주인공을 에워싼 아프리카에 대한 묘사는 「진보의 전초 기지」에서도 다르지 않다. "주위의 야생에 감도는 거대한 정적 속에서 절망과 야만이 그들에게 점점 더 가까이 다가와 그들을 부드럽게 잡아당겼고, 그들을 지켜보았으며, 저항할 수 없을 만큼 친숙하고 혐오스러운 수작을 부리며 그들을 에워쌌다." 『어둠의 심연』에서는 시간이 경과함에 따라 이 무시무시한 짐승의 이미지는 흡혈귀의 형상을 가진 것으로 발전한다. 일례로, 커츠가 아프리카에서 겪었던 도덕적 변화를 묘사할 때에도 말로는 그 둘의 관계를 흡혈귀와 그것의 "응석받이 총아" 간의 파멸적인 육체 관계에 비유한 바 있다.

> 야생이 그의 머리를 쓰다듬으니까, 보게나, 그것은 공을 — 상아로 된 공을 — 닮게 되었고, 야생이 그를 애무하니까 — 보게나! — 그는 기력을 잃어버렸는데, 그것이 그를 포로로 만들었고, 사랑했고, 껴안았으며, 그의 핏줄에 흘러들었고, 그의 육체를 소진시켰으며, 상상할 수도 없는 악마의 입회식에 의해 그의 영혼을 자기 것으로 봉인해 버렸다네. 그가 제멋대로 구는, 야생의 응석받이가 되어 버렸던 것일세.(105쪽)

아프리카와의 접촉으로 인해 유럽인이 엄청난 도덕적 희생을 치르게 된다는 사유가, 콘래드의 텍스트에서 처음 나타난 것은 아니다. 아프리카에 대한 이러한 담론은 19세기 말에 유행하였던 통속적인 모험 소설에서 흔히 발견되는 상투어이며 그 전통은 이미 그전에 쓰인 유럽인의 아프리카 탐험기와 선교 일지, 그리고 인류학과 고고학적 문헌에서 발원한 것이다. 콩고 강 상류에서 말로가 발견하는 흑인 여성은 이러한 아프리카의 야수성과 악마성의 구체적인 이미지로 제시된다. 콘래드의 텍스트가 보여 주는 아프리카에 대한 재현은, 에드워드 사이드의 논거를 적용할 때, 식민주의가 스스로를 정당화하기 위해 사용한 이데올로기적 수법 중 하나가 성차별주의임을 잘 보여 준다. 즉 유럽은 이민족과 이방의 대륙을 여성화함으로써, 남성에 의한 여성의 지배를 자연스러운 것으로 미화하는 가부장적 이데올로기에 "기대어" 식민지 지배를 자연스러운 것으로 정당화할 수 있었다는 것이다. 이러한 점에서 콘래드의 아프리카 소설은 성과 인종에 관한 당대 유럽인들의 사유를 정확히 반영하고 있으며, 또한 유럽의 식민주의와도 어쩔 수 없는 관련을 맺게 된다.

이 소설에 대한 탈식민주의 비평만큼 유독 많은 논쟁을 낳고 또한 확연하게 찬반 양론으로 구분된 경우를 발견하기란 쉽지 않다. 그도 그럴 것이, 콩고에서 벌어지는 식민주의에 대한 작가 자신의 평가에도 모순되는 부분이 발견되기 때문이다. 예컨대 친구이자 출판업자인 피셔 언윈에게 보낸 1896년 7월 22일자 서신에서 콘래드는 「진보의 전초 기지」를 거명하며 다음과 같이 말한다. "그것은 콩고에 관한 이야기입니다. 그 당시 내가 느꼈던 온갖 괴로움과 내가 보았던 모든 것의 의미에 대해 가졌던 궁금함이, 가식적인 인도주의에 대한 나의 분노가 글을 쓰는 동안 나와 함께했습니다." 이 서한에서 콘래드는 콩고 자유국에 대한 벨기에 국왕의 통치가 실은 인도주의라는 가면을 쓴 허구임을 통렬하게 지적하고 있다. 그러나 콘래드는 다른 한편으론 출판업자 윌리엄 블랙우드에게 보낸 1898년 12월 31일자 서신에서 다음과 같이 말한다. "그곳에서 문명화 사업을 시도할 때 범죄적일 만큼 비능률적이고도 심각한 이기주의는 정당화될 만한 생각입니다." 1876년에 레오폴드 2세는 브뤼셀에서 아프리카의 미래에 대한 회담을 개최하는데, 그 명목은 "기독교가 아직 침투하지 못한 지구의 유일한 지역에 문명의 손길을 뻗쳐 그곳 인구 전체를 에워싸고 있는 어둠을 관통하기 위한 것"이었다. 이 회담 결과로 국제아프리카회가 탄생하고 이어 국제콩고회가 탄생하지만 둘 다 레오폴드 2세의 사조직이 되고 만다. 1884년 베를린 회담을 거쳐 1885년에 콩고는 레오폴드의 개인 왕국이 되고, 그 결과 레오폴드는 1908년까지 통치권을 소유하게 된다. 1891~1894년에 콩고에서는 레오폴드의 군대와 아랍 노예상의 치열한 전투가 있었는데, 이 전쟁은 비인간적인 노예 매매를 근절한다는 명목으로 벌어졌으나 실제 노예상들을 격퇴한 후 레오폴드는 새롭고 더 잔인한 노예 제도를 운영하였다. 전쟁을 통해 노예 사업의 실질적인 경쟁자를 없앤 셈이다. 레오폴드의 학정은 그가 통치한 약 25여 년의 기간 동안 상아 수집과 고무 채취와 관련된 강제 노역이

나 고문, 강제 이주 그리고 학살을 통해 콩고의 인구가 절반으로 줄었다는 통계가 증거한다.

콘래드를 옹호하는 진영에서는 『어둠의 심연』이 아프리카에 대해 유럽이 가지고 있던 인종적 편견을 타파하는 데 일조하였다고 주장한다. 이 비평가들에 의하면, 소설에 등장하는 수석 회계사나 본부장과 그의 숙부의 인간 됨됨이와 무엇보다도 커츠의 타락상이 콩고 강을 따라 활동하고 있던 레오폴드의 교역상들이 얼마나 무능력하고 비인간적인지를 적나라하게 폭로하고 있다는 것이다. 「진보의 전초 기지」에서도 백인 주인공 케예르와 카를리에를 교역소 내 자신들의 거처를 새롭게 단장하기에도 역부족인 존재로 묘사함으로써 콘래드는 유럽의 식민주의가 그것이 표방한 이상이나 구호와 실제로 얼마나 동떨어진 것인지를 신랄하게 풍자하였다. 『어둠의 심연』 서두에서도 말로의 입을 통해 지구의 정복을 일삼은 유럽의 식민주의가 고발된 적이 있다. 말로는 지구의 정복이란 "대개 우리와는 피부색이 다르거나, 코가 좀 낮은 자들로부터 땅을 강탈하는 것을 의미하기에, 실상을 깊숙이 들여다보면 결코 보기 좋은 일이 아님"을 비판한 바 있다. 또한 콘래드를 옹호하는 진영에서는 비록 콘래드의 소설에서 아프리카와 아프리카인을 야만적인 존재로 공식화하는 인종 담론이 발견되는 것은 사실이나 19세기 말에 유럽에 팽배하였던 인종주의적 문화로부터 작가가 완전히 자유롭기를 기대한다는 것은 공평하지 못한 처사임을 지적하기도 한다. 자신이 속한 문화가 그러할진대, 그런 문화로부터 자유로워지는 일이 어찌 쉽겠느냐는 것이다.

콘래드를 비판하는 진영의 대표적인 평자로는 나이지리아 출신의 작가이자 비평가인 치누아 아체베가 있다. 영국이 식민 통치한 나이지리아에서 선교 학교를 다닌 아체베는 어린 시절 읽었던 유럽의 '명저'에 대해 신랄하게 비판한 바 있다. 「찬양의 회복으로서의 아프리카 문학」에서 아체베는 다음과 같이 말한다. 아프리카를 다룬 영문학을 읽는 동안 "나는 나 자신을 아프리카인으로 인식하지 않았습니다. 나는 야만인과 싸우는 백인의 편을 들었습니다…… 머리카락이 곤두서는 무시무시한 모험을 하고 아슬아슬하게 위기를 모면하는 백인의 편이라고 생각했던 것입니다". 프란츠 파농의 연구 대상이기도 한 이 '의식의 백인화' 때문에 서구의 교육을 받은 흑인들은 자신의 문화와 자기 정체성을 비하하게 된다. 이 모험 소설들이 자신을 백인화시키는 기만적 장치로 작용하였다는 사실을 아체베는 이내 깨닫는다. "이 작가들이 나를 잘도 속였구나! 나라는 존재는 『어둠의 심연』에 등장하는 콩고강을 거슬러 올라가는 말로의 보트에 승선해 있었던 것이 아니었다. '나'는 무시무시한 인상을 쓰며 강변에서 펄쩍펄쩍 뛰는 낯선 존재들 중 하나였던 것이다." 아체베는 『무너져 내리다』(1958)에서 유럽과 아프리카의 만남을 아프리카인의 시각에서 다시 서술함으로써 백인들이 그려 낸 아프리카의 초상화에 대한 교정을 시도한다. 『어둠의 심연』에 대하여 아체베는 좀 더 직접적인 어조로 비판을 개진한 바 있다. 논문 「아프리카의 이미지: 콘래드의 『어둠의 심연』에 나타난 인종주의」에서 아체베는, 콘래드의 주 관심사가 아프리카가 아니라 실은 홀로 있게 된 유럽인의 정신적 문제임을 자신이 모르고 있지는 않다고 진술한다. 즉 콘래드의 저작 목표는 아프리카를 비하하려는 의도가 아니라 유럽을 떠나 이국에 홀로 있게 된 유럽인이 겪는 정신적인 변화를 기록하는 것이며, 이러한 기록이 유럽 문명을 옹호하기는커녕 오히려 비판하고 조롱하고 있다는 점을 자신이 충분히 알고 있음을 적시한 것이다. 이어 아프리카는 단순히 커츠의 정신적 타락이 벌어지는 배경에 지나지 않는데, 이를 너무 진지하게 취급한 것이 아니냐는 지적을 인용한 후 이 지적에 대해 아체베는 다음과 같이 말한다.

> 바로 그것이 내가 말하고자 하는 요지의 일부입니다. 인간적 요소로서의 아프리카인이 배제된 세트이자 배경으로서의 아프리카 말입니다. 알아볼 만한 인간성이 결여된 형이상학적 전장으로서의 아프리카, 방황하는 유럽인이 치명적인 위험을 무릅쓰고 들어서게 되는 지역으로서의 아프리카. 한 보잘것없는 유럽인의 정신적인 와해를 위한 소도구로 아프리카를 전락시키는 이 허무맹랑하고도 그릇된 교만함이 눈에 보이지 않는단 말입니까? 그러나 이것조차 내가 말하고자 하는 요지는 아닙니다. 진짜 문제는 오랜 세월 동안 지속된 이 태도가 세상 사람들에게 조장해 왔고 또 계속해서 조장하는 아프리카와 아프리카인을 비인간화시키는 문제입니다. 따라서 문제는 이러한 비인간화를 찬양하며, 인류의 일부 구성원에게서 개체로서의 인격을 빼앗는 소설이 위대한 예술 작품으로 불릴 수 있느냐는 것입니다. 나의 대답은 아니올시다입니다.

아체베의 이 주장과 관련하여 언급할 만한 가치가 있는 것은 콘래드가 『어둠의 심연』을 쓴 목적이 무엇이었든 간에 그 목적을 위해 그가 방문했던 당시, 콩고의 상당 부분을 삭제하고 변형하였다는 점이다. 예컨대 콘래드가 방문하였고 소설 속에서 말로도 방문한 보마 지역은 작가가 방문할 당시 각종 관공서와 군인들의 처소 등 건설 공사가 한창이었고 가게와 호텔이 들어서기 시작한 곳이었다. 그러나 콩고 하류에서 벌어지고 있는 이러한 근대화의 현장은 문명인을 유혹하고 위협하는 어두운 생명체의 존재를 강조하기 위하여, 악의 세력이 활개치는 야성적이고도 야만적인 장소를 텍스트에 제공하기 위해 과감하게 삭제된다. 이러한 '삭제의 정치학'은 아프리카의 식인 풍습에 관한 콘래드의 태도에서도 작용한다. 말로가 내륙의 교역소로 가는 길에 고용한 흑인 선원들은 증기선을 공격하는 원주민들을 잡아먹고 싶다는 욕구를 내비친다. 아프리카 식인종에 대한 이러한 담론은 심지어 콘래드의 전기 작가 제프리 마이어스의 책에서도 발견된다. 마이어스의 표현을 빌리면,

> 30명의 아프리카인 중에는 상당수의 식인종이 포함되어 있었다. 콘래드가 아직 마타디에 있었을 때 타데우슈가 농담조로 말하였다. "네가 꼬챙이에 꽂혀 바비큐로 먹히지 않는 한, 너에게서 조만간 소식을 들을 것으로 확신한다." 콘래드가 상류로 올라간 것은 말로가 상류로 올라간 것만큼 위험하지는 않았지만 식인종들은 진짜 위협적이었다. 한 아프리카인은 인간의 고기를 먹느냐는 질문을 받았을 때,

"아, 이 지구 상의 모든 인간들을 먹을 수 있었으면" 하고 말했다.

이처럼 콘래드의 소설뿐만 아니라 그의 전기 작가의 저서에서도 인육은 콩고인의 일상적인 식사 메뉴로 소개되고 있다. 식인 풍습이 일부 콩고인들에 의해 이루어진 것은 사실이나 이러한 사실은 아랍 노예상들과 레오폴드 국왕 간에 있었던 전쟁이라는 맥락에서 이해되어야 한다. 패트릭 브랜틀링거의 『어둠의 지배』에 의하면, 아랍 노예상의 군대뿐만 아니라 레오폴드 국왕의 군대에 속해 있던 콩고 병사들도 인육을 먹었다고 한다. 몇몇 콩고 부족들에 있어 식인은 전쟁과 관련된 전통 의식이기도 하였지만, 그것은 동시에 신체가 온전해야 천당에 갈 수 있다고 믿는 아랍인들에게 공포심을 불러일으키는 일종의 심리전인 셈이었다. 그러나 아랍 노예상과 레오폴드 국왕 간의 전쟁에서 이루어진 전쟁 의식으로서의 식인 풍습은 콘래드 소설에서 그러한 정황적인 설명을 제공받지 못한다. 브랜틀링거의 주장처럼, 아랍 노예상의 존재 자체를 아예 삭제해 버림으로써 콘래드는 아랍 노예상-콩고인-레오폴드 국왕이라는 삼각관계를 아프리카 대 유럽 문명이라는 마니교적인 이분법으로 단순화시킬 수 있었던 것이다.

레오폴드 2세가 실시한 식민주의 정책으로부터 콘래드가 거리를 취한 것은 부인할 수 없는 사실이다. 또한 동시에 부인할 수 없는 것은 콘래드가 영국의 식민주의를 유럽 여타 제국들의 식민주의와는 질적으로 차별화하였다는 점이다. 「진보의 전초 기지」에서 조롱의 대상이 벨기에의 식민주의로 국한되는 것도 이런 맥락에서 이해될 수 있다. 『어둠의 심연』은 대영 제국을 위해 '특별한 자리'를 예약해 두고자 하는 작가의 태도를 명확히 드러낸다.

> 지도에는 붉은색의 거대한 지역이 있었는데, 사업다운 사업이 벌어지고 있다는 것을 알기에, 그곳은 언제 보아도 좋은 곳이지. 그러고는 빌어먹게 크게 색칠이 된 파란색 지역과 약간의 초록색 지역이, 여기저기 문질러 칠한 듯한 오렌지색 지역이 있었고, 동쪽 해안에는 유쾌한 진보의 선구자들이 맛 좋은 라거 맥주를 유쾌하게 들이켜고 있음을 나타내는 보라색 지역이 있었네. 그러나 나는 이 지역들로 갈 예정이 아니었네. 나는 노란색으로 표시된 지역으로 가게 되어 있었지.(23~24쪽)

지도상의 붉은색 지역은 말할 것도 없이 영국의 식민지들을 가리킨다. 이 "사업다운 사업이 벌어지고 있는" 지역과 대조적으로 다른 제국들의 식민지는 빈정거리는 투로 폄하되거나 무시된다. 예를 들어 프랑스의 식민지는 "빌어먹게 크게 색칠이 된" 지역으로 비난받으며, 이탈리아와 포르투갈의 식민지는 "약간의 초록색 지역"이나 "여기저기 문질러 칠한 듯한" 지역 정도로 무시되며, 독일의 식민지는 진지한 의도를 결여한 채 맥주나 즐기는 곳으로 폄하되고 있다. 식민주의를 "이상"이나 "효율에 대한 헌신"에 의해 정당화할 수 있다고 여긴 점에서도 콘래드가 식민주의 자체를 옹호하지 않았다고 주장하기란 쉽지 않다. 또한 비록 유럽의 식민주의가 드러낸 추악한 면에 대해 비판적인 태도를 취하였다고는 하지만 작가는 당대의 유럽에서 유행했던 인종적 담론으로부터 거리를 확보하지 못하였다. 그 결과 아이러니하게도 유럽의 식민주의와 인종주의를 비판하고자 한 그의 애초의 메시지가 실은 인종주의적이라는 비판을 면할 수 없게 되고 만 것이다.

판본 소개

『어둠의 심연(*Heart of Darkness*)』을 번역할 때 참조한 주 판본은 로버트 킴브로가 편집한 노턴 출판사의 *Heart of Darkness: An Authoritative Text, Backgrounds and Sources, Criticism*, 3rd ed.(New York: W. W. W. Norton, 1988)이다. 앞선 판본들의 오류를 지적하였다고 하는 이 판본에서도 실은 구두점에 관련된 많은 오류뿐만 아니라 중요한 철자 오류가 발견된다. 오류가 의심스러운 부분을 비교 · 대조하기 위하여 모턴 D. 제이블이 편집한 『포터블 콘래드(*The Portable Conrad*)』(New York: The Viking Press, 1947) 등을 참조하였다.

『어둠의 심연』을 단독적으로 다룬 서문이나 작가 노트는 없다. 대신 『어둠의 심연』이 다른 두 편의 단편과 함께 묶여 출판된 『청춘과 다른 두 이야기(*Youth: A Narrative, and Two Other Stories*)』의 작가 노트와 콘래드의 예술관을 가장 잘 드러내었다고 평가받는 『나르시서스호의 검둥이(*The Nigger of the 'Narcissus'*)』의 서문을 번역하여 작품에 대한 작가 자신의 의견이 독자에게 잘 전달될 수 있도록 했다. 『청춘과 다른 두 이야기』의 작가 노트는 노턴 출판사의 판본을, 『나르시서스호의 검둥이』 서문은 바이킹 출판사의 『포터블 콘래드』를 참조하였다.

「진보의 전초 기지(An Outpost of Progress)」의 주 판본으로는 『포터블 콘래드』를 사용했다.

콘래드의 연보는 주로 『포터블 콘래드』를 참조했다. 이 책이 제공하는 연보 중 오류 부분은 제프리 마이어스의 『조지프 콘래드 전기(*Joseph Conrad: A Biography*)』(London: John Murray, 1991)를 참조하여 수정하였다.

조지프 콘래드 연보

1857 12월 3일 당시 러시아의 속국이었던 폴란드 베르디체프의 가난한 지주 집안 출신인 아버지 아폴로(Apollo)와 어머니 에벨리나(Ewelina) 사이에서 태어났다. 본명은 유제프 테오도르 콘라드 날레츠 코제뇹스키(Jozef Teodor Konrad Nalecz Korzeniowski)이다. 부친 아폴로는 외국 문학 번역가로, 애국적인 내용의 비극을 쓴 극작가로 잘 알려져 있다.

1862 부모가 바르샤바로 이사한다. 아버지는 폴란드 독립을 위한 비밀 결사인 폴란드 민족위원회에 참여한다. 반정부 활동으로 인해 그와 아내 둘 다 유죄 선고를 받고 러시아의 볼로그다로 유배를 간다.

1865 4월 18일 어머니가 힘든 유배 생활 중 폐결핵으로 서른두 살의 나이에 사망한다.[1] 이때 콘래드의 나이는 일곱 살이었다. 아폴로는 몸이 약한 콘래드를 러시아 학교에

보내지 않고 집에서 가르친다. 그러나 폐렴과 간질 발작으로 허약해진 콘래드는 실질적으로 교육을 거의 받지 못한다.

1868 아버지에게 갈리치아의 렘베르크에서의 거주가 허락된다. 1869년 부자는 크라쿠프(폴란드 남부의 공업 도시)로 이주하지만 5월 23일, 부친이 사망한다. 외삼촌 타데우슈 보브롭스키(Tadeusz Bobrowski)가 후견인이 된다.

1870 대학생 애덤 풀먼(Adam Pulman)으로부터 교습을 받는다(1874년까지).

1872 오스트리아 시민권 취득에 실패하자 외삼촌에게 선원이 되고 싶은 뜻을 알린다.

1874 마르세유로 가서 들레스탕 금융 및 선박 회사(Delestang and Sons)에 취직한다. 몽블랑호(Mont-Blanc)를 타고 마르세유를 출발하여 마르티니크를 거쳐 르아브르로 돌아온다(1875).

1876 생탕투안(St. Antoine)호를 타고 서인도 제도를 항해한다(1877년까지). 돌아오는 길에 남아메리카에 들르는데 그 경험을 바탕으로 『노스트로모(*Nostromo*)』를 쓰게 된다.

1878 연애에 실패하고 미국인 J. M. K. 블런트(Blunt)와 결투

---

1 『포터블 콘래드』의 연보에 의하면, 콘래드 모친의 사망일은 4월 6일로 되어 있으나 여기서는 마이어스의 콘래드 전기를 따르기로 한다.

한 후 마르세유를 떠난다. 4월 24일, 영국 국적의 증기선 메이비스(Mavis)호를 타고 콘스탄티노플로 간다. 6월 18일, 메이비스호를 타고 영국에 도착한다.

1881 뉴캐슬을 떠나 방콕으로 가는 석탄 운반선 팔레스타인(Palestine)호에 승선하나 항해 도중 석탄에 불이 나는 바람에 문톡 섬에 상륙한다. 이때의 경험이 「청춘(Youth)」의 소재가 된다.

1884 봄베이에서 본국으로 돌아오는 나르시서스호의 이등 항해사가 되며 이때의 경험이 『나르시서스호의 검둥이(*The Nigger of the 'Narcissus'*)』의 소재가 된다. 이때 일등 항해사 자격을 취득한다.[2]

1886 8월 19일 영국 시민으로 귀화하다. 11월 10일, 선장 자격을 취득한다.

1887 비다르(Vidar)호를 타고 말레이 군도를 네 번에 걸쳐 항해한다(1888년까지). 이때의 경험이 그의 16편에 이르는 말레이 소설의 자료가 된다.

1888 일등 항해사 자격으로 자바로 향하는 하일랜드 포리스트(Highland Forest)호에 승선. 항해 도중 부상당하고 인도네시아의 사마랑에 배가 정박하자 싱가포르에 있는 유럽인의 병원으로 이송되어 치료를 받는다. 이때의

2 『포터블 콘래드』에서는 콘래드가 일등 항해사 자격을 취득한 해가 1883년으로 기록되어 있으나 제프리 마이어스의 『조지프 콘래드 전기』에는 1884년 11월 28일로 기록되어 있다. 여기서는 후자를 따르기로 한다.

경험이 『로드 짐(*Lord Jim*)』의 자료가 된다. 싱가포르에서 오타고(Otago)호의 선장 직을 처음이자 마지막으로 맡는데 이때의 경험이 「밧줄의 끝(The End of the Tether)」, 「포크(Falk)」, 「비밀의 공유자(The Secret Sharer)」 및 『섀도 라인(*Shadow Line*)』의 자료가 된다.

1890 증기선 루아 데 벨주(Roi des Belges)호를 타고 콩고강을 운항하는데, 얼마 안 가 이질과 말라리아, 통풍으로 고통받다가 귀국한다. 이때의 경험이 『어둠의 심연』과 「진보의 전초 기지(The Outpost of Progress)」의 자료가 된다.

1891 범선 토런스(Torrens)호의 일등 항해사로 플리머스-애들레이드-케이프타운-세인트헬레나-런던을 항해하고 마지막으로 하선하면서 조지프 콘래드라는 이름으로 서명한다(1893).

1893 이등 항해사 자격으로 캐나다까지 가기로 예정되어 있는 아도와(Adowa)호에 승선하여 프랑스 루앙까지 가지만 이 항해는 취소되고 콘래드의 선원 생활도 이로써 끝이 난다(1894).

1895 『올메이어의 어리석음(*Almayer' s Folly*)』 출판.

1896 『섬의 추방자(*An Outcast of the Islands*)』 출판. 3월 24일, 제시 조지(Jessie George)와 결혼한다.

1897 『나르시서스호의 검둥이』 출판.

1898 『불안에 관한 이야기들(*Tales of Unrest*)』 출판.

1899 『어둠의 심연』이 『블랙우드 매거진(*Blackwood Magazine*)』에 연재되다.

1900 『로드 짐』 출판.

1901 포드 매독스 휴퍼(포드)와 공동 집필한 『후계자들(*The Inheritors*)』 출판.

1902 『태풍(*Typhoon*)』 및 『청춘과 다른 두 이야기(*Youth: A Narrative, and Two Other Stories*)』 출간.

1903 『태풍과 다른 이야기들(*Typhoon and Other Stories*)』, 포드와 공동 집필한 『로맨스(*Romance*)』 출판.

1904 『노스트로모』 출판.

1906 『바다의 거울(*The Mirror of the Sea*)』 출판.

1907 『비밀 요원(*The Secret Agent*)』 출판.

1908 『여섯 편 한 세트(*A Set of Six*)』 출판.

1910 『서구인의 눈으로(*Under Western Eyes*)』를 완성한 후 신경 쇠약증에 걸려 켄트 주의 애슈퍼드 근처로 이사한다.

1911 『서구인의 눈으로』 출판.

1912 『개인적인 기록(*A Personal Record*)』, 『육지와 바다 사이(*Twixt Land and Sea*)』 출판.

1913 『우연(*Chance*)』 출판.

1914 가족과 함께 폴란드를 방문한다.

1915 『조수 안에서(*Within the Tides*)』, 『빅토리(*Victory*)』 출판.

1917 『섀도 라인』 출판.

1919 『황금 화살(*The Arrow of Gold*)』 출판.

1920 『구출(*The Rescue*)』 출판.

1921 『삶에 대한 소고와 편지(*Notes on Life and Letters*)』 출판.

1922 11월 3일 런던에서 『비밀 요원』이 잠시 연극으로 공연됨.

1923 『방랑자(*The Rover*)』 출판. 5월 1일~6월 2일간 미국을 방문한다.

1924 기사 작위를 거절하고, 8월 3일 캔터베리 근처의 집에서 심장 마비로 사망하다.

1925 미완성 소설 『서스펜스(*Suspense*)』, 『소문(*Tales of Hearsay*)』 출판.

1926 『마지막 에세이들(*Last Essays*)』 출판.

1928 미완성 소설 『자매들(*The Sisters*)』 출판.

새롭게 을유세계문학전집을 펴내며

을유문화사는 이미 지난 1959년부터 국내 최초로 세계문학전집을 출간한 바 있습니다. 이번에 을유세계문학전집을 완전히 새롭게 마련하게 된 것은 우리가 직면한 문화적 상황에 적극적으로 대응하기 위해서입니다. 새로운 을유세계문학전집은 세계문학의 역할이 그 어느 때보다 중요해졌다는 인식에서 출발했습니다. 오늘날 세계에서 타자에 대한 이해는 우리의 안전과 행복에 직결되고 있습니다. 세계문학은 지구상의 다양한 문화들이 평등하게 소통하고, 이질적인 구성원들이 평화롭게 공존할 수 있는 문화적인 힘을 길러 줍니다.

을유세계문학전집은 세계문학을 통해 우리가 이런 힘을 길러 나가야 한다는 믿음으로 만들어졌습니다. 지난 5년간 이를 준비하기 위해 많은 노력을 기울였습니다. 세계 각국의 다양한 삶의 방식과 문화적 성취가 살아 있는 작품들, 새로운 번역이 필요한 고전들과 새롭게 소개해야 할 우리 시대의 작품들을 선정했습니다. 우리나라 최고의 역자들이 이들 작품 속 한 문장 한 문장의 숨결을 생생히 전하기 위해 심혈을 기울였습니다. 또한 역자들은 단순히 번역만 한 것이 아니라 다른 작품의 번역을 꼼꼼히 검토해 주었습니다. 을유세계문학전집은 번역된 작품 하나하나가 정본(定本)으로 인정받고 대우받을 수 있도록 최선을 다했습니다. 세계문학이 여러 경계를 넘어 우리 사회 안에서 주어진 소임을 하게 되기를 바라며 을유세계문학전집을 내놓습니다.

을유세계문학전집

1. 마의 산(상) 토마스 만 | 홍성광 옮김
2. 마의 산(하) 토마스 만 | 홍성광 옮김
3. 리어 왕 · 맥베스 윌리엄 셰익스피어 | 이미영 옮김
4. 골짜기의 백합 오노레 드 발자크 | 정예영 옮김
5. 로빈슨 크루소 대니얼 디포 | 윤혜준 옮김
6. 시인의 죽음 다이허우잉 | 임우경 옮김
7. 커플들, 행인들 보토 슈트라우스 | 정항균 옮김
8. 천사의 음부 마누엘 푸익 | 송병선 옮김
9. 어둠의 심연 조지프 콘래드 | 이석구 옮김
10. 도화선 공상임 | 이정재 옮김
11. 휘페리온 프리드리히 횔덜린 | 장영태 옮김
12. 루쉰 소설 전집 루쉰 | 김시준 옮김
13. 꿈 에밀 졸라 | 최애영 옮김
14. 라이겐 아르투어 슈니츨러 | 홍진호 옮김
15. 로르카 시 선집 페데리코 가르시아 로르카 | 민용태 옮김
16. 소송 프란츠 카프카 | 이재황 옮김
17. 아메리카의 나치 문학 로베르토 볼라뇨 | 김현균 옮김
18. 빌헬름 텔 프리드리히 폰 쉴러 | 이재영 옮김
19. 아우스터리츠 W. G. 제발트 | 안미현 옮김
20. 요양객 헤르만 헤세 | 김현진 옮김
21. 워싱턴 스퀘어 헨리 제임스 | 유명숙 옮김
22. 개인적인 체험 오에 겐자부로 | 서은혜 옮김
23. 사형장으로의 초대 블라디미르 나보코프 | 박혜경 옮김
24. 좁은 문 · 전원 교향곡 앙드레 지드 | 이동렬 옮김
25. 예브게니 오네긴 알렉산드르 푸슈킨 | 김진영 옮김
26. 그라알 이야기 크레티앵 드 트루아 | 최애리 옮김
27. 유림외사(상) 오경재 | 홍상훈 외 옮김
28. 유림외사(하) 오경재 | 홍상훈 외 옮김
29. 폴란드 기병(상) 안토니오 무뇨스 몰리나 | 권미선 옮김
30. 폴란드 기병(하) 안토니오 무뇨스 몰리나 | 권미선 옮김
31. 라 셀레스티나 페르난도 데 로하스 | 안영옥 옮김

32. 고리오 영감 오노레 드 발자크 | 이동렬 옮김
33. 키 재기 외 히구치 이치요 | 임경화 옮김
34. 돈 후안 외 티르소 데 몰리나 | 전기순 옮김
35. 젊은 베르터의 고통 요한 볼프강 폰 괴테 | 정현규 옮김
36. 모스크바발 페투슈키행 열차 베네딕트 예로페예프 | 박종소 옮김
37. 죽은 혼 니콜라이 고골 | 이경완 옮김
38. 워더링 하이츠 에밀리 브론테 | 유명숙 옮김
39. 이즈의 무희 · 천 마리 학 · 호수 가와바타 야스나리 | 신인섭 옮김
40. 주홍 글자 너새니얼 호손 | 양석원 옮김
41. 젊은 의사의 수기 · 모르핀 미하일 불가코프 | 이병훈 옮김
42. 오이디푸스 왕 외 소포클레스 | 김기영 옮김
43. 야쿠비얀 빌딩 알라 알아스와니 | 김능우 옮김
44. 식(蝕) 3부작 마오둔 | 심혜영 옮김
45. 엿보는 자 알랭 로브그리예 | 최애영 옮김
46. 무사시노 외 구니키다 돗포 | 김영식 옮김
47. 위대한 개츠비 프랜시스 스콧 피츠제럴드 | 김태우 옮김
48. 1984년 조지 오웰 | 권진아 옮김
49. 저주받은 안뜰 외 이보 안드리치 | 김지향 옮김
50. 대통령 각하 미겔 앙헬 아스투리아스 | 송상기 옮김
51. 신사 트리스트럼 섄디의 인생과 생각 이야기 로렌스 스턴 | 김정희 옮김
52. 베를린 알렉산더 광장 알프레트 되블린 | 권혁준 옮김
53. 체호프 희곡선 안톤 파블로비치 체호프 | 박현섭 옮김
54. 서푼짜리 오페라 · 남자는 남자다 베르톨트 브레히트 | 김길웅 옮김
55. 죄와 벌(상) 표도르 도스토예프스키 | 김희숙 옮김
56. 죄와 벌(하) 표도르 도스토예프스키 | 김희숙 옮김
57. 체벤구르 안드레이 플라토노프 | 윤영순 옮김
58. 이력서들 알렉산더 클루게 | 이호성 옮김
59. 플라테로와 나 후안 라몬 히메네스 | 박채연 옮김
60. 오만과 편견 제인 오스틴 | 조선정 옮김
61. 브루노 슐츠 작품집 브루노 슐츠 | 정보라 옮김
62. 송사삼백수 주조모 엮음 | 김지현 옮김
63. 팡세 블레즈 파스칼 | 현미애 옮김
64. 제인 에어 샬럿 브론테 | 조애리 옮김
65. 데미안 헤르만 헤세 | 이영임 옮김

66. 에다 이야기 스노리 스툴루손 | 이민용 옮김
67. 프랑켄슈타인 메리 셸리 | 한애경 옮김
68. 문명소사 이보가 | 백승도 옮김
69. 우리 짜르의 사람들 류드밀라 울리츠카야 | 박종소 옮김
70. 사랑에 빠진 여인들 데이비드 허버트 로렌스 | 손영주 옮김
71. 시카고 알라 알아스와니 | 김능우 옮김
72. 변신 · 선고 외 프란츠 카프카 | 김태환 옮김
73. 노생거 사원 제인 오스틴 | 조선정 옮김
74. 파우스트 요한 볼프강 폰 괴테 | 장희창 옮김
75. 러시아의 밤 블라지미르 오도예프스키 | 김희숙 옮김
76. 콜리마 이야기 바를람 샬라모프 | 이종진 옮김
77. 오레스테이아 3부작 아이스퀼로스 | 김기영 옮김
78. 원잡극선 관한경 외 | 김우석 · 홍영림 옮김
79. 안전 통행증 · 사람들과 상황 보리스 파스테르나크 | 임혜영 옮김
80. 쾌락 가브리엘레 단눈치오 | 이현경 옮김
81. 지킬 박사와 하이드 씨 · 존 니컬슨 로버트 루이스 스티븐슨 | 윤혜준 옮김
82. 로미오와 줄리엣 윌리엄 셰익스피어 | 서경희 옮김
83. 마쿠나이마 마리우 지 안드라지 | 임호준 옮김
84. 재능 블라디미르 나보코프 | 박소연 옮김
85. 인형(상) 볼레스와프 프루스 | 정병권 옮김
86. 인형(하) 볼레스와프 프루스 | 정병권 옮김
87. 첫 번째 주머니 속 이야기 카렐 차페크 | 김규진 옮김
88. 페테르부르크에서 모스크바로의 여행 알렉산드르 라디셰프 | 서광진 옮김
89. 노인 유리 트리포노프 | 서선정 옮김
90. 돈키호테 성찰 호세 오르테가 이 가세트 | 신정환 옮김
91. 조플로야 샬럿 대커 | 박재영 옮김
92. 이상한 물질 테레지아 모라 | 최윤영 옮김
93. 사촌 퐁스 오노레 드 발자크 | 정예영 옮김
94. 걸리버 여행기 조너선 스위프트 | 이혜수 옮김
95. 프랑스어의 실종 아시아 제바르 | 장진영 옮김
96. 현란한 세상 레이날도 아레나스 | 변선희 옮김
97. 작품 에밀 졸라 | 권유현 옮김
98. 전쟁과 평화(상) 레프 톨스토이 | 박종소 · 최종술 옮김
99. 전쟁과 평화(중) 레프 톨스토이 | 박종소 · 최종술 옮김

100. 전쟁과 평화(하) 레프 톨스토이 | 박종소 · 최종술 옮김
101. 망자들 크리스티안 크라흐트 | 김태환 옮김
102. 맥티그 프랭크 노리스 | 김욱동 · 홍정아 옮김
103. 천로 역정 존 번연 | 정덕애 옮김
104. 황야의 이리 헤르만 헤세 | 권혁준 옮김
105. 이방인 알베르 카뮈 | 김진하 옮김
106. 아메리카의 비극(상) 시어도어 드라이저 | 김욱동 옮김
107. 아메리카의 비극(하) 시어도어 드라이저 | 김욱동 옮김
108. 갈라테아 2.2 리처드 파워스 | 이동신 옮김
109. 마담 보바리 귀스타브 플로베르 | 진인혜 옮김
110. 한눈팔기 나쓰메 소세키 | 서은혜 옮김
111. 아주 편안한 죽음 시몬 드 보부아르 | 강초롱 옮김
112. 물망초 요시야 노부코 | 정수윤 옮김
113. 호모 파버 막스 프리쉬 | 정미경 옮김
114. 버너 자매 이디스 워튼 | 홍정아 · 김욱동 옮김
115. 감찰관 니콜라이 고골 | 이경완 옮김
116. 디칸카 근교 마을의 야회 니콜라이 고골 | 이경완 옮김
117. 청춘은 아름다워 헤르만 헤세 | 홍성광 옮김
118. 메데이아 에우리피데스 | 김기영 옮김
119. 캔터베리 이야기(상) 제프리 초서 | 최예정 옮김
120. 캔터베리 이야기(하) 제프리 초서 | 최예정 옮김

을유세계문학전집은 계속 출간됩니다.

을유세계문학전집 연표

BC 458 **오레스테이아 3부작**
아이스퀼로스 | 김기영 옮김 | 77 |
수록 작품 : 아가멤논, 제주를 바치는 여인들, 자비로운 여신들
그리스어 원전 번역
서울대 선정 동서고전 200선
시카고 대학 선정 그레이트 북스

BC 434/432 **오이디푸스 왕 외**
소포클레스 | 김기영 옮김 | 42 |
수록 작품 : 안티고네, 오이디푸스 왕, 콜로노스의 오이디푸스
그리스어 원전 번역
「동아일보」 선정 '세계를 움직인 100권의 책'
서울대 권장 도서 200선
고려대 선정 교양 명저 60선
시카고 대학 선정 그레이트 북스

BC 431 **메데이아**
에우리피데스 | 김기영 옮김 | 118 |

1191 **그라알 이야기**
크레티앵 드 트루아 | 최애리 옮김 | 26 |
국내 초역

1225 **에다 이야기**
스노리 스툴루손 | 이민용 옮김 | 66 |

1241 **원잡극선**
관한경 외 | 김우석·홍영림 옮김 | 78 |

1400 **캔터베리 이야기**
제프리 초서 | 최예정 옮김 | 119, 120 |

1496 **라 셀레스티나**
페르난도 데 로하스 | 안영옥 옮김 | 31 |

1595 **로미오와 줄리엣**
윌리엄 셰익스피어 | 서경희 옮김 | 82 |
미국대학위원회 선정 SAT 추천 도서

1608 **리어 왕·맥베스**
윌리엄 셰익스피어 | 이미영 옮김 | 3 |

1630 **돈 후안 외**
티르소 데 몰리나 | 전기순 옮김 | 34 |
국내 초역 「불신자로 징계받은 자」 수록

1670 **팡세**
블레즈 파스칼 | 현미애 옮김 | 63 |

1678 **천로 역정**
존 번연 | 정덕애 옮김 | 103 |

1699 **도화선**
공상임 | 이정재 옮김 | 10 |
국내 초역

1719 **로빈슨 크루소**
대니얼 디포 | 윤혜준 옮김 | 5 |

1726 **걸리버 여행기**
조너선 스위프트 | 이혜수 옮김 | 94 |
미국대학위원회가 선정한 고교 추천 도서 101권
서울대학교 선정 동서양 고전 200선

1749 **유림외사**
오경재 | 홍상훈 외 옮김 | 27, 28 |

1759 **신사 트리스트럼 섄디의 인생과 생각 이야기**
로렌스 스턴 | 김정희 옮김 | 51 |
노벨연구소 선정 100대 세계 문학

1774 **젊은 베르터의 고통**
요한 볼프강 폰 괴테 | 정현규 옮김 | 35 |

1790 **페테르부르크에서 모스크바로의 여행**
A. N. 라디셰프 | 서광진 옮김 | 88 |

1799 **휘페리온**
프리드리히 횔덜린 | 장영태 옮김 | 11 |

1804 **빌헬름 텔**
프리드리히 폰 쉴러 | 이재영 옮김 | 18 |

1806 **조플로야**
샬럿 대커 | 박재영 옮김 | 91 |
국내 초역

1813 **오만과 편견**
제인 오스틴 | 조선정 옮김 | 60 |

1817 **노생거 사원**
제인 오스틴 | 조선정 옮김 | 73 |

1818 **프랑켄슈타인**
메리 셸리 | 한애경 옮김 | 67 |
뉴스위크 선정 세계 명저 10
옵서버 선정 최고의 소설 100
미국대학위원회 선정 SAT 추천 도서

1831 **예브게니 오네긴**
알렉산드르 푸슈킨 | 김진영 옮김 | 25 |

1831 **파우스트**
요한 볼프강 폰 괴테 | 장희창 옮김 | 74 |
서울대 권장 도서 100선
미국대학위원회 SAT 권장 도서

디칸카 근교 마을의 야회
니콜라이 고골 | 이경완 옮김 | 116 |

1835 **고리오 영감**
오노레 드 발자크 | 이동렬 옮김 | 32 |
서머싯 몸 선정 세계 10대 소설
연세 필독 도서 200선

1836 **골짜기의 백합**
오노레 드 발자크 | 정예영 옮김 | 4 |

감찰관
니콜라이 고골 | 이경완 옮김 | 115 |

1844 **러시아의 밤**
블라지미르 오도예프스키 | 김희숙 옮김 | 75 |

1847 **워더링 하이츠**
에밀리 브론테 | 유명숙 옮김 | 38 |
서머싯 몸 선정 세계 10대 소설
서울대 선정 동서 고전 200선
미국대학위원회 SAT 권장 도서

제인 에어
샬럿 브론테 | 조애리 옮김 | 64 |
연세 필독 도서 200선
미국대학위원회 SAT 권장 도서
BBC 선정 영국인들이 가장 사랑하는 소설 100선
「가디언」 선정 가장 위대한 소설 100선

사촌 퐁스
오노레 드 발자크 | 정예영 옮김 | 93
국내 초역

1850 **주홍 글자**
너새니얼 호손 | 양석원 옮김 | 40 |

1855 **죽은 혼**
니콜라이 고골 | 이경완 옮김 | 37 |
국내 최초 원전 완역

1856 **마담 보바리**
귀스타브 플로베르 | 진인혜 옮김 | 109 |

1866 **죄와 벌**
표도르 도스토예프스키 | 김희숙 옮김 | 55, 56 |
미국대학위원회 SAT 권장 도서
하버드 대학교 권장 도서

1869 **전쟁과 평화**
레프 톨스토이 | 박종소·최종술 옮김 | 98, 99, 100 |
뉴스위크, 가디언, 노벨연구소 선정
세계 100대 도서

1880 **워싱턴 스퀘어**
헨리 제임스 | 유명숙 옮김 | 21 |

1886 **지킬 박사와 하이드 씨 · 존 니컬슨**
로버트 루이스 스티븐슨 | 윤혜준 옮김 | 81 |

작품
에밀 졸라 | 권유현 옮김 | 97 |

1888 **꿈**
에밀 졸라 | 최애영 옮김 | 13 |
국내 초역

1889 **쾌락**
가브리엘레 단눈치오 | 이현경 옮김 | 80 |
국내 초역

1890 **인형**
볼레스와프 프루스 | 정병권 옮김 | 85, 86 |
국내 초역

1896 **키 재기 외**
히구치 이치요 | 임경화 옮김 | 33 |
수록 작품 : 섣달그믐, 키 재기, 탁류, 십삼야, 갈림길, 나 때문에

체호프 희곡선
안톤 파블로비치 체호프 | 박현섭 옮김 | 53 |
수록 작품 : 갈매기, 바냐 삼촌, 세 자매, 벚나무 동산

1899 **어둠의 심연**
조지프 콘래드 | 이석구 옮김 | 9 |
수록 작품 : 어둠의 심연, 진보의 전초기지, 『청춘과 다른 두 이야기』 작가 노트, 『나르시서스호의 검둥이』 서문
미국대학위원회 SAT 권장 도서
연세 필독 도서 200선

맥티그
프랭크 노리스 | 김욱동·홍정아 옮김 | 102 |

1900 **라이겐**
아르투어 슈니츨러 | 홍진호 옮김 | 14 |
수록 작품 : 라이겐, 아나톨, 구스틀 소위

1903 **문명소사**
이보가 | 백승도 옮김 | 68 |

1908 **무사시노 외**
구니키다 돗포 | 김영식 옮김 | 46 |
수록 작품 : 겐 노인, 무사시노, 잊을 수 없는 사람들, 쇠고기와 감자, 소년의 비애, 그림의 슬픔, 가마쿠라 부인, 비범한 범인, 운명론자, 정직자, 여난, 봄 새, 궁사, 대나무 쪽문, 거짓 없는 기록
국내 초역 다수

1909 **좁은 문 · 전원 교향곡**
앙드레 지드 | 이동렬 옮김 | 24 |
1947년 노벨 문학상 수상 작가

1914 **플라테로와 나**
후안 라몬 히메네스 | 박채연 옮김 | 59 |
1956년 노벨 문학상 수상 작가

돈키호테 성찰
호세 오르테가 이 가세트 | 신정환 옮김 | 90 |

1915 **변신 · 선고 외**
프란츠 카프카 | 김태환 옮김 | 72 |
수록 작품 : 선고, 변신, 유형지에서, 신임 변호사, 시골 의사, 관람석에서, 낡은 책장, 법 앞에서, 자칼과 아랍인, 광산의 방문, 이웃 마을, 황제의 전갈, 가장의 근심, 열한 명의 아들, 형제 살해, 어떤 꿈, 학술원 보고, 최초의 고뇌, 단식술사
서울대 권장 도서 100선
연세 필독 도서 200선
미국대학위원회 SAT 권장 도서

한눈팔기
나쓰메 소세키 | 서은혜 옮김 | 110 |

1916 **청춘은 아름다워**
헤르만 헤세 | 홍성광 옮김 | 117 |
1946년 노벨 문학상 및 괴테 문학상 수상 작가

1919 **데미안**
헤르만 헤세 | 이영임 옮김 | 65 |
1946년 노벨 문학상 및 괴테 문학상 수상 작가

1920 **사랑에 빠진 여인들**
데이비드 허버트 로렌스 | 손영주 옮김 | 70 |

1924 **마의 산**
토마스 만 | 홍성광 옮김 | 1, 2 |
1929년 노벨 문학상 수상 작가
서울대 권장 도서 100선
연세 필독 도서 200선
「뉴욕타임스」 선정 '20세기 최고의 책 100선'
미국대학위원회 SAT 권장 도서

송사삼백수
주조모 엮음 | 김지현 옮김 | 62 |

1925 **소송**
프란츠 카프카 | 이재황 옮김 | 16 |

요양객
헤르만 헤세 | 김현진 옮김 | 20 |
수록 작품 : 방랑, 요양객, 뉘른베르크 여행
1946년 노벨 문학상 수상 작가
국내 초역 「뉘른베르크 여행」 수록

위대한 개츠비
프랜시스 스콧 피츠제럴드 | 김태우 옮김 | 47 |
미 대학생 선정 '20세기 100대 영문 소설' 1위
모던 라이브러리 선정 '20세기 100대 영문학' 중 2위
미국대학위원회 추천 '서양 고전 100
「르몽드」 선정 '20세기의 책 100선'
「타임」 선정 '20세기 100대 영문 소설'

아메리카의 비극
시어도어 드라이저 | 김욱동 옮김 | 106, 107 |

서푼짜리 오페라 · 남자는 남자다
베르톨트 브레히트 | 김길웅 옮김 | 54 |

1927 **젊은 의사의 수기·모르핀**
미하일 불가코프 | 이병훈 옮김 | 41 |
국내 초역

황야의 이리
헤르만 헤세 | 권혁준 옮김 | 104 |
1946년 노벨 문학상 수상 작가
1946년 괴테상 수상 작가

1928 **체벤구르**
안드레이 플라토노프 | 윤영순 옮김 | 57 |
국내 초역

마쿠나이마
마리우 지 안드라지 | 임호준 옮김 | 83 |
국내 초역

1929 **첫 번째 주머니 속 이야기**
카렐 차페크 | 김규진 옮김 | 87 |

베를린 알렉산더 광장
알프레트 되블린 | 권혁준 옮김 | 52 |

1930 **식(蝕) 3부작**
마오둔 | 심혜영 옮김 | 44 |
국내 초역

안전 통행증·사람들과 상황
보리스 파스테르나크 | 임혜영 옮김 | 79 |
원전 국내 초역

1934 **브루노 슐츠 작품집**
브루노 슐츠 | 정보라 옮김 | 61 |

1935 **루쉰 소설 전집**
루쉰 | 김시준 옮김 | 12 |
서울대 권장 도서 100선
연세 필독 도서 200선

물망초
요시야 노부코 | 정수윤 옮김 | 112

1936 **로르카 시 선집**
페데리코 가르시아 로르카 | 민용태 옮김 | 15 |
국내 초역 시 다수 수록

1937 **재능**
블라디미르 나보코프 | 박소연 옮김 | 84 |
국내 초역

1938 **사형장으로의 초대**
블라디미르 나보코프 | 박혜경 옮김 | 23 |
국내 초역

1942 **이방인**
알베르 카뮈 지음 | 김진하 옮김 | 105 |
1957년 노벨 문학상 수상 작가

1946 **대통령 각하**
미겔 앙헬 아스투리아스 | 송상기 옮김 | 50 |
1967년 노벨 문학상 수상 작가

1949 **1984년**
조지 오웰 | 권진아 옮김 | 48 |
1999년 모던 라이브러리 선정 '20세기 100대 영문학'
2005년 「타임」 선정 '20세기 100대 영문 소설'
2009년 「뉴스위크」 선정 '역대 세계 최고의 명저' 2위

1954 **이즈의 무희·천 마리 학·호수**
가와바타 야스나리 | 신인섭 옮김 | 39 |
1952년 일본 예술원상 수상
1968년 노벨 문학상 수상 작가

1955 **엿보는 자**
알랭 로브그리예 | 최애영 옮김 | 45 |1955년 비평가상 수상

저주받은 안뜰 외
이보 안드리치 | 김지향 옮김 | 49 |
수록 작품 : 저주받은 안뜰, 몸통, 술잔, 물방앗간에서, 올루야크 마을, 삼사라 여인숙에서 일어난 우스운 이야기
세르비아어 원전 번역
1961년 노벨 문학상 수상 작가

1957 **호모 파버**
막스 프리쉬 | 정미경 옮김 | 113 |

1962 **이력서들**
알렉산더 클루게 | 이호성 옮김 | 58 |

1964 **개인적인 체험**
오에 겐자부로 | 서은혜 옮김 | 22 |
1994년 노벨 문학상 수상 작가

아주 편안한 죽음
시몬 드 보부아르 | 강초롱 옮김 | 111 |

1967 **콜리마 이야기**
바를람 샬라모프 | 이종진 옮김 | 76 |
국내 초역

1968 **현란한 세상**
레이날도 아레나스 | 변선희 옮김 | 96 |
국내 초역

1970 **모스크바발 페투슈키행 열차**
베네딕트 예로페예프 | 박종소 옮김 | 36 |
국내 초역

1978 **노인**
유리 트리포노프 | 서선정 옮김 | 89 |
국내 초역

1979 **천사의 음부**
마누엘 푸익 | 송병선 옮김 | 8 |

1981 **커플들, 행인들**
보토 슈트라우스 | 정항균 옮김 | 7 |
국내 초역

1982 **시인의 죽음**
다이허우잉 | 임우경 옮김 | 6 |

1991 **폴란드 기병**
안토니오 무뇨스 몰리나 | 권미선 옮김 | 29, 30 |
국내 초역
1991년 플라네타상 수상
1992년 스페인 국민상 소설 부문 수상

1995 **갈라테아 2.2**
리처드 파워스 | 이동신 옮김 | 108 |
국내 초역

1996 **아메리카의 나치 문학**
로베르토 볼라뇨 | 김현균 옮김 | 17 |
국내 초역

1999 **이상한 물질**
테라지아 모라 | 최윤영 옮김 | 92 |
국내 초역

2001 **아우스터리츠**
W. G. 제발트 | 안미현 옮김 | 19 |
국내 초역
전미 비평가 협회상 브레멘상
「인디펜던트」 외국 소설상 수상
「LA타임스」, 「뉴욕」, 「엔터테인먼트 위클리」 선정 2001년 최고의 책

2002 **야쿠비얀 빌딩**
알라 알아스와니 | 김능우 옮김 | 43 |
국내 초역
바쉬라힐 아랍 소설상
프랑스 툴롱 축전 소설 대상
이탈리아 토리노 그린차네 카부르 번역 문학상
그리스 카바피스상

2003 **프랑스어의 실종**
아시아 제바르 | 장진영 옮김 | 95 |
국내 초역

2005 **우리 짜르의 사람들**
류드밀라 울리츠카야 | 박종소 옮김 | 69 |
국내 초역

2016 **망자들**
크리스티안 크라흐트 | 김태환 옮김 | 101 |
국내 초역